MR. WOMANIZER IN LOVE

Lektorat und Korrektorat: Sabrina Cremer Textwerkstatt

Coverdesign und Umschlaggestaltung: ©Florin Sayer-Gabor- www.100covers4you.com, verwendete Fotos von ©Shutterstock

E.M. Prutsch

Schubertgasse 12

A- 8200 Gleisdorf

Taschenbuch ISBN

Herstellung und Druck über tolino media GmbH & Co. KG, München.
Printed in Germany

MR. WOMANIZER IN LOVE

EVA PERKICS

VORBEMERKUNG FÜR DIE LESER*INNEN

Liebe*r Leser*in,

da mir deine seelische Gesundheit wichtig ist, möchte ich dich darüber informieren, dass in diesem Roman potenziell triggernde Inhalte vorkommen. Da diese Spoiler enthalten, findest du die Themenübersicht am Romanende bzw. du erhältst sie von mir über das Kontaktformular auf meiner Homepage. Ich sende sie dir sehr gerne zu.

https://www.evaperkics.com/kontakt/

Entscheide bitte selbst, ob du diese Warnung liest. Falls du während des Lesens auf Probleme stößt oder dich belasten, sprich mit deiner Familie, Freunden, Vertrauensperson darüber und/ oder suche dir professionelle Hilfe.

Ich wünsche dir von Herzen ein wunderschönes Leseerlebnis mit dieser Geschichte.

Ganz liebe Grüße
Eva Perkics

1 GRACE

Manchmal will man aus seinem Leben ausbrechen. Vor dem ganzen Müll, der einem vor die Füße geknallt wird, abhauen. Sich in irgendeiner dunklen Ecke verkriechen und von all dem nichts hören. Womöglich habe ich viele solcher Tage und trotzdem gebe ich nicht auf. Jedes Mal hoffe ich auf ein Wunder.

Ich blicke in ein Augenpaar, welches ich seit meiner Geburt kenne. Ein warmes Braun leuchtet mir entgegen, doch sie sprühen mir gefährliche Funken zu.

»Was ist jetzt mit der Statistik des Vorjahrs?« Dads Blick ist versteinert. Das freundliche Lächeln, welches er meiner Mom jeden Morgen beim Frühstück schenkt, ist verschwunden und durch eine finstere Miene ersetzt worden.

Hastig wühle ich in meinen Unterlagen. Grundsätzlich bin ich für jedes Meeting mit meinem Dad ausgezeichnet vorbereitet. Studiere unzählige Statistiken und informiere mich akribisch über das Tagesgeschäft. Warum ich das tue? Weil mein Dad unwissende Mitarbeiter hasst.

Mittlerweile sinke ich gefühlt immer tiefer in meinen Ledersessel. Meine feuchten Handflächen wische ich abwechselnd an meiner Hose trocken, was leider nur bedingt Abhilfe verschafft.

»Diese Unordentlichkeit ist wieder typisch für dich«, knurrt er und schenkt mir im gleichen Atemzug diesen abwertenden Blick, den man als Tochter von seinem Dad auf keinen Fall sehen möchte.

»Ich habe es gleich«, antworte ich mit zittriger Stimme. Hartnäckige Schweißperlen bilden sich auf meiner Stirn.

»Du vergeudest schon wieder meine Zeit«, feuert er mir entgegen und ich halte in der Bewegung inne. Er erhebt sich ruckartig, sodass sein Stuhl ins Wanken gerät.

»Ich kann sie schnell holen, wenn sie so wichtig für dich sind«, sage ich kleinlaut und folge Dad zur Tür.

Er dreht sich zu mir um und seine Mimik ist von Wut und Enttäuschung gezeichnet. »Vielleicht ist es besser, wenn du dir etwas anderes suchst.« Er verlässt mein Büro und knallt die Tür hinter sich zu. Die Wände vibrieren durch die Erschütterung.

Wie oft habe ich diesen Satz aus seinem Mund gehört? Zehnmal? Zwanzigmal? Keine Ahnung, trotzdem verfehlt er seine Wirkung nicht. Tränen drängen sich an die Oberfläche.

»Nicht weinen, Grace«, flüstere ich und blinzle die Tränen weg. Ein paar entgleiten mir dann doch, die ich mit den Fingerspitzen abfange.

Ich straffe meine Schultern, recke das Kinn, atme tief durch und puste die angestaute Luft hinaus. Im Verdrängen von Gefühlen war ich immer schon eine Meisterin und auch jetzt schiebe ich die aufwühlenden Emotionen von mir weg. Als wäre niemals etwas vorgefallen. Mein Terminkalender ist eng gestrickt, wie mir das Klingeln meines Telefons bestätigt. Ohne zu zögern, hebe ich mit meiner üblichen freundlichen Floskel ab.

»Grace, du musst sofort zu mir kommen«, flüstert meine Freundin und Assistentin Christine.

»Wieso?«, hake ich irritiert nach.

»Komm einfach.« Sie legt auf, ohne meine Antwort abzuwarten.

Weil ich Ablenkung im Moment gebrauchen kann, verlasse ich, ohne zu überlegen, mein Büro. Normalerweise sind um diese Uhrzeit im Flur kaum Mitarbeiter zu sehen. Doch heute herrscht Hochbetrieb vor der Kaffeeküche. Unzählige Mitarbeiterinnen scharren sich davor. Sie flüstern sich gegenseitig etwas ins Ohr und kichern. Es ist, als würde etwas Bedeutsames sie magisch anziehen. Ich runzle die Stirn, als ich auch meine Freundin Christine in der Traube von Frauen entdecke.

»Wo warst du so lange?«, säuselt sie, als ich mich neben sie geselle.

»Im Büro? Was gibt es so Wichtiges?«, gebe ich gelangweilt von mir.

»Siehst du diesen Gott von Mann da vorne nicht?« Christine reckt ihr Kinn und ich folge ihrem Blick. Da ich mit meinen einen Meter sechzig nicht gerade die Größte bin, erkenne ich nichts außer den unzähligen Frauenrücken. Da helfen auch meine hohen Schuhe nicht.

»Gleich kommt er«, sagt meine Freundin euphorisch.

»Wer?« Genervt verdrehe ich die Augen.

»Na der neue Kaffeelieferant für unsere Automaten!« Sie schüttelt entsetzt den Kopf, als hätte ich das wissen müssen.

»Dafür hast du mich hierhin zitiert?« Ich schnaube. »Ich habe wirklich Besseres zu tun«, murre ich und drehe mich weg.

Sie fasst nach meinem Handgelenk und hält mich zurück. »Warte, jetzt kommt er.« Sie ignoriert meinen Missmut.

Als würde ein Star aus unserer Kaffeeküche kommen, gehen die Damen zur Seite und weisen ihm den Weg geradewegs auf mich zu. Breite Schultern werden verdeckt von einem weißen, eng anliegenden T-Shirt. Die Unterarme sind mit unzähligen Tätowierungen versehen. Es sind so viele, dass ich nicht einmal erkenne, was für Bilder es sind. Ein paar dunkle Haarsträhnen fallen in seine Stirn. Er zieht einen silbernen Container hinter sich her, als wäre er auf einem Laufsteg. Die Kolleginnen lecken sich genüsslich über die Lippen, während er sie mit einem smarten Lächeln nacheinander begrüßt.

Seine tief sitzende Jeans, die mit unzähligen Löchern versehen ist, hat er an den Knöcheln etwas hoch gekrempelt. Sieht man an den Hüften seine Boxershorts hervorblitzen? Ich starre darauf und bemerke gar nicht, dass er nur noch wenige Schritte von mir entfernt ist.

»Darf ich vorbei?«, fragt er mit einer tiefen Stimme, die bei vielen Frauen sicher das Höschen feucht werden lässt. Auch in mir erzeugt sie ein seltsames Gefühl, doch als er in voller Größe vor mir steht, verdränge ich den Impuls, ihn genauso anzuschmachten wie meine Mitarbeiterinnen.

»Könnten Sie in Zukunft zu einer anderen Uhrzeit die Kaffeeautomaten betreuen?« Ich verschränke die Arme vor der Brust und funkle ihn mit zusammengekniffenen Augen an.

»Wieso?«, fragt er nichts ahnend und ein verschmitztes Lächeln gleitet über seine Lippen, die gleichmäßig geformt sind. Eine kleine Narbe ziert seine linke Unterlippe, die man aber nur beim genauen Hinsehen entdeckt. Du meine Güte, starre ich ihn etwa schon wieder an? »Wollen Sie mit mir allein sein oder warum kann ich nicht zu den üblichen Geschäftszeiten meine Arbeit erledigen?«, fährt er fort, weil ich stumm vor ihm stehe, als hätte ich die erste Frage nicht gehört.

»Was denken Sie, mit wem Sie hier sprechen?«, kontere ich und meine Augen verengen sich. Dieser Möchtegern-Colamann! »Sie sollen meine Mitarbeiterinnen nicht von ihrer Arbeit ablenken.«

»Das ist wohl nicht mein Problem, wenn Sie Ihr Team nicht unter Kontrolle haben«, sagt er gelassen, schiebt sich an mir vorbei und schlendert zum Fahrstuhl.

Ich schnaube und folge ihm. »Wie ist Ihr Name? Ich werde eine Beschwerde an Ihren Boss senden«, zische ich und fixiere ihn.

Er grinst und fährt entspannt durch sein Haar. »Tun Sie, was Sie für nötig halten. Übrigens, wenn Sie nicht so wütend dreinschauen würden, könnte man Ihr hübsches Gesicht erkennen.« Die Fahrstuhltüren öffnen sich und er tritt ein. Während sich die Türen langsam schließen, halte ich seinem Blick stand.

»Ihr Name?«, rufe ich, als würde er mir noch eine Antwort geben können. Verdammt! Mich lässt niemand einfach so stehen. Mit zusammengebissenen Zähnen stapfe ich den Flur entlang zu meinem Büro.

»Grace«, höre ich meine Assistentin rufen und drehe mich widerwillig um.

»Ja?«

»Du sollst zum Marketingleiter gehen. Eigentlich hattest du schon vor ...« Sie blickt auf die Uhr. »Fünf Minuten einen Termin.« Sie zieht beide Brauen nach oben und lächelt schuldbewusst. Natürlich ist es ihre Aufgabe, mich rechtzeitig an meine Termine zu erinnern und auch wenn sie meine beste Freundin ist, muss sie ihren Job als Assistentin ordentlich erledigen.

Ich schnaube. »In Zukunft gibt es diese Versammlung hier im Flur nicht mehr. Sende an alle Mitarbeiterinnen eine Rundmail.«

»Grace, bitte entspann dich.«

»Meine Ansage steht.« Ich wende mich von ihr ab

und mache mich auf den Weg zu Daniel. Ich hasse es, zu spät zu kommen, denn ich erwarte von meinen Mitarbeitern auch Pünktlichkeit. Daniels Assistentin begrüße ich mit einem Nicken. Nach nur einmal anklopfen betrete ich sein Büro.

»Guten Morgen, Daniel, bitte entschuldige die Verspätung, aber ich hatte noch ein wichtiges Meeting.«

Daniel erhebt sich von seinem Stuhl und kommt auf mich zu. »Guten Morgen, schöne Frau, wir haben doch alle Zeit der Welt.« Er begrüßt mich mit einem Küsschen auf beide Wangen und zwinkert. »Übrigens, der neue Getränkelieferant ist wirklich eine Augenweide, nicht wahr?« Er zupft sein rosarotes Sakko zurecht und fährt sich durch sein schwarzes Haar.

»Du warst auch im Flur?« Ich setze mich auf sein Sofa und nehme ein Glas Wasser, denn mein Mund ist staubtrocken.

»Natürlich, was denkst du? Aber du hättest ihn nicht gleich blöd von der Seite anmachen müssen, er ist doch ein richtiges Schnuckelchen.«

»Wie man sieht, hält er aber meine Mitarbeiter von der Arbeit ab.«

Daniel setzt sich neben mich hin. »Es waren fünf Minuten, Grace, kein ganzer Tag. Lass den Frauen die Freude. Vielleicht solltest du auch einmal darüber nachdenken, etwas entspannter zu werden. Wann hattest du das letzte Mal Sex?«

»Daniel, ich bin nicht gekommen, um über mein Liebesleben zu diskutieren.« Daniel ist in den letzten Jahren, seit ich nach meinem BWL-Studium hier ange-

13

fangen habe, zu einem sehr guten Freund geworden. Er ist Mitte dreißig und zu hundert Prozent auf Männer fixiert.

»Du meine Güte, schon so lange nicht mehr?«

Nun spüre ich, wie Hitze in meinen Wangen hochfährt, denn es ist bestimmt ein ganzes Jahr vergangen. Der Sex war zwar nicht befriedigend, aber zumindest vorhanden.

Ich schüttle den Kopf. »Daniel, können wir jetzt endlich über das neue Marketingkonzept für unsere Shops reden?«

»Gut, aber eines möchte ich noch anmerken, bevor wir zum Geschäftlichen wechseln. Hol dir einen Callboy oder geh auf eine der Datingplattformen, denn du bekommst schon Falten, so grimmig wie du schaust. Sex entspannt den ganzen Körper.«

Ich fasse mir an die Stirn. »Ich habe keine Falten.« Ich erhebe mich und gehe zu seinem Spiegel, der an der Wand hängt. Akribisch mustere ich mein Gesicht.

»Wenn du weiterhin so angespannt bist, wirst du bald welche haben«, sagt er und steht plötzlich neben mir.

»Du sagst das so leicht. Das Arbeitspensum steigt von Tag zu Tag.« Ich reibe meine Stirn.

»Mehr delegieren, ist das Zauberwort.« Er streichelt meinen Oberarm.

Ich nicke, weil es sowieso nichts nützt, ihm zu erklären, welche Aufgaben ich einfach keinem abgeben kann.

2 VINCENT

»Hey, schon zurück von deiner Tour?« Callum klopft auf meine Schulter.

»Ja und ich muss sagen, wir haben einiges zu tun, um den Zeitplan besser zu koordinieren.«

»Das kann ich mir vorstellen, wenn du zwei Stunden später zurück bist als die anderen Fahrer. Möglicherweise bist du einfach aus der Übung?« Er schließt das Tor der Warenausgabe und der Motor erzeugt ein quietschendes Geräusch.

»Vielleicht.« Ich fahre durch mein Haar und visiere den Getränkekühlschrank an. »Auch ein Bier?« Die kalte Luft aus dem Kühlschrank weht mir entgegen und kühlt meine erhitzte Haut. New York ist im Sommer manchmal kaum auszuhalten.

»Gerne.« Mein Kumpel nimmt mir die zweite Flasche aus der Hand.

Ich setze die Bierflasche an und nehme einen kräf-

tigen Schluck. »Und, gab es heute besondere Vorkomm-
nisse, die für mich wichtig sind?«

»Die Marketingabteilung will tatsächlich ein großes
Event in zwei bis drei Monaten starten, bei der sämt-
liche Kunden eingeladen werden sollen.«

Ich ziehe eine Braue nach oben. »Und wofür soll das
gut sein?«

»Kundenbindung.«

»Klar, kostet ja nur ein paar Tausender, wie soll das
wieder reinkommen?«

Callum ist der Finanzberater in diesem Unternehmen und hat natürlich den genauen Überblick. Ich
vertraue ihm. Wenn er sein Go gibt, ist es drin.

»Also längerfristig wird es bestimmt lukrativ sein,
denn der Verkaufsleiter möchte auch neue Firmen
dazugewinnen und mit auf die Gästeliste setzen. Sozusagen bestehende Kunden, die von unserer Arbeit
begeistert sind, werben aus dem Gespräch neue Kunden
bei einem Glas Champagner an.«

»Siehst du es als Chance?«

»Ehrlich gesagt, ja. Derzeit stagniert unsere Expansion und wir hätten weit mehr Möglichkeiten, sie auszu-
schöpfen.«

»Meinst du? Immerhin bin ich in den nächsten
Wochen als Lieferant tätig und weiß nicht, wie ich die
andere Arbeit, die oben auf meinem Schreibtisch wartet,
schaffen soll.«

»Es hat keiner gesagt, dass du laut ›Hier‹ schreien
sollst, als Bob ausgefallen ist.«

»Der Typ hat momentan ganz andere Probleme,

seine Frau ist schwer krank und braucht ihn jetzt an seiner Seite.«

»Ja, aber bezahlter Urlaub auf unbestimmte Zeit? Du bist einfach zu gut für diese Welt.« Callum prostet mir zu und nimmt einen kräftigen Schluck.

»Seine Arbeit wird ja erledigt.«

»Ja, durch dich. Und deinen Job machst du dann in einer Nachtschicht?«

»Du hast mir zugesagt, mich dabei zu unterstützen.« Ich reibe meine Stirn und sinke auf den rostigen Klappstuhl.

»Ja und das tue ich auch, aber gewisse Entscheidungen brauchen deine Freigabe.«

»Steht heute noch etwas Wichtiges an?«

Callum lächelt. »Nein, für heute hast du Feierabend. Aber ich weiß nicht, wie lange ich dir den Rücken freihalten kann.«

»Wir kriegen das hin. Für Bob. Er braucht unsere Rückendeckung. Bob ist ein Mann, der nie auf die Uhr geschaut hat, wenn er seine Arbeit erledigte. Er war oft länger hier und hat nie Überstunden aufgeschrieben. Er ist die gute Seele in diesem Unternehmen und hat früh morgens vor seinem offiziellen Dienstbeginn die Autos beladen, obwohl er das eigentlich gar nicht müsste.«

»Ich weiß, Vince, mir brauchst du das nicht zu erklären, deshalb haben sich auch schon einige Kollegen gemeldet, die ein paar seiner Kunden übernehmen könnten.«

»Aber wir können keine Überstunden ausbezahlen,

das ist bei dieser Budgetplanung nicht drin.« Ich wippe mit dem Fuß auf und nieder.

»Ja, das wissen sie und haben sich angeboten, die Stunden gratis abzuarbeiten. Sozusagen als Geschenk für Bob.«

Augenblicklich werden meine Augen glasig, denn mich berührt es so sehr, wie alle hier zusammenhalten. Bob arbeitet in diesem Unternehmen bereits mehr als zwanzig Jahre und gehört fast zum Inventar. Er war bei der Firmengründung dabei und hatte dennoch nie Absichten, in der Hierarchie nach oben zu steigen. Seine Aussage war immer: Ich brauche den direkten Kundenkontakt und nicht ein gestriegeltes Büro.

Er fehlt und das bekomme ich in den letzten Tagen ziemlich zu spüren. Mitarbeiter, die sich so aufopfern, findet man nicht einfach auf der Straße.

»Hey, Vince, deine erste Tour gut über die Bühne gebracht?« Blake schnappt sich ein Bier aus dem Kühlschrank und setzt sich zu uns.

»Mehr oder weniger. Ich hatte ständig Frauen um mich, die mir auf die Finger schauten, ob ich meine Arbeit wohl richtig erledige.«

Blake lacht laut auf. »Die wollten dir bestimmt nur auf den Arsch schauen.«

»Tja, du bist eben jetzt unser Womanizer unter den Getränkelieferanten.« Callum lacht ebenfalls laut auf.

»Ich bin alles, nur nicht das«, kontere ich.

»Deine Selbstreflexion ist wirklich der Hammer.« Blake grinst.

Ja, ich habe kein Problem, eine Frau kennenzulernen, und ja, ich weiß auch, dass ich gut aussehe. Dennoch brauche ich diesen Zuspruch nicht. »Für mich zählen andere Werte als das Aussehen, das sind alles Oberflächlichkeiten.«

»Also das Äußere steht wohl an erster Stelle, ehe du eine Frau anmachst, oder?«, wirft Blake ein und kratzt sich an seinem rothaarigen Bart.

Ich kippe mein Bier auf ex runter. »Mit euch nützt es nichts, darüber zu diskutieren, außerdem wartet noch ein Stapel Arbeit im Büro auf mich.« Ich stelle die leere Flasche auf dem Tisch ab und gehe davon.

»Im Flüchten bist du wirklich ein ausgezeichnetes Vorbild«, ruft mir Callum hinterher, bevor die Tür zum Treppenhaus hinter mir ins Schloss fällt.

Mein Kumpel redet nur Schwachsinn. Ich bin der Letzte, der auf der Flucht ist, dennoch frage ich mich im selben Augenblick, wieso mich das gerade nervt.

Ich nehme zwei Stufen auf einmal, ehe ich die Büroräume erreiche. Mittlerweile sind alle Räume dunkel, denn es ist bereits nach neun Uhr abends. Erneut huschen meine Gedanken zu Bob. Sofort erinnere ich mich an unser letztes Gespräch.

»Bob, wir kennen uns jetzt schon viele Jahre und ich merke doch, dass irgendetwas im Argen bei dir ist. Du vergisst nie, einen Kunden zu beliefern. Also, was ist los?« Ich spreche mit ruhiger Stimme und es liegt kein Vorwurf darin.

Augenblicklich werden Bobs Augen wässrig und ich ahne

Böses. Er zwirbelt an seinem Hemd herum, als müsste er sich vor mir fürchten.

Ich erhebe mich von meinem Schreibtisch und stelle mich vor ihn. Er sinkt immer tiefer in den Stuhl, dabei muss er doch wissen, dass er wegen eines Fehlers nicht sofort aus dem Unternehmen geworfen wird.

»Bob, du kannst mit mir über alles sprechen.«

»Ach, Vincent, du bist so ein guter Junge, aber meine Probleme sollen nicht deine sein«, sagt er kaum hörbar und fährt durch sein kurz geschorenes graues Haar.

»Vielleicht kann ich dir helfen?«

Nun entweicht ihm ein kehliger Lacher, der nicht nur gekünstelt klingt, sondern seine Augen nicht erreicht. Bob ist ein Mann, der immer mit den Augen lacht. Er war der Inbegriff von Fröhlichkeit und nun ist diese Traurigkeit in seinen Augen, dass man das Gefühl hat, ihn sofort in die Arme schließen zu müssen. Ihn zu trösten und wieder auf andere Gedanken bringen, aber dafür muss er sich mir öffnen.

»Bob, hast du Geldsorgen? Wenn du möchtest, kann ich dir etwas leihen?«

Er schüttelt den Kopf. »Nein, ich habe keine Geldsorgen«, krächzt er und weicht meinem Blick aus. Er erhebt sich von seinem Stuhl.

»Bob, wie soll ich dir helfen, wenn du nicht mit mir sprichst? Du weißt, du kannst mir vertrauen, oder?«

Er reibt seine Stirn und wägt eindeutig ab, ob er seine Sorgen einfach so ausplaudern oder weiterschweigen soll. Bei unserem Unternehmen halten wir zusammen, jeder kennt den anderen durch unsere gemeinsamen Meetings und Firmenausflüge. Jeder Mitarbeiter bei uns hat eine wichtige

Rolle. Keiner ist besser gestellt als der andere. Sogar die Putzfrau ist bei unseren wöchentlichen Onlinemeetings dabei. Denn egal welche Arbeit jemand erledigt, jeder ist ein wichtiger Teil. Es ist wie bei einem Puzzlespiel: Fehlt ein Stück, kann man das Kunstwerk nicht vollenden.

»Meine Frau hat Leukämie«, sagt er mit brüchiger Stimme und Tränen rinnen über seine Wange. Wie automatisch fasse ich nach seiner Hand und drücke sie.

»Ist das sicher?«

Bob nickt und zieht ein Taschentuch aus seiner Hosentasche. Er trocknet sich das Gesicht ab, doch die Tränen rinnen unaufhörlich weiter. Ich schließe ihn in meine Arme, denn ich fühle einen tiefen Stich in meiner Brust.

Seine Frau ist erst fünfundvierzig, das weiß ich, weil er mir vor ein paar Monaten von der ausschweifenden Geburtstagsparty erzählt hat.

»Wie können wir dir helfen?«

»Gar nicht? Sie braucht dringend einen Stammzellenspender, sonst wird sie das wohl nicht schaffen.« Ein leises Schluchzen dringt aus seiner Kehle und mein Hals wird kontinuierlich enger.

»Du nimmst dir für den Anfang einmal frei und wir finden eine Lösung.«

Bob blickt zu mir auf. »Vince, das ist lieb, aber ich brauche das Geld, die Behandlungen sind teuer.« Seine Stimme klingt flehend und sie zittert.

»Auch dafür finden wir eine Lösung.«

3 GRACE

Meine Hände sind feucht, als ich das Büro meines Vaters betrete. »Guten Morgen, Dad«, sage ich und schließe hinter mir die Tür.

»Morgen«, brummt er und sieht nicht einmal zu mir auf. Ich sollte es gewohnt sein, denn er nimmt mich kaum noch wahr. Nichts ist mehr wie vor ein paar Jahren, bevor ich in unserem Familienunternehmen begonnen habe. Damals war ich sein Mädchen, das er wie eine Trophäe herumgezeigt hat. Ich war das hübsche kleine Kind mit dem zauberhaften Lächeln auf den Lippen. Mittlerweile ist meine Miene genauso hart geworden wie die meines Vaters, als er schließlich zu mir aufblickt.

»Was ist in der Produktion schon wieder schiefgelaufen? Sie hängen mindestens eine Woche hinterher«, knurrt er und ich spüre ein Zittern in meinen Händen.

»Das Förderband war defekt und das Ersatzteil war

nicht so leicht zu bekommen.« Meine Worte sind leise und ich sinke auf den Stuhl vor seinem Schreibtisch.

Seine Augen sprühen Funken. »Weißt du, was es kostet, wenn die Mitarbeiter nur herumstehen? Dabei verdienen wir nichts!« Seine Stimme wird immer lauter und wenn ich noch ein kleines Kind wäre, würde ich mir wahrscheinlich die Ohren zuhalten. Aber ich bin erwachsen und werde es wie gewohnt aushalten.

»Ja«, sage ich knapp. Ich habe mein Bestes gegeben und trotzdem sieht er das nicht.

»Hast du dir die neuen Designs unserer Handtaschen angesehen?« Dad atmet tief durch. Er wechselt das Thema und ich bin mir in diesem Moment nicht sicher, ob er die neue Kollektion super findet, denn seine Miene erhellt sich nur ein Stück weit.

»Sie wird definitiv unseren Marktwert erhöhen. Sie ist frisch, neu und wird bestimmt eine breite Masse anziehen.« Ich strecke meinen Rücken durch und ein leichtes Lächeln zeichnet sich auf meinen Lippen ab.

Dad lehnt sich zurück und kaut auf seinem Kugelschreiber, dabei lässt er mich nicht aus den Augen. Es ist eine neue Variante seines Verhaltens, die ich noch nicht einordnen kann.

»Findest du?«

Ist das eine Fangfrage? Ich suche jeden Zentimeter seines Gesichts und seiner Körperhaltung ab, um zu erkennen, was gerade in ihm vorgeht. Ja, ich habe vor langer Zeit meine eigene Meinung und mein Selbstbewusstsein ihm gegenüber verloren. Ich kann mich schon gar nicht mehr an die alte Grace erinnern, die ich noch auf dem College war. Ich war witzig, lebensfroh und hatte viele Freunde. Heute besteht mein Alltag aus aufstehen, arbeiten und schlafen. Zwischen den Terminen esse ich ein paar schnelle Happen. Mehr passiert in meinem Leben nicht.

»Grace, schläfst du?« Er verengt die Augen, sodass seine grauen Augenbrauen sich in der Mitte treffen.

»Ja, ich finde sie grandios, du doch auch, oder?« Ich blicke direkt in seine Augen, denn mein Dad hasst es, wenn man nicht selbstbewusst auf seine Fragen reagiert.

Er erhebt sich von seinem Schreibtisch und geht zu der Glasfront. Unzählige Hochhäuser umranden uns, sodass uns der Blick über die berühmte Skyline von Manhattan verwehrt bleibt. Er steckt seine Hände in die Hosentaschen und sieht hinaus. Auch dieses Verhalten kann ich nicht einordnen, da es so untypisch für ihn ist. Er wendet sich langsam zu mir um. Dann sieht er mich einen langen Moment an, als es an der Tür klopft und seine Assistentin eintritt.

»Sir, Mr. Lake ist hier.«

»Danke, schicken Sie ihn rein und bringen Sie mir einen Kaffee, schwarz und ohne Zucker«, befiehlt er.

»Soll ich gehen?« Ich erhebe mich vom Stuhl.

»Nein«, sagt er knapp und geht auf die Tür zu. Ich drehe mich um und ein groß gewachsener Mann tritt ins Büro. Breite Schultern, aufrechter Gang und Maßanzug. Alles Attribute, die einen erfolgreichen Geschäftsmann ausmachen.

»Hallo, Robert«, begrüßt mein Vater den Typen, der

selbstbewusst meinem Dad die Hand schüttelt und ein Gewinnerlächeln auf seinen Lippen trägt.

»Hallo, Brendon.« Er redet meinen Vater mit Vornamen an? Er muss ihn sehr gut kennen.

»Grace, darf ich vorstellen, Robert Lake.«

»Das ist also deine bezaubernde Tochter Grace.« Er macht einen Schritt auf mich zu und grinst mich breit an. Da ich ihn nicht namentlich einordnen kann, gebe ich ihm einen festen Händedruck. »Schön, dich endlich persönlich kennenzulernen.«

»Guten Morgen, leider hat mir mein Vater nicht wirklich etwas über Sie erzählt.« Ich blicke abwechselnd von Dad zu ihm.

»Ach, lassen wir die Förmlichkeiten. Nenn mich Robert.« Er zwinkert und ich frage mich im selben Atemzug, was das alles gerade hier soll.

»Was darf ich dir zu trinken anbieten?« Dad ist mir eindeutig zu freundlich. Ich spüre förmlich die Sonderbarkeit. Irgendetwas heckt er aus, davon bin ich überzeugt.

»Kaffee, schwarz und ohne Zucker, bitte«, sagt Robert und rückt sein Sakko zurecht. Er trinkt sogar den Kaffee wie mein Dad.

Die Assistentin schließt hinter sich die Tür, während mein Vater diesen geleckten Typen zu seiner Sitzlounge bittet.

»Hattest du einen guten Flug?« Dad platziert sich an der Stirnseite. Robert gegenüber, sodass ich mich in die goldene Mitte setze. Am liebsten würde ich jetzt in die Runde werfen, was das alles hier soll. Ich habe keine

Zeit für Small Talk. In meinem Büro wartet ein Berg Arbeit auf mich.

Robert räuspert sich. »Er war ganz angenehm. Wie geht es deiner Frau Michelle?« Er kennt sogar meine Mom? Nun wird mir echt mulmig, denn ich bin mir definitiv sicher, dass ich diesen Typen noch nie gesehen habe.

»Du kennst sie doch, sie ist immer damit beschäftigt, neue Wohltätigkeitsveranstaltungen zu organisieren. Das ist eben eine Arbeit, in der Frauen richtig gut sind, abgesehen von den Shoppingtouren.« In Dads Stimme schwingt ein seltsamer Unterton mit und augenblicklich beginnen meine Hände zu zittern.

Robert grinst und nickt zustimmend. »Ja, meine Mutter und Schwester sind da nicht anders. Sie blühen regelrecht auf, wenn sie in einen Luxusstore kommen.«

Mein Magen zieht sich zusammen. Die beiden reden, als wäre ich überhaupt nicht anwesend. Diese abschätzigen Aussagen gegenüber uns Frauen will ich mir nicht länger anhören.

»Dad, ich unterbreche euer Gespräch nur ungern, aber ich habe wirklich viel zu tun. Ich lass euch dann allein.« Ich erhebe mich.

»Grace, du setzt dich jetzt«, befiehlt mein Vater in einem schneidenden Ton. Meine Beine geben wie automatisch nach und mein Herz rast. Wie ich es hasse, wenn er mich wie einen Hund herumkommandiert. »Es gibt nämlich für dich ein neues Aufgabengebiet, das wir gleich besprechen werden.« Seine Augen funkeln mich böse an, als hätte ich ihn wieder blamiert. Wahrscheinlich ist das in seiner Wahrnehmung auch so passiert.

Seine Assistentin betritt das Büro und stellt vor den beiden den Kaffee ab und platziert in der Mitte eine Schale mit Keksen. »Sir, haben Sie sonst noch Wünsche?«

»Nein«, antwortet mein Vater knapp. Seine Lippen verlässt weder ein Dank noch ein höfliches Lächeln noch hat er den Anstand, sie richtig anzusehen.

»Danke, Linda«, sage ich und nicke ihr mit einem sanften Lächeln zu.

Linda ist erst seit Kurzem Dads Assistentin und wenn er so weitermacht, wird sie bald durch eine neue ersetzt. Mein Vater ist definitiv kein leichter und umgänglicher Mensch, zumindest was seine Sekretärinnen und mich betrifft.

»Gutes Personal ist wirklich schwer zu finden«, brummt mein Dad. Linda hat noch nicht einmal das Büro verlassen, und Dad gibt so etwas grundlos von sich. Sie hat nichts Falsches getan. Mein Hals schnürt sich zusammen.

»Ich weiß, deshalb bin ich ja jetzt da«, sagt Robert und setzt wieder sein Siegerlächeln auf.

»Du wirst die Personalabteilung leiten?«, frage ich, gleichzeitig vernehme ich das Einschnappen der Tür.

Robert streckt seinen Rücken durch, als hätte er gleich eine grandiose Neuigkeit zu verkünden. Doch er zieht sich sofort zurück, als mein Vater die Hand erhebt. Was haben die beiden für einen Pakt geschlossen, weshalb sie sich erstens so übermäßig vertraut sind und zweitens Robert sogar auf Dads kleinste Hinweise reagiert wie ein gut dressierter Hund?

»Dad?« Ich richte nun meine volle Aufmerksamkeit auf ihn.

Er trinkt in aller Ruhe seinen Kaffee, dann lehnt er sich zurück. »Robert ist gekommen, weil wir hier in der Führungsebene Unterstützung brauchen. Unser Unternehmen soll unbedingt weiterwachsen, dafür müssen wir Marktanteile gewinnen.«

Nun beginnt mein Herz, immer lauter zu pochen, denn Neukundenakquise ist eigentlich mein Aufgabenbereich. »Das ist doch mein Bereich, in dem ich …«

»Habe ich fertig gesprochen?«, knurrt er und wirft mir einen warnenden Blick zu.

»Nein«, sage ich nun leiser und spüre, wie ich in mich zusammensacke. Dad ist perfekt darin, andere niederzumachen.

»Du wirst Robert auf den neuesten Stand bringen. Er hat zuvor bei einem Schuhhersteller gearbeitet und hat in der Neukundengewinnung Grandioses geleistet. Er wird uns zum Marktführer machen und das nicht nur in den USA, sondern in ganz Europa. China war gestern, unser Label ist die Zukunft für den Weltmarkt.«

Mir klappt der Mund auf, denn Dad hat in den letzten Wochen kein Wort von seinen neuen Visionen gesprochen und nun wirft er sie mir einfach so vor die Füße.

»Und du wirst dich dann ausschließlich um die Fabriken kümmern, das ist Arbeit genug für dich.«

»Die Fabriken sind nicht dafür konzipiert, so schnell

zu wachsen«, werfe ich ein, ohne über sein Gesagtes genau nachzudenken, denn dann würde ich wahrscheinlich weinend rausrennen. Die wichtigste Aufgabe, die ich bisher im Unternehmen hatte, will er mir von einem auf den anderen Tag wegnehmen. Und dann möchte er mir seinen Lakaien vorsetzen, der auf Kommando springt.

»Siehst du? Der Aufgabenbereich ist vollkommen ausreichend für dich.«

»Robert, könntest du bitte für einen Moment draußen warten? Ich möchte mit meinem Vater allein sprechen.« Der Typ blickt zu meinem Dad, als bräuchte er seine Erlaubnis.

»Es gibt nichts mehr zu besprechen, mein Entschluss steht fest. Und nun an die Arbeit. Außerdem zeig ihm das Büro gleich rechts von mir, das wird in Zukunft seines sein.« Dads Augen sind dunkel wie die Nacht. Kein Fünkchen Liebe oder Verständnis ist darin zu erkennen.

»Du hattest doch ...«

Dads Telefon klingelt und er erhebt sich. »Robert, auf gute Zusammenarbeit.« Sie reichen sich die Hand, ehe mein Vater abhebt.

Mit diesem Vollpfosten verlasse ich das Büro und halte inne. Was ist da drinnen gerade passiert? Will mein Dad mich blamieren? All die Arbeit, die ich in den letzten Monaten hier reingesteckt habe, hat für ihn anscheinend keinen Wert.

»Ist das mein Büro?«, reißt mich Robert aus den Gedanken und visiert die Tür an.

Ich nicke und als ich beobachte, wie er in das Büro stolziert, wird mir schwindelig. Dieses Büro sollte ich mal bekommen, zumindest hatte er das öfter angedeutet. Denn er sagte immer, seine rechte Hand wird dort seinen Platz finden. Ich dachte damals, er will mir eine Einarbeitungszeit gönnen und wenn ich hart genug arbeite, sitze ich auf dem Ledersessel.

»Linda, machen Sie eine Ausschreibung fertig, denn ich brauche dringend eine Assistentin«, ruft Robert. Er ist gerade mal dreißig Minuten in unserem Unternehmen und benimmt sich wie der Boss.

»Natürlich.« Kurz bleibt Lindas Blick an mir hängen und auch wenn ich keine Gedanken lesen kann, ahne ich, was in ihrem Köpfchen vorgeht. Mein Vater hat mir einen neuen Boss vorgesetzt, ohne nur einmal mit der Wimper zu zucken.

»Grace«, ruft Robert.

Ich mache ein paar Schritte auf ihn zu. »Ja?« Innerlich brodelt mein Blut. Dieser Typ ist alles, was ich jetzt schon verabscheue.

»Schaffst du es, in zwanzig Minuten die Liste aller unserer bestehenden Kunden zu schicken?«

»Ich denke, das schafft meine Assistentin gerade noch.« Ich wende mich ab und strecke meinen Rücken durch. So einfach gebe ich das Schlachtfeld nicht auf. Auch wenn mein Vater mir diesen Schnösel vor die Nase setzt. Er wird noch begreifen, dass es die falsche Entscheidung war. Dafür werde ich sorgen, denn dieser Typ kann nicht ohne Vorkenntnisse gleich ins Tagesgeschäft einsteigen.

Meine Gedanken drehen sich im Kreis, während ich mein Büro ansteuere. Eigentlich bräuchte ich jetzt einen starken Kaffee, doch wie vor einer Woche schon hat sich eine Traube an Frauen vor der Kaffeeküche versammelt. Mein Puls dröhnt in meinen Ohren und ich kann meine Emotionen in diesem Moment nicht länger kontrollieren.

»Habt ihr alle keine Arbeit?«, zische ich und meine Hand ballt sich zu einer Faust.

Sofort habe ich die ganze Aufmerksamkeit der Mitarbeiterinnen, die mit eiligen Schritten ihre Büros ansteuern. Eigentlich ist es nicht meine Art, so mit meinen Mitarbeitern zu reden, und tatsächlich wäre mir ein friedliches Miteinander lieber. Aber mein Vater hat mich gerade zur Weißglut gebracht. Er untergräbt meine Position im Unternehmen.

Als ich noch aufs College ging, hatte ich Visionen. Ich wollte eine nahbare Chefin sein, mit meinen Angestellten auf Augenhöhe arbeiten und was bin ich jetzt? Eine Furie, die ihre Gefühle nicht unter Kontrolle hat. Ich betrete die Kaffeeküche und beobachte, wie der Typ von letzter Woche die Pappbecher nachfüllt.

»Dauert es noch lange?«, frage ich und verschränke meine Arme vor der Brust.

Er dreht sich langsam zu mir um und lächelt mich an. »Ein paar Minuten müssen Sie sich noch gedulden, denn ein Becher hat sich verkeilt.« Seine Stimme ist ruhig und diese Gelassenheit treibt meinen Puls in die Höhe.

»Das heißt jetzt wie lange? Ich brauche dringend

einen Kaffee!«

Er zieht seine Jacke mit dem Firmenlogo aus. Nun kommt sein weißes T-Shirt zum Vorschein. Er lehnt sich entspannt an die Küchenzeile. »Sie könnten mir dabei helfen, immerhin haben Sie zartere Finger als ich und kommen vielleicht leichter in diese kleine Öffnung hinein.«

»Sie werden dafür bezahlt, Ihren Job zu erledigen.« Mein Kiefer mahlt, denn der Typ geht mir auf die Nerven.

»Richtig, aber dann müssen Sie sich nun mal gedulden«, spricht er ruhig weiter.

Geduld ist etwas, das ich die letzten Monate schon lange nicht mehr besitze. Und seit Dad mir diesen Idioten vor die Nase gesetzt hat schon gar nicht mehr. Ich gehe auf den Automaten zu und entdecke den eingeklemmten Pappbecher. Ich zerre wild an dem Ding herum, aber es bewegt sich kein Stück.

Der Typ stellt sich neben mich und sein männlicher Duft steigt in meine Nase. »Sie müssen schon mit mehr Gefühl an die Sache gehen«, sagt er und blickt mir über die Schulter.

»Wenn Sie wissen, wie es funktioniert, warum erledigen Sie es nicht selbst?« Ich drehe mich zu ihm um und nun passt nur ein Blatt Papier zwischen uns.

»Weil Sie mir mit Ihrem Getue auf die Nerven gehen.« Dabei grinst er wieder. Lacht der Typ mich aus?

»Wissen Sie, mit wem Sie es zu tun haben? Sie können nicht so mit mir sprechen.«

»Auch Sie haben mit mir nicht so zu reden, denn ich

bin nicht Ihr Dienstbote, den Sie herumkommandieren können.« Seine Stimme ist weiterhin ruhig, wohingegen meine mittlerweile immer lauter wird.

»Ich werde eine Beschwerde an Ihren Boss schicken, denn so etwas habe ich noch nicht erlebt«, fauche ich. »Nennen Sie mir sofort Ihren Namen.«

Nun umspielt seine gleichmäßig geformten Lippen ein schelmisches Grinsen, das meinen Puls noch mehr steigen lässt. »Vincent. Wollen Sie vielleicht auch noch meine Adresse und Telefonnummer?«

»Ich will kein Date mit Ihnen, sondern dass Sie eine Abmahnung bekommen. Immerhin bezahle ich gewissermaßen Ihr Gehalt.«

»Also Sie haben keineswegs Ähnlichkeit mit meinem Boss.« Er lässt den Blick von meinen spitzen Absätzen aufwärts zu meinem Gesicht gleiten. »Okay, manchmal kann er auch so wütend dreinschauen, aber er hat mittlerweile graue Haare und ein kleines Bäuchlein.«

Ich beiße meine Zähne fest aufeinander, sodass mein Kiefer schmerzt. »Sie werden schon noch sehen, was Ihnen Ihr lockeres Mundwerk bringt«, sage ich und lasse den Idioten zurück. So etwas habe ich noch nicht erlebt.

»Sie sollten es vielleicht mal mit Yoga oder Meditation probieren, das soll helfen, entspannter durchs Leben zu gehen!«, ruft er mir hinterher, jedoch tue ich so, als hätte ich es nicht gehört.

Als Erstes werde ich seinem Boss eine saftige E-Mail schicken und dann werde ich mich um das Problem namens Robert Lake kümmern.

4 VINCENT

So eine Zicke. Sie wird schon noch drauf kommen, wohin ihr Hass führt. Mit solchen Mitteln kommt man nie weit und das wird sie auch lernen. Vielleicht nicht auf die leichte Tour, aber es soll mir recht sein. Ich kann so versnobte Menschen nicht abhaben, die ihren Frust an anderen auslassen. Wie es aussieht, ist der Kaffee auch nicht mehr so wichtig.

Ich atme tief durch und wende mich dann erneut dem Kaffeeautomaten zu. Mit ein paar Handgriffen habe ich schlussendlich den Pappbecher draußen und der Automat ist wieder betriebsbereit. Ich packe das Werkzeug samt Putztüchern in meinen kleinen Trolley, als ich erneut einen Schatten neben mir wahrnehme. Hat diese Frau noch nicht genug?

»Ist die Maschine schon bereit für einen Kaffee?«

Ich blicke hoch und mein Blick bleibt an einer kleinen, zierlichen Blondine hängen. »In weniger als einer Minute«, erwidere ich und schließe den Automaten.

»Hör zu, Grace macht gerade eine schwere Zeit durch.« Sie stellt sich vor den Kaffeeautomaten und wirft Geld ein.

»Für mich ist das keine Ausrede. Jeder Mensch hat Probleme, aber deshalb kann man sie nicht an anderen auslassen. Ich bin für ihren Bullshit bestimmt nicht verantwortlich.«

»Vielleicht, aber wir sind alle nur Menschen. Übrigens, ich bin Christine.« Sie streckt mir die Hand entgegen.

»Vince«, antworte ich und umschließe ihre zarten Finger. »Ehrlich gesagt habe ich dafür kaum Verständnis. Das sind meiner Meinung nach nur Ausreden. Hoffentlich hast du mit ihr nicht allzu viel zu tun. Sonst ist dein Tag bestimmt anstrengend.«

»Glaub mir, sie war nicht immer so.« Sie senkt den Blick und kurz verändert sich ihre Miene, jedoch fängt sie sich schnell. »Ach egal, jedenfalls gehört sie in diesem Unternehmen zu den Guten.«

Nun entweicht mir ein lauter Lacher. »Zu den Guten? Das ist jetzt ironisch gemeint, oder?« Ich schüttle den Kopf. Diese Frau ist alles nur nicht gutherzig. Sie ist der Inbegriff einer Zicke. »Du solltest dir eindeutig einen neuen Job suchen, denn ich will mir gar nicht ausmalen, wie sich die Bösen hier verhalten.«

Ein lautes Räuspern ertönt neben uns und ich fange Grace' Blick ein, der wie gewohnt ernst ist. Ihre kohlrabenschwarzen Haare hat sie streng zu einem Pferdeschwanz gebunden. Kein Haar steht ab. Ihre makellosen Gesichtszüge sind jedoch hart. Sie ist zwar wunderhübsch, dennoch würde ich mich mit so einem Biest niemals zu einem Date treffen. Solche Frauen bedeuten nur Ärger und Konflikte, auf die ich keinen Bock habe. Außerdem bin ich definitiv nicht masochistisch veranlagt.

»Sind Sie endlich fertig?« Grace hat ihre Arme abwehrend vor der Brust verschränkt.

»Sie sollten eindeutig eine Anti-Aggressionstherapie machen«, sage ich und schlängle mich an ihr vorbei.

»Und Sie sollten einen Knigge-Kurs anstreben, denn Sie haben gar keine Ahnung, wie man mit einer Frau spricht!«

Ich gehe in den Fahrstuhl und als sich die Türen schließen, entspannen sich meine Muskeln. Diese Frau geht mir so auf den Sack. Wieso triggert sie mich so? Eigentlich sollte mir ihr Gelaber egal sein. Immerhin hat sie mir nichts zu sagen.

Frischer Kaffeeduft steigt in meine Nase. Seit Jahren schon treffe ich mich in der Mittagspause mit meinem besten Freund in diesem gemütlichen Kaffee, nicht unweit unserer Firma entfernt. Noch immer kreist diese Furie in meinem Kopf herum. Es kommt nicht oft vor, dass ich über einen Menschen, der mir auf die Nerven geht, so grüble. Solche Leute lasse ich normalerweise links liegen.

»Hey, alles klar bei dir?« Callum zieht sein Jackett aus und setzt sich mir gegenüber.

»Alles bestens«, antworte ich, obwohl es in mir brodelt.

»Deiner Stimmlage nach zu urteilen, ist das aber nicht die Wahrheit.« Er lehnt sich zurück und mustert mich.

Ich atme tief durch. »In dieser einen Firma ist eine Chefin, die mich noch in den Wahnsinn treibt.«

»Okay«, erwidert er lang gezogen. Kurz unterbricht uns die Kellnerin und nimmt Callums Bestellung auf.

»Sie ist zickig und glaubt ernsthaft, ich sei ihr Lakai.« Augenblicklich spannen sich meine Muskeln an.

»Das bin ich gar nicht gewohnt von dir, dass dich jemand aus der Bahn wirft.«

»Ich auch nicht und das ärgert mich noch mehr. Diese Frau hat etwas an sich, dass ich sie am liebsten auf den Mond schießen würde.«

»Wow, da schwappen aber wilde Energien zu mir rüber.« Callum grinst, während mein Kiefer mahlt.

»Können wir über etwas anderes sprechen? Meine Pause ist gleich vorüber und ich muss die nächsten Kunden beliefern.«

»Bobs Frau geht es zunehmend schlechter und nun hat er sich sogar als Stammzellenspender testen lassen, aber leider ist er nicht kompatibel.« Callums Gesichtszüge werden nachdenklich.

»Was können wir tun? Es muss doch Hilfe für diese Frau geben.« Mein Herz zieht sich zusammen, denn ich ärgere mich über Dinge, die in so einer Situation völlig unangebracht sind.

»Die größte Hoffnung liegt in der Stammzellenspende. Den passenden Menschen dafür zu finden, ist wie ein Lottogewinn.«

»Wir müssen eine Ausschreibung unter den Mitarbeitern machen, vielleicht ist jemand dabei.«

»Das werde ich gleich als Erstes anordnen.«

»Perfekt. Ich muss jetzt leider los. Wir reden morgen im Büro darüber, was wir für die Familie noch tun können.« Ich lege einen Zehn-Dollar-Schein auf den Tisch und verlasse das Café.

Den ganzen Tag sind meine Gedanken um Bobs Frau gekreist. Nun sitze ich auf meinem überdimensionalen Sofa und starre auf den großen Flatscreen vor mir. Die Nachrichten laufen, doch mein Verstand ist nicht aufnahmefähig. Ich nehme mein Handy und öffne den Internetbrowser. Ich gebe »Stammzellenspende« ein und sofort kommen unzählige Seiten mit Informationen dazu. Plötzlich bin ich fokussiert und lese aufmerksam die Anforderungen.

In einem Alter zwischen achtzehn und fünfunddreißig Jahren kann man sich registrieren lassen. Man muss ein Mindestgewicht von fünfzig Kilogramm haben und einen maximalen Body Maß Index von 40. Außerdem darf man keine schwerwiegenden Krankheiten haben.

Gleich darunter ist ein Link angeführt, wo man sich

ganz unkompliziert registrieren kann. Schnell habe ich meine Daten angegeben und in wenigen Tagen werde ich ein Testkit nach Hause geschickt bekommen.

Mein Blick bleibt an einer Statistik hängen. Die Chance, dass man eine Person mit passenden Gewebemerkmalen findet, beträgt 1:500.000. Sie schreiben weiter, dass es darum so wichtig ist, sich zu registrieren, denn dadurch kann man im besten Fall Menschenleben retten.

Ich recherchiere weiter und komme auf eine Seite der Kinderkrebsstation. Die Bilder lassen mich eindeutig nicht kalt. Diese winzigen Wesen mit einem Lächeln im Gesicht zu sehen, obwohl ich an ihrer blassen Haut und den kahlen Köpfen unschwer erkennen kann, wie krank sie sind, lässt mein Herz schwer werden. Diese Kinder haben die Hoffnung zu leben und ich möchte alles in meiner Macht Stehende tun, sie dabei zu unterstützen. Ich notiere mir die Adresse und die E-Mail. Es ist auch ein Spendenkonto für die Kinderkrebshilfe angegeben. Augenblicklich schießt mir ein grandioser Gedanke in den Kopf, den ich als ersten Punkt gleich morgen mit meinem Freund Callum besprechen werde.

5 GRACE

»Hallo, Mom!«, rufe ich in die Stille. Der Flur ist hell erleuchtet. Seit einer gefühlten Ewigkeit habe ich meine Eltern schon nicht mehr besucht, da mich die Arbeit in der Firma zu sehr beansprucht. Ja, es ist womöglich eine Ausrede, denn wenn man Menschen in seinem tiefsten Herzen vermisst, findet man die Zeit. Heute habe ich einen Grund, warum ich überhaupt hier aufkreuze. Mein Vater hat eine Entscheidung getroffen, die ich nicht hinnehmen kann.

»Ich bin in der Küche!«, ruft sie und ich folge dem Duft des Essens.

»Hey, wie geht es dir?«, frage ich und gebe Mom einen Kuss auf die Wange.

»Wie du siehst, bin ich gerade ziemlich beschäftigt, das Abendessen für deinen Dad fertig zu machen.« Sie wischt die Hände an ihrer rot-weiß karierten Schürze ab.

»Wo ist Dad?«

»In seinem Büro. Wo sonst.« Sie rollt mit den Augen und zupft ihren kurzen schwarzen Pony zurecht. Sie hat dieselbe Haarfarbe wie ich und auch ihre grünen Augen sind meinen gleich.

»Dann schau ich kurz zu ihm.«

»Isst du mit?« Mom lächelt warmherzig.

Einen Moment halte ich im Türrahmen inne und mein Zögern ist unverkennbar. Es ist lange her, dass ich das letzte Mal mit meinen Eltern zusammen gegessen habe. »Vielleicht.«

»Ich decke schon mal den Tisch mit ein.« Sie geht zum Schrank und holt einen Teller heraus. Ich nicke und steuere dann Dads Büro an. Kurz halte ich vor meinem Kinderzimmer an. Noch immer ist mein Name in bunten Buchstaben darauf. Ich bin mir sicher, wenn ich das Zimmer betreten würde, sähe es genauso aus wie damals, als ich ausgezogen bin. Zwei Jahre sind seither vergangen. Es ist ein typisches Mädchenzimmer. Mit rosa Polstern, Postern von ein paar bekannten DJs. Damals hatte ich noch die Zeit, mich auf unzähligen Partys herumzutreiben, doch dies gehört der Vergangenheit an. Seit ich in der Arbeitswelt angekommen bin, hat sich mein ganzes Leben verändert. Ich schlucke den Kloß in meinem Hals hinunter und visiere Dads Büro an. Noch immer wirkt die Tür in sein Reich für mich mächtig und unnahbar. Kurz schweifen meine Gedanken ab.

· · ·

»Hallo, Prinzessin«, begrüßt mich mein Vater und hebt mich hoch. »Was hast du heute Schönes gemalt?«

Ich reiche ihm das Blatt mit den unzähligen Herzen darauf. Mein Herz klopft schnell, denn Dad lächelt breit.

»So viele Herzen für mich?«

»Weil du einfach der beste Dad auf der Welt bist.« Ich schlinge meine Arme um seinen Hals und gebe ihm einen Kuss auf die Wange.

»Und du bist die beste Tochter, die man sich wünschen kann.« Er zieht mich in eine warmherzige Umarmung und in diesem Moment spüre ich die Liebe zu mir.

»Jetzt musst du dich aber hübsch machen, denn heute bekommen wir hohen Besuch.« Er setzt mich auf dem Boden ab und ich blicke ihn erwartungsvoll an.

»Wer kommt denn? Der Präsident von Amerika?«

Dad lacht laut auf. »Nein, aber ein zukünftiger Geschäftskunde. Also zeig dich heute von deiner besten Seite, so wie es dir deine Mutter beigebracht hat.« Er streichelt über meinen Kopf, dann wendet er sich ab und verschwindet in das geheime Zimmer, das ich nie betreten darf.

Ich klopfe an die Tür und als ich meinen Vater »Ja« rufen höre, trete ich ein. »Hallo, Dad, hast du einen Moment?«

Er blickt auf und leider ist in seinen Augen nicht dieses Strahlen zu erkennen, welches ich bei ihm als kleines Kind gesehen habe. »Warum bist du hier?« Kein nettes »Hallo« oder ein höfliches »Schön, dass du da bist«, sondern schnell auf den Punkt kommen ist Dads

Devise. Ich kann mich gar nicht mehr daran erinnern, wann er sich mir gegenüber so verändert hat.

»Können wir nochmals über Mr. Lake sprechen? Wieso hast du ihn mir vor die Nase gesetzt?«

»Hier gibt es nichts zu diskutieren, meine Entscheidung steht fest.« Er schließt seine Mappe und erhebt sich.

»Traust du mir die Arbeit nicht zu?«, entfährt es mir, weil ich meinen Vater nicht verstehe. Er hat ihn ohne Vorwarnung und ohne große Ankündigung eingestellt. »Du hast gesagt, dass ich einmal dein Imperium leiten werde.«

»Das tust du ja, in deinem Bereich. Ist das nicht genug für dich?« Er nimmt seine Lesebrille ab und seine Miene ist wie gewohnt ernst und hart. Seine grauen Haare hat er akkurat geschnitten, nur die Krawatte baumelt etwas locker um seinen Hals.

»Ich habe bei diesem Typen kein gutes Gefühl.«

»Ihr Frauen mit euren Gefühlen, deshalb solltet ihr auch nicht in einer Führungsposition sein.«

»Das meinst du gerade nicht ernst, oder? Wir leben im einundzwanzigsten Jahrhundert und du gibst mittelalterliche Anschauungen von dir.« Augenblicklich beginnen meine Knie zu zittern.

»So ist die Realität und ich werde täglich darin bestätigt.«

»Wieso wolltest du dann, dass ich BWL studiere, um schlussendlich in deinem Unternehmen zu arbeiten?« Mein Puls schnellt in die Höhe. Ich wusste, dass mein Dad nicht gerade mit der Zeit geht, aber das? Alles, was er sagt, ist abwertend. Wir Frauen haben durch unser Feingefühl und unsere Intuition sehr gute Führungsqualitäten.

»Willst du vor dem Abendessen Grundsatzfragen mit mir diskutieren?« Er legt seine Brille auf den Schreibtisch. »Lass uns lieber das gute Essen deiner Mutter genießen.«

»Dad, das ist keine Antwort auf meine Frage. Warum wolltest du mich überhaupt im Unternehmen?« Ich kann jetzt nicht lockerlassen, denn ich will wissen, was ihn dazu bewegt hat. Er hat mich damals nahezu gedrängt, genau dieses Studienfach zu nehmen. Natürlich war es auch mein Wunsch, weil ich mir in meinen Träumen ausmalte, wie toll es sei, mit ihm an neuen Projekten zu arbeiten. Die Firma weiterzubringen, um noch mehr Zeit mit meinem Vater zu verbringen. Als kleines Kind war er immer viel zu beschäftigt und war mehr in der Firma als bei uns zu Hause. Ich war so naiv und glaubte, wir könnten die Zeit nachholen. Ich ging davon aus, dass er mich deshalb zu diesem Studium animierte, weil auch er stolz war, mit mir früher oder später das Unternehmen zu führen. All meine Visionen sind schlussendlich in der Versenkung verschwunden. Nicht einer Idee hat Dad zugestimmt. Bis heute nicht.

»Ehrlich gesagt, dachte ich, dass du wie deine Mutter schon ein kleines Wesen unter deinem Herzen trägst und mich zum Großvater machst.« Dads Antwort versetzt mir einen Stich in der Brust. Natürlich ist es schön, zu hören, wenn sich dein Vater über ein Enkelkind freut, aber nicht mit diesem Ausgang. Die Zeiten sind vorbei, dass eine Frau allein in der Mutterrolle aufgeht. Für manche mag das passen, aber doch nicht für mich. Schon während des Colleges habe ich nebenbei gejobbt. Nicht weil ich das Geld benötigte, sondern um Erfahrungen zu sammeln. »Und nun sieh dich doch an, du hast nicht einmal einen Freund.«

»Na und? Ich bin fünfundzwanzig, ich habe noch alle Zeit der Welt.« Ich kann nicht fassen, was mein Vater von sich gibt.

»Bald bist du dreißig und dann? Wer wird die Geschäfte führen, wenn du in deine Mutterrolle rutschst? Oder willst du tatsächlich auf Familienglück verzichten? Glaub mir, ich weiß, wovon ich spreche. Wann hatte ich schon Zeit für dich? Zwischen den Terminen ein paar Minuten. Nein, Grace, du solltest das schätzen, was du als Mutter erleben wirst.«

»Noch bin ich nicht schwanger, geschweige denn habe ich einen Freund. Derzeit steht das nicht zur Diskussion«, entgegne ich und hoffe, dass Dad endlich einlenkt. Er kann das nicht wirklich glauben. »Außerdem gibt es auch Kindermädchen und ...«

Dad hebt abwehrend die Hand. »Hör auf!«, knurrt er. »Wie gesagt, ich habe eine Entscheidung gefällt, akzeptiere es oder du musst kündigen.«

»Ich werde nicht kündigen! Wenn es dir nicht passt, wie ich meine Arbeit verrichte, dann musst du mich feuern, so wie du das mit anderen schon gemacht hast. Immer wieder wirfst du mir das vor die Füße. Ich kann es nicht mehr hören.« Ich wende mich ab und öffne Dads Tür. »Jedenfalls werde ich diese Entscheidung nicht so hinnehmen. Denn ich weiß, dass ich meinen Job ausgezeichnet erledige. Ich habe es verdient, in Mr. Lakes Büro zu sitzen. Nicht dieser Neuling, der von unserem Unternehmen keine Ahnung hat.« Ich knalle die Tür hinter mir zu. Diesmal bin ich es, die ihn einfach so stehen lässt. Leider fühle ich mich dadurch aber keineswegs besser. Viele würden wahrscheinlich sofort kündigen und sich etwas Neues suchen, aber er ist mein Vater und es ist unser Familienunternehmen. Das werfe ich nicht so leichtfertig weg. Ich weiß, dass ich stark genug bin, um das auszuhalten.

Ich visiere die Eingangstür an, als ich ein Räuspern von meiner Mutter vernehme. »So spricht man nicht mit seinem Vater.«

»Ach ja? Wie sollte ich ihm dann beibringen, dass ich nicht nur zum Kinderzeugen auf die Welt gekommen bin?« Meine Worte klingen hart und das sollen sie auch. In mir brodelt es.

»Was ist aus dir nur geworden? Du bist kratzbürstig und schreist herum. Du hattest doch früher immer den Traum von deinem Prinzen und einem Baby. Als Kind hast du das ständig gespielt und uns die ausschweifenden Vorstellungen erzählt.« Moms Gesichtszüge sind weiterhin weich.

»Aus dem Alter bin ich lange schon raus. Ich will endlich mehr Verantwortung im Unternehmen und nicht diesen Mr. Lake vor die Nase gesetzt bekommen.« Ich öffne die Eingangstür und ein Windhauch kommt mir entgegen.

»Bleibst du nicht zum Essen?«

»Nein, ich habe keine Zeit. Bis dann.« Sie versteht mich nicht. Meine Eltern kapieren nicht, was ich mir vom Leben wünsche. Doch weiß ich das wirklich? Ich trete in den Fahrstuhl und als sich die Türen schließen, gebe ich ein lautes Seufzen von mir. Mein Vater hat mich nie in einer Führungsposition gesehen. Ich war nie Teil seines Planes. Wie konnte ich das all die Jahre nicht bemerken?

Ich eile hinaus auf die Straße. Der Straßenlärm übertönt meine unliebsamen Gedanken nicht. Ich kann jetzt nicht nach Hause, deshalb rufe ich ein Taxi und nenne dem Fahrer die Adresse der Firma. Keine Ahnung, warum ich genau dorthin will, aber zu Hause ist es wahrscheinlich noch schlimmer für mich. Im Büro kann ich mich in die Arbeit stürzen und mich ablenken. Daheim würde ich nur Zeit zum Grübeln haben und ich will mir über Dads Aussage keine Gedanken machen. Er wird noch merken, dass eine Frau hervorragende Leistung erbringt.

Der Flur ist dunkel, nur die Notbeleuchtung ist an, doch als ich den Bewegungsmelder erreiche, erhellt sich jeder Abschnitt. Ich brauche einen Kaffee, um wieder auf Touren zu kommen, deshalb steuere ich den Kaffeeautomaten an. Ich werfe ein paar Münzen hinein und wähle einen doppelten Espresso. Anstatt dass ein Becher herunterkommt, passiert rein gar nichts.

»Das kann doch nicht wahr sein!« Ich knalle mit der flachen Hand auf den Automaten, als würde das irgendetwas nützen. »Was habe ich nur verbrochen, dass sich die ganze Welt gegen mich wendet?« Mein Blick bleibt an der Notfallnummer auf dem Automaten hängen. Ohne genauer darüber nachzudenken, wähle ich diese. Nach nur einmal klingeln ertönt eine warme Männerstimme.

»Price Coffee & Drink, was kann ich für Sie tun?«

»Ms. Middelton von Middelton Group. Der Kaffeeautomat funktioniert nicht. Bis wann kann jemanden kommen, der das repariert?«

»Morgen früh werden wir einen Monteur vorbeischicken.«

»Hören Sie zu, wir bezahlen genug für Ihre Automaten und ich möchte, dass sofort jemand das repariert.« Ich weiß, es ist nicht in Ordnung, aber mein Vater hat mir tatsächlich den letzten Nerv geraubt.

Kurz vernehme ich ein Rascheln, ehe der Typ weiterspricht. »Ich werde sehen, was ich tun kann. Voraussichtlich wird etwa in einer halben Stunde jemand bei Ihnen sein.« Die Stimme ist weiterhin ruhig und ich weiß, wie falsch es ist, seinen Frust an jemand anderem auszulassen. Aber ich kann gerade nicht aus meiner Haut. Nachdem ich mich bedankt habe, lege ich auf. Dann gebe ich noch dem Portier Bescheid, dass in etwa einer halben Stunde jemand von Price Coffee & Drink vorbeikommt. Ich gehe in den Flur und steuere mein Büro an. Mit jedem weiteren Schritt pocht mein Herz schneller. Ich öffne die Tür und trete ein. An der Wand hängen meine Urkunden, die ich während des Studiums gesammelt habe. Auf dem College war ich Jahrgangsbeste. Ich halte dicht davor an und augenblicklich steigt die Wut in mir. Ich reiße die Bilderrahmen von der Wand und werfe sie auf den Boden. Das Glas zerspringt, so wie meine ganzen Ziele und Träume in tausend Einzelteile zerbrechen. Ich versinke in einen Trancezustand und mit einer gezielten Handbewegung schiebe ich alle Mappen von meinem Schreibtisch. Für mich hat all das keine Bedeutung mehr, denn mein Vater hatte nie vor, mich in irgendeiner Weise im Unternehmen zu halten. Ich spüre, wie meine Wangen feucht werden. Es ist lange her, dass ich geweint habe, doch in diesem Moment übermannen mich die Gefühle. Tränen bahnen sich unaufhörlich aus meinen Augenwinkeln, während ich damit beschäftigt bin, mein ganzes Büro auf den Kopf zu stellen.

An der Wand habe ich unzählige Bücher, sorgsam nach Inhalt im Bücherregal sortiert. Jedes dieser Bücher hat mein Leben damals geprägt und nun verlieren sie jeglichen Wert. Denn all das viele Lernen hat mir nichts genützt. Ich hatte nie eine Chance auf Anerkennung durch meinen Vater, das wird mir von Minute zu Minute immer klarer. Die Bücher knallen auf den Boden. Manche biegen sich sogar durch den Fall auf, aber all die Liebe, die ich zu diesen Exemplaren gespürt habe, ist mit nur einem Gespräch ausgelöscht, wenn ich daran denke, wie lang Dad mich hier terrorisiert hat. Ich dachte, er will mich auf die Chefposition vorbereiten. Mir zeigen, dass im wahren Leben nicht alles leicht verläuft. Denn ich weiß, Geschäftsverhandlungen mit anderen Unternehmen können manchmal ziemlich hart sein.

Ich eile zu dem Wandregal, auf dem sich unzählige Ordner von möglichen Neukunden befinden. Mit einem Ruck leere ich auch dieses Regal, während sich mein Herz immer mehr zusammenzieht und ich ein lautes Schluchzen von mir gebe.

»Ich hasse dich!«, fluche ich in die Stille. »Wieso hast du mir das angetan?«

Plötzlich ertönt ein lautes Räuspern und ich fahre herum. Mein Blick bleibt an einem Typen hängen, den ich noch mehr hasse als meinen Vater. »Was tun Sie hier?«

»Sie haben angerufen, dass ich Ihren Kaffeeautomaten reparieren soll.« Er kommt auf mich zu. »Wurde hier eingebrochen? Soll ich die Polizei rufen?« Er beginnt, ein paar Bücher vom Boden aufzuheben, die ich vorhin mit aller Gewalt hinuntergeworfen habe.

Als er kurz vor mir innehält, begegnen sich unsere Blicke. Er legt seine warme Hand an meinen Oberarm. »Geht es Ihnen gut?«, fragt er und ich starre ihn weiterhin stumm an. Seine dunklen Augen wirken warmherzig und mitfühlend. Eine Emotion, die ich definitiv nicht verdient habe, so wie ich ihn bisher immer angefahren habe.

»Sie sollten sich vielleicht hinsetzen«, fährt er fort, während ich weiterhin keinen Ton verliere. Vincent strahlt etwas Ruhiges und Ausgeglichenes aus, das mich irgendwie entspannen lässt. Er schiebt mich zu dem Sofa an der Wand und ich muss mehrmals meine Beine etwas anheben, weil mehrere Bücher übereinander liegen.

»Ich bringe Ihnen schnell ein Glas Wasser«, sagt er und verlässt mein Büro. Mein Blick schweift durch den Raum und erst jetzt nehme ich richtig wahr, was ich hier angestellt habe. Es sieht fast so aus, als wäre ein Orkan durch mein Büro gefegt. Glasscherben liegen verteilt über dem Holzboden. Auf meinem Schreibtisch ist nichts mehr, daneben liegt ein großer Haufen Mappen, Zetteln und Ordner.

»Ihr Wasser.« Er reicht mir das Glas und setzt sich neben mich.

Mit zitternder Hand trinke ich vorsichtig von dem eiskalten Wasser.

»Sie sollten die Polizei rufen, vielleicht finden sie noch ein paar Hinweise.« Als seine Worte den Mund verlassen, muss ich mehrmals husten.

»Nein, das bringt doch nichts.«

»Also, das sehe ich anders. Es wäre gut möglich, dass es hier um Betriebsspionage geht.« Er lässt den Blick durch den Raum schweifen.

Nun wird mir heiß und kalt zugleich. »Nein, es ist alles da«, antworte ich schnell.

»Das können Sie doch gar nicht wissen, wenn hier so ein Chaos herrscht. Sie stehen unter Schock, ich werde das für Sie erledigen.« Er erhebt sich und nun steigt Panik in mir auf. Denn die Polizei würde außer meinen Fingerabdrücken nichts finden. Außerdem hätte ich nur wieder Ärger mit meinem Vater. Ich erhebe mich ruckartig und fasse nach dem Handgelenk des Typen.

»Ich werde das erledigen, nachdem wir uns einen gemeinsamen Drink gegönnt haben. Was meinen Sie, als Dankeschön für Ihre Hilfe?«

Er zieht seine Braue nach oben. »Ich habe nichts getan.«

Ich halte das Glas Wasser in die Höhe. »Doch, Sie haben mir ein Wasser gebracht.« Ich lächle. »Außerdem kann ich jetzt ganz gut etwas Stärkeres gebrauchen.«

Er reibt seine Stirn. »Und Ihr Kaffeeautomat?«

»Der kann bis morgen warten.« Ich schiebe ihn aus meinem Büro. Gemeinsam gehen wir zum Fahrstuhl.

»Sie sollten jetzt wirklich keinen Alkohol trinken, sondern sich ein bisschen Ruhe gönnen.« Die Fahrstuhltür öffnet sich und wir gehen hinein.

»Zuerst sollten wir die Förmlichkeit beiseiteschieben. Ich bin Grace.

»Vince, aber das weißt du ja schon. Grace, bist du dir sicher, dass es dir gut geht?«, hakt er nach.

»Mach dir um mich keine Sorgen. Ich war einfach so überrascht über die Situation.« Ich lüge weiter, weil ich ihm keineswegs die Wahrheit sagen kann.

Er fährt durch sein schwarzes Haar. Er glaubt mir noch immer nicht, das kann ich an seinem misstrauischen Blick erkennen. Ich muss mich eindeutig mehr anstrengen. Ein Gutes hat es aber - jetzt muss ich nicht mehr darüber nachdenken, was mein Vater mir angetan hat.

6 VINCENT

»W as möchtest du trinken?«, frage ich an Grace'
Ohr, weil die Musik in dieser kleinen Bar
ziemlich laut ist. Es ist Mitte der Woche, doch das Lokal
ist voll.

»Einen Daiquiri bitte«, antwortet sie und blickt sich
in der Bar um.

Nach ein paar Minuten werden das Bier und der
Cocktail serviert. »Ich bezahle das«, sagt sie schnell und
zückt ihr Portemonnaie.

»Das ist nicht nötig.« Aber sie hat bereits die Rech-
nung beglichen.

»Doch, ist es.« Sie lächelt verhalten. »Übrigens
möchte ich mich dafür entschuldigen, dass ich dich um
diese Uhrzeit noch zu uns in die Firma bestellt habe.
Aber um es dir zu erklären, ich habe ein paar harte Tage
hinter mir.«

Eigentlich sollte ich meine Klappe halten und ihr

etwas antworten, das so klingt wie »Keine Ursache«, doch ich sage schließlich etwas völlig anderes. »Viele Menschen haben Probleme und lassen es nicht an anderen aus.« Die Worte verlassen meinen Mund und im selben Moment bereue ich es. Denn sie muss wirklich einiges durchgemacht haben, wenn sie weinend in ihrem Büro steht. Sie sah dort so zerbrechlich und verletzt aus. Sonst wirkt sie selbstbewusst und kalt.

»Stimmt. Ich bin ein richtig schlechter Mensch.« Ihre Gesichtszüge verändern sich und ich glaube, sie fühlt sich durch meine Aussage noch mieser. Werden ihre Augen gerade glasig? Kurz schließt sie die Lider, bevor sie wieder zu mir hochblickt. Sie presst die Lippen aufeinander, ehe sie weiterspricht. »Weißt du, ich war nicht immer so. Ich gehörte mal zu den Guten.« Sie schenkt mir ein halbherziges Lächeln und eine Träne entweicht ihr, die sie aber schnell wegwischt. Ihre Angestellte erwähnte auch so etwas, komisch.

»Hat nicht jeder von uns eine dunkle Seite?«

Sie zuckt mit den Schultern. »Ach, lassen wir das. Ich möchte heute den Kopf freibekommen.« Sie hebt ihr Glas. »Worauf trinken wir?«

»Auf das Gute und Böse in uns, denn genau das macht uns vollkommen«, sage ich und proste ihr zu. Ich nehme einen Schluck Bier, während Grace ihr ganzes Glas in einem Zug leert.

Sie winkt den Barkeeper herbei und bestellt sich einen weiteren Cocktail. »Möchtest du auch noch ein Bier?«

»Danke, ich habe noch«, sage ich und lasse den Blick über ihren Körper gleiten. Sie bekommt davon nichts mit, denn sie beobachtet, wie der Typ ihren Drink zubereitet. Sie hat High Heels an, die ihre zierliche Figur perfekt in Szene setzen. Ohne Schuhe ist sie mindestens einen Kopf kleiner als ich. Solche Frauen wecken in uns Männern immer den Beschützerinstinkt, doch bei ihr bin ich mir nicht sicher, ob sie überhaupt einen Beschützer braucht. Auch wenn sie vorhin nachdenklich wirkte und fast erneut geweint hat, hat sie sich schnell wieder gefangen. Als hätte sie nach außen hin ihre perfekte Maske aufgesetzt. Wie sie wohl ist, wenn sie wirklich sie selbst sein kann? Wieso frage ich mich das gerade? Sie ist eine Kundin unseres Unternehmens und vor ein paar Stunden wollte ich sie sogar noch auf den Mond schießen.

»Cheers«, sagt sie und nimmt nun nur einen Schluck von ihrem neuen Getränk. »Bist du schon lange in diesem Unternehmen tätig?«

»Ja, ein paar Jahre.«

»Bist du glücklich in deinem Job?«

»Ja, ich bin ganz zufrieden.« Ich lehne mich an den Tresen. »Und du?«

»Bis vor ein paar Stunden ja, zumindest glaubte ich es.« Augenblicklich verändert sich ihre Miene und sie sieht keineswegs glücklich aus. Aber sie fängt sich schnell wieder. »Und bei dir? Hattest du nie vor, nach mehr zu streben, zum Beispiel ein Studium?«

»Wer sagt, dass ich nicht aufs College ging?« Ich ziehe eine Braue nach oben.

»Verdammt, ich bin wirklich gut darin, in Fettnäpfchen zu treten, nicht wahr?«

»Ein bisschen schon.« Ich grinse und trinke einen Schluck Bier.

»Und warum machst du dann diesen Job? Ich meine das jetzt wirklich nicht abwertend.«

»Bei uns in der Firma ist die Frau eines Kollegen schwer krank. Sie hat Leukämie. Ich und viele weitere Kollegen haben sich freiwillig gemeldet, seine Schichten kostenlos zu übernehmen, damit er für sie da sein kann.«

»Wow, du bist ja ein richtiger Gutmensch, ich sollte wohl bei dir einen Kurs belegen. Dein Engagement ist echt beeindruckend. Für deinen Kollegen muss das richtig hart sein.«

»Das ist doch selbstverständlich, dass man einem anderen hilft, wenn er in einer Krise steckt. Seine Frau braucht ihn und das Geld für die teuren Therapien.« Augenblicklich zieht es mein Herz zusammen, wenn ich an Bob und seine Frau denke.

»Ich könnte mit meiner Mutter sprechen. Sie macht immer viele Wohltätigkeitsveranstaltungen, vielleicht könnte sie auch für deinen Kollegen eine machen?«

»Das ist wirklich nett von dir, aber ich weiß nicht, ob Bob das möchte. Es war für ihn verdammt schwer, überhaupt anzunehmen, dass wir die nächsten Monate seine Arbeit erledigen.«

»Verstehe. War nur so ein Gedanke. Ich wollte niemandem damit zu nahetreten.« Wenn ich es nicht besser wüsste, strahlt sie jetzt eine Unsicherheit aus, die gar nicht zu ihr passt.

»Grace, das verstehst du gerade völlig falsch. Ich finde deine Idee wirklich großartig, aber vorher möchte ich das mit ihm besprechen.«

Sie nickt. »Ich muss kurz für kleine Mädchen.« Sie stellt ihr Glas auf den Tresen und verschwindet dann in der Menschenmenge. Erneut wirkte sie so nachdenklich und irgendwie auch verunsichert. Was nicht in mein Bild der zickigen und biestigen Frau passt.

»Hey, Vince!«, vernehme ich eine bekannte Frauenstimme. Ich drehe den Kopf und entdecke Jenny.

»Hallo, schöne Frau.« Wir begrüßen uns mit einer Umarmung und einem Kuss auf die Wange. »Schon lange nicht mehr gesehen. Gut siehst du aus.«

»Danke, aber du siehst auch wie immer heiß aus.« Jenny lässt ihren Blick ungeniert über meinen Körper gleiten. »Trinken wir auf unser Wiedersehen? Und ich akzeptiere jetzt wirklich kein Nein, immerhin haben wir uns wie lange nicht gesehen? Zwei Jahre?«

»Ich glaube, es sind schon fast drei«, korrigiere ich sie.

»Das ist eindeutig ein Grund zum Feiern.« Sie winkt den Barmann zu sich. Kurz darauf bestellt sie mir ein Bier und sich einen Whisky Sour.

»Also, was machst du momentan? Warst du nicht eine Zeit lang in Florida bei den heißen Sonnyboys?«

»Ja und es war der Hammer.« Ihre blauen Augen leuchten vor Aufregung. »Aber nun bin ich wieder in New York und hoffe, hier bald einen Job zu ergattern.

Du weißt nicht rein zufällig, wo ich mich bewerben kann?«

»Leider nein. Als Designerin wirst du hier bestimmt schnell Fuß fassen, davon gehe ich aus. Immerhin bist du talentiert.« Ich streichle freundschaftlich ihren Oberarm.

»Tja, das warst du auch«, erwidert sie und hält mir die Bierflasche entgegen. »Das ist lange her und irgendwie hat mich seit dem College auch keine Muse mehr geküsst.«

»Ach, küssen konntest du schon damals hammermäßig, da wird sich für dich bestimmt jemand finden.«

Ein Räuspern ertönt neben uns. »Ich wollte mich nur verabschieden, ich muss morgen früh raus.« Grace lächelt und streckt mir ihre Hand entgegen. »Danke für den schönen Abend. Viel Spaß euch noch.«

Ich nehme ihre Hand, die sich weich, aber eisigkalt anfühlt. »Jetzt schon?«

Sie zuckt mit den Schultern und blickt abwechselnd von Jenny zu mir. »Ja.« Sie lässt meine Hand los und verschwindet dann in der Menschentraube.

»Sag bloß, ich habe dir gerade die Tour mit dieser heißen Braut vermasselt.«

»Nein, sie ist eine Kundin von mir, also war das rein geschäftlich.«

Jennys Augen werden groß. »Diese Frau siehst du als reines Geschäftsobjekt? Das kann doch wirklich nicht dein Ernst sein. Hast du ihr wunderhübsches Gesicht gesehen? Und sie hat so volle Lippen wie Angelina

Jolie«, schwärmt sie weiter, als würde sie auf Frauen stehen.

»Ich habe schon verstanden, dass du sie wunderhübsch findest. Vielleicht solltest du sie nach einem Date fragen? Ich gebe dir gerne ihre Telefonnummer«, scherze ich und Jenny lacht laut auf.

»Möglicherweise sollte ich das wirklich mal ausprobieren. Irgendwie sind die Männer um mich herum alle Langweiler, außer du natürlich.«

»Großartig, aber ich bin auch dein Kumpel seit dem College und nicht dein Liebhaber.«

»Tja, irgendwie ist bei unserem damaligen Kuss einfach nicht der Funke übergesprungen.«

»Ich dachte, ich sei ein Kussprofi.«

»Er hat ja auch gepasst, nur wenn die Schmetterlinge im Bauch nicht fliegen, nützt der heißeste Kuss nichts.« Sie klopft mir auf den Oberarm. »Du hattest dich aber nicht in mich verliebt?«

»Nein, mir ging es damals wie dir«, erwidere ich und nehme einen kräftigen Schluck Bier.

»Was gibt es sonst Neues bei dir?« Jenny setzt sich auf den Barhocker.

»Nicht viel, außer dass ich mich dazu entschlossen habe, mich als Stammzellenspender zu registrieren.«

»Oh, wow! Wieso das jetzt auf einmal? Ist jemand in deiner Familie krank? Geht es deinen Eltern gut?« Jenny redet so schnell, dass ich kaum mitkomme.

»Ja, meinen Eltern geht es blendend, aber durch einen Kollegen bin ich darauf gestoßen. Seine Frau hat Leukämie.«

»Verdammt, dass ist echt hart. Aber ist das nicht eine große Entscheidung, so etwas zu tun?«

»Für mich nicht, denn ich kann dadurch ein Leben retten, was gibt es für ein schöneres Gefühl?« Mein Herz flattert vor Aufregung.

»So habe ich das noch gar nicht gesehen. Ich werde mich da auch registrieren. Irgendwie hatte ich das nicht auf dem Schirm.«

»So viele Menschen wissen nichts davon, deshalb will ich mir dazu etwas einfallen lassen. Es sollten sich viel mehr Leute dort anmelden, was ja schlussendlich nicht bedeutet, dass man dafür infrage kommt. Außerdem kann man jederzeit einen Rückzieher machen, sollte man sich unsicher sein.«

»Ach, Vince, du warst schon auf dem College derjenige, der anderen helfen wollte. Du hast dich nicht verändert.« Sie streichelt meinen Oberarm und lächelt. »Wenn man dich so ansieht, würde man dir das überhaupt nicht zutrauen.«

»Was meinst du damit?«, frage ich irritiert.

»Na, schau dich hier in der Bar doch um.« Sie macht eine ausschweifende Handbewegung. »Du bist hier der heißeste Typ und sprichst so wunderschöne Dinge. Eigentlich wärst du der perfekte Mann für mich. So ein Mist, dass du in mir keine Gefühle auslöst.«

»Tja, Gefühle kann man nicht erzwingen, sie passieren einfach.«

7 GRACE

Die Nacht war eindeutig zu kurz, doch länger schlafen war einfach nicht drin. Immerhin muss ich mein Büro wieder aufräumen. Sorgsam stelle ich die Bücher zurück ins Regal, kehre vom Boden die Glassplitter auf. Nach etwa zwei Stunden sieht mein Büro wie vor meinem kleinen Nervenzusammenbruch aus. Ich lasse den Blick durch den Raum schweifen, als es an der Tür klopft.

»Ja bitte«, rufe ich und schalte dabei den Computer ein.

Christine lugt herein. »Guten Morgen, du bist aber heute früh hier.«

»Ich hatte noch einiges aufzuarbeiten. Was gibt es?«

Meine Freundin tritt ein und schließt die Tür. »Ich hätte eine Bitte an dich.« Sie stöckelt auf ihren spitzen, schmalen Absätzen auf mich zu.

»Ja und die wäre?«, frage ich, weil sie sich zögerlich vor meinen Schreibtisch stellt.

»Versprich mir, dass du zumindest darüber nachdenkst, okay?«

»Christine, was ist los?« Nun schleicht sich ein ungutes Gefühl ein, denn meine Freundin ist normalerweise nicht ängstlich. Oder habe ich mich zu so einer Furie entwickelt, dass sogar meine beste Freundin Angst vor mir hat?

»Diesen Samstag ist eine Beachparty und ich wollte dich fragen, ob du mitkommst?«

Ich seufze. »Ehrlich gesagt habe ich dieses Wochenende einiges aufzuarbeiten.« Wenn ich nur an Robert denke, wird mir übel. Ich muss diesem Typen einen Schritt voraus sein.

»Kannst du nicht einmal die Arbeit zur Seite schieben und mit mir wieder Spaß haben, so wie früher?« Sie klimpert mit ihren Wimpern und setzt ihren typischen Bettelblick auf.

»Damals hatte ich nicht diese Verantwortung wie heute.«

»Siehst du denn nicht, dass dein Vater deine harte Arbeit überhaupt nicht schätzt? Er brüllt dich an, macht dich vor den Kollegen nieder und nun setzt er dir auch noch diesen Mr. Lake vor die Nase.« Christine wirbelt mit ihren Händen um sich, weil sie sich so aufregt, und mir klappt der Mund auf. Das ist das erste Mal, dass ich darauf keine Antwort parat habe. Sie hat recht, das weiß ich. Jedes einzelne Wort trifft es genau auf den Punkt. Erschreckend ist nur, dass sie es auch schon bemerkt.

Wie viele von den Mitarbeiten tuscheln wohl hinter meinem Rücken?

Ruckartig erhebe ich mich vom Stuhl, gehe zu meinem Bücherregal und starre die bunten Buchrücken an.

Ich spüre die Hand meiner Freundin auf meiner Schulter. »Grace, es tut mir wirklich leid, dass ich dir das so knallhart an den Kopf geworfen habe. Aber wann warst du das letzte Mal aus und hattest einfach nur Spaß?«

Meine Finger streicheln über die Bücher. »Gestern«, sage ich trocken.

»Gestern? Mit wem warst du aus? Was habe ich verpasst?«

»Mit diesem Vincent«, sage ich gelassen und starre auf die Bücher, weil ich die positiven Emotionen von letzter Nacht nicht mehr fühlen kann. Alle in unserem Unternehmen denken über mich womöglich noch schlimmer als meine Freundin.

»Unserem Getränkelieferanten? Diese heiße Schnitte? Wie kam das zustande?«

Ich drehe mich zu ihr. »Er wollte die Polizei rufen und da musste ich doch etwas gegen tun.«

»Wieso wollte er die Polizei rufen? Jetzt komme ich gar nicht mehr mit.« Sie runzelt die Stirn. »Was hast du denn getan?« Ich erzähle die ganze Geschichte. Zuerst das Gespräch mit meinem Dad, dann von meinem Aussetzer hier im Büro und schlussendlich von der Bar.

»Und da ist nichts gelaufen?«

»Natürlich nicht. Das war freundschaftlich.«

»Freundschaftlich? Ich dachte, du hasst ihn.«

»Na ja, nach gestern eben nicht mehr.« Ich zucke mit den Schultern. »Außerdem, als ich kurz auf der Toilette war und zurückgekommen bin, war da schon eine hübsche Blondine neben ihm und sie wirkten ziemlich vertraut.«

»Ha, wusste ich es doch. Er gefällt dir.« Sie fuchtelt mit dem Zeigefinger vor meinem Gesicht herum.

»Nein, ich wollte nur nicht das dritte Rad am Wagen sein und ihre Zweisamkeit stören«, erwidere ich energisch.

»Genau aus diesem Grund musst du endlich wieder dein eigenes Leben führen. Dein Vater ist ein Ekelpaket und du solltest dich wirklich um dein privates Glück kümmern. Nebenbei bekommst du von deinem grimmigen Blick eine Falte zwischen den Augenbrauen.« Sie deutet mit dem Finger auf mein Gesicht.

Daniel hat das schon zu mir gesagt und nun meine beste Freundin. Womöglich blicke ich wirklich immer so wütend? »Vielleicht hast du recht. Okay, ich komme mit.«

Meine Freundin fällt mir um den Hals. »Das wird grandios!«, jubelt sie.

»Mal sehen«, sage ich und schiebe sie ein Stück von mir weg. »Aber bis dahin müssen wir herausfinden, was Mr. Lake plant. Ich habe bei diesem Typen ein ungutes Gefühl.«

Christine atmet tief durch. »Okay, das kriege ich bestimmt hin. Übrigens, in einer Stunde steht mit diesem Typen und deinem Vater ein Meeting auf dem Plan.«

Ich seufze. »Hervorragend«, erwidere ich ironisch und verdrehe die Augen.

»Du schaffst das. Soll ich dir vorher noch einen Kaffee bringen?«

»Danke, aber ich werde mich jetzt besser vorbereiten. Du kennst ja meinen Vater.«

Im Besprechungsraum ist niemand zu sehen. Mein Vater und Robert haben sich noch nicht eingefunden. Wie gewohnt setze ich mich an meinen Platz. Eine gewisse Nervosität überkommt mich und ich kann das Zittern meiner Hand nicht kontrollieren. Ich nehme den blauen Kugelschreiber und umklammere ihn fest.

Es gibt keinen Grund, aufgeregt zu sein, sage ich mir in Gedanken. Dad wird noch sehen, dass ich die bessere Wahl bin. Ich habe sogar eine neue Idee für unsere Produktpalette, die wird ihn bestimmt begeistern.

Die Tür öffnet sich. Dad tritt ein und hat ein breites Grinsen auf den Lippen. Augenblicklich entspannen sich meine Muskeln, denn er freut sich das erste Mal, mich zu sehen. Sofort wandern meine Mundwinkel nach oben und ich atme erleichtert aus. Doch als ich Robert Lake hinter ihm entdecke, friert meine Mimik sofort ein. Denn sein Strahlen galt nicht mir, sondern diesem Idioten.

Vater entdeckt mich und begrüßt mich mit einem

halbherzigen »Guten Morgen«. Dann setzt er sich schräg gegenüber von mir hin.

Robert nickt mir zu, während er weiter mit meinem Vater spricht, als wären sie beste Freunde. »Was meinst du, gehen wir am Samstag zum Golf?«

Dad überlegt nicht einmal und antwortet schnell: »Gute Idee. Ich bin zwar schon ein wenig aus der Übung, aber ein bisschen frische Luft wird mir guttun.«

Robert setzt sich gegenüber von mir hin, sodass ich diesem Widerling direkt ins Gesicht schauen muss. Er ist wie ein hartnäckiger Fleck, den ich wohl nicht so leicht loswerde.

»Mit was möchtest du beginnen?«, frage ich Dad, jedoch ignoriert er mich.

»Robert, wie sind die Fortschritte für die Expansion nach Europa?« Er lässt mich einfach links liegen, als wäre ich Luft. Was ist mit ihm los? Ich habe ihm nichts getan, sondern er mir.

»Ausgezeichnet«, antwortet er mit seinem üblichen Siegerlächeln. Er reicht ihm eine Mappe. »Diese Unternehmen würden sofort unsere Produkte in ihren Filialen verkaufen, jedoch müssten wir die Herstellungskosten reduzieren, denn sie wollen einen günstigeren Preis.«

»Okay«, antwortet Dad lang gezogen und setzt seine Brille auf. Nun hat Robert verspielt, denn das ist unmöglich. Wir arbeiten schon mit minimalsten Margen.

»Wir können nicht günstiger produzieren«, werfe ich selbstsicher ein. »Die Energiekosten steigen und wir müssen sogar eine Preiserhöhung für das nächste Quartal in Erwägung ziehen.«

»Mit den derzeitigen Fabriken ja, da stimme ich dir zu. Jedoch habe ich in Fernost ein paar Fabriken gefunden, die dieselbe Ware zum halben Preis herstellen. Das ist die Zukunft!« Robert wird immer euphorischer. »Ich verstehe gar nicht, dass ihr das nicht schon längst in Erwägung gezogen habt.«

»Weil es zu unserer Firmenphilosophie gehört, im eigenen Land Arbeitsplätze zu schaffen«, kontere ich, dabei lasse ich ihn nicht aus den Augen. Er soll kapieren, dass er hier nicht alles über den Haufen werfen kann ohne Rücksicht auf Verluste.

»Man muss zukunftsorientiert reagieren und mit dem Markt standhalten. Bekannte Marken haben ihre Fabriken alle in diese Länder verfrachtet, weil die Arbeitskräfte nichts kosten. Und hier können wir es mit einem vielfachen Gewinn verkaufen.« Robert lässt nicht locker.

»Die haben menschenunwürdige Verhältnisse! Das ist eindeutig nicht das, was wir wollen. Nicht wahr, Dad?« Nun richte ich meine Aufmerksamkeit meinem Vater zu, der lässig in seinem Stuhl sitzt und den Kugelschreiber zwischen seinen Fingern rollen lässt.

»Hast du dafür schon Zahlen?«, fragt Dad Robert und ignoriert mich wieder gekonnt. Das ängstliche Zittern in mir wird abgelöst von einer unbändigen Wut.

Robert reicht ihm eine Mappe und schlägt gezielt eine Statistik auf. »Diese Zahlen sind ziemlich eindeutig, meinst du nicht?« Er deutet mit dem Finger auf einen Ausdruck mit vielen bunten Balken. Dieser Typ ist nicht zu unterschätzen. Er kämpft mit harten Bandagen, noch dazu ist Dad auf mich wütend und ich weiß nicht einmal warum.

»Organisiere mit den Inhabern der Fabriken einen Termin für nächste oder übernächste Woche. Wenn sie das halten können, was sie versprechen, bekommst du mein Okay.«

»Dad! Das kann doch nicht dein Ernst sein!« Meine Stimme ist so laut, dass er mich nicht länger ignorieren kann. »Sie werden nie unsere gewohnten Qualitätsstandards einhalten können.«

Dad sieht mich eindringlich an. »Robert hat perfekte Vorarbeit geleistet und ich vertraue seinem Urteilsvermögen. Robert, werden wir dadurch bei der Qualität Einbußen haben?«

»Nein, sie verwenden genau die Materialien, die wir ihnen liefern.«

»Gut, dann haben wir für heute alles besprochen, oder?«

»Bei mir steht nichts mehr auf der Agenda«, antwortet Robert und beide erheben sich.

»Ich hätte noch etwas«, sage ich und beide drehen sich zu mir um.

»Und was?«, fragt Dad.

»Ich hätte eine neue Idee für unsere Produktpalette.«

»Für diese Dinge habe ich jetzt keinen Kopf. Das besprechen wir ein anderes Mal«, wiegelt er mich ab und verlässt mit Robert den Raum. Dad klopft ihm anerkennend auf die Schulter. »Hervorragende

Arbeit«, sagt er zu ihm, bevor er die Tür hinter sich schließt.

Ich eile hinter den beiden her, denn ich lasse mich von meinem Vater nicht so einfach abwimmeln. »Dad!«, rufe ich ihm hinterher, während er sich mit diesem Vollidioten auf den Weg in Richtung Kaffeeküche macht.

Beide bleiben stehen und ich schließe zu ihnen auf. »Was gibt es noch?«, fragt Dad mürrisch.

»Kann ich mit dir kurz allein sprechen?«

»Ich sagte doch schon, ich habe jetzt einen wichtigen Termin.« Nun ist seine Stimme so laut, dass ich sogar die Blicke der vorbeigehenden Mitarbeiter auf mir spüre. »Übrigens, regle endlich die Ansammlungen vor der Kaffeeküche! Das habe ich dir letztens schon gesagt und sieh dir das dort vorne nur an!« Er deutet mit dem Kopf nach hinten und augenblicklich spüre ich, wie Hitze in mir hochsteigt. Ich würde gerne etwas kontern, aber ich weiß, dass mein Vater gleich explodiert, wenn ich nicht seinen Anweisungen Folge leiste.

»Das erledige ich sofort«, wirft Robert ein.

»Ist vielleicht besser so«, antwortet Dad und lässt einen abfälligen Blick über mich gleiten. Dann lassen die beiden mich einfach so stehen.

Nicht weinen, Grace. Du bist stark und wirst jetzt so tun, als wäre das alles hier nicht passiert. Der Kloß in meinem Hals wird immer größer und das Brennen in den Augen ist mittlerweile unerträglich, doch ich wahre die Fassung. Ich beiße die Zähne so fest aufeinander, dass mein ganzer Kiefer schmerzt. Aber das ist nichts im Vergleich zu dem Orkan, der gerade in meinem Inneren wütet. Ich gehe zum Fahrstuhl und werfe einen letzten Blick zu Dad und Robert. Der Typ erhebt seine Stimme.

»Wenn ihr nicht sofort an eure Arbeitsplätze geht, seid ihr gefeuert!« Er knurrt diese Worte, dass sie sogar mich erschrecken.

Ich beobachte das Schauspiel nicht länger, denn ich gehe in den Fahrstuhl. Ich muss hier raus. Irgendwohin, wo ich endlich meinen Gefühlen freien Lauf lassen kann. Ich drücke den Knopf für die Tiefgarage. Die Türen schließen sich, doch wie gewohnt zeige ich meine Emotionen nicht. Denn ich muss stark sein. In jedem Stockwerk könnte jemand zusteigen und meinen sentimentalen Ausbruch wahrnehmen. Niemals werde ich das zulassen.

Was ist mit meinem Vater nur los? Wieso erkennt er nicht, dass ich ihm nur helfen will? Warum möchte er mir nicht einmal zuhören? Als ich endlich die Tiefgarage erreiche, trete ich nach draußen. Stille und der muffige Geruch von Abgasen umhüllen mich. Aber das alles ist mir in diesem Moment egal. Ich blicke mich um und suche einen Ort, der mir irgendwie Schutz bietet. Ein weißer Lieferwagen sticht mir ins Auge und ich verstecke mich dahinter.

Plötzlich entweicht mir ein kehliger Schrei. Er hallt durch das dicke Gemäuer. Ich öffne meinen Pferdeschwanz, weil ich die Spannung auf meinem Kopf irgendwie loswerden möchte. Ich setze mich auf den schmalen Bordstein und winkle die Beine an. Die Bilder von vorhin drängen sich hart und unnachgiebig in meine Gedanken. Am liebsten möchte ich sie abschütteln, aber aus welchem Grund auch immer schaffe ich es diesmal nicht. Das Brennen meiner Augen wird unerträglich. Schlussendlich entweicht mir eine lose Träne, der weitere folgen. Ich stecke meinen Kopf zwischen meine Beine und raufe mir die Haare. Ich hasse mich dafür, so schwach zu sein. Die Tränen geben nicht auf und sie rinnen unaufhörlich über meine Wangen. Mein Schluchzen wechselt sich ab mit einem Fluchen. »Verdammtes Arschloch!«, wiederhole ich in Dauerschleife, während mich die Gefühle übermannen. Mein Körper bebt und mein Herz rast. »Ich halte das alles nicht mehr aus«, wimmere ich. »Ich habe gegen ihn überhaupt keine Chance.« Meine Selbstgespräche lassen mich noch tiefer in das Loch der Demütigung und Verzweiflung sinken. Meine ganze Umgebung rückt in den Hintergrund. Ich suhle mich in meinem Selbstmitleid, weine mir die Augen aus, weil mir klar wird, ich habe keine Möglichkeit, meinen Vater davon zu überzeugen, dass ich die richtige Wahl bin.

»Ich bin einfach nicht gut genug, so wie ich bin«, murmle ich.

8 VINCENT

»**K**ann man sich jetzt endlich einen Kaffee holen?«, knurrt eine männliche Stimme hinter mir.

Also die Tonart in diesem Unternehmen ist einfach unglaublich. Was denken die Leute hier eigentlich? Langsam drehe ich den Kopf zur Seite. »Ich bin schon fertig«, antworte ich und erhebe mich. Ich schließe meinen Trolley und gehe an dem Typen vorbei.

»Übrigens wollen wir in Zukunft, dass Sie die Geräte-wartung außerhalb unserer Öffnungszeiten erledigen. Entweder vor acht Uhr morgens oder nach achtzehn Uhr abends. Eine Mail ist an Ihren Boss schon raus und ich gehe davon aus, dass Sie das auch einhalten.« Er geht mit einem älteren Mann mit silbergrauen Haaren an mir vorbei.

»Natürlich«, antworte ich und denke mir im selben Augenblick, *du kannst mich mal.*

Der alte Mann klopft dem Typen auf die Schulter. »Du bist geboren, um zu führen.«

»Deine Worte bedeuten mir sehr viel«, antwortet der Jüngere und grinst. Ein Vater-Sohn-Gespann? Kein Wunder, dass Grace auch so mit Menschen spricht, wenn der Rest der Familie sich ebenso abwertend verhält. Ich mache mich auf den Weg zur Tiefgarage, denn mit solchen Leuten diskutiert man nicht. Sie verstehen es eben nicht besser. Dabei arbeiten Mitarbeiter deutlich effizienter, wenn man sie auf Augenhöhe behandelt und nicht wie ihre Untertanen.

Das spärliche Licht in der Tiefgarage empfängt mich, als sich die Fahrstuhltüren öffnen. Plötzlich vernehme ich ein leises Wimmern in der Ferne. Meine Schritte beschleunigen sich, während ich eine Stimme wahrnehme.

»Ich bin einfach nicht gut genug für ihn«, höre ich abwechselnd mit: »Du verdammtes Arschloch!«

Je besser ich die Stimme verstehe, desto sicherer bin ich mir, dass es Grace ist. Doch ich kann sie nirgends ausmachen. Sie muss sich irgendwo zwischen den Autos verstecken.

Ich schlängle mich an dem weißen Lieferwagen vorbei und entdecke sie auf dem Boden. Sie hat die Hände vor ihrem Gesicht. »Grace, was ist passiert?«, erkundige ich mich und gehe auf sie zu.

Sie reißt den Kopf hoch und ihre Augen sind knallrot vom vielen Weinen. Ihr langes schwarzes Haar, das sie sonst streng nach hinten gebunden hat, steht wirr ab. Hastig wischt sie ihr Gesicht trocken und erhebt sich.

»Nichts, alles gut«, antwortet sie, aber ihre brüchige Stimme verrät, dass das gelogen ist.

»Ich denke, du könntest einen starken Kaffee und ein bisschen frische Luft gebrauchen, oder? Komm, ich lade dich ein.«

»Ich kann nicht, ich habe viel zu tun.«

»Komm schon, in der halben Stunde wird ohne dich bestimmt nicht die Welt untergehen. Ich kenne hier in der Nähe den besten Kaffee von ganz New York.«

»Ich dachte, euer Kaffee sollte der beste sein? Bewerbt ihr das denn nicht?«, scherzt sie und ein zaghaftes Lächeln gleitet über ihre vollen Lippen.

»Der leckerste Automatenkaffee, aber nicht der beste, wenn die Bohnen zuvor von Hand gemahlen werden.« Ich grinse. »Also, kommst du mit? Ich könnte eine Pause gebrauchen.«

»Okay, aber wirklich nur dreißig Minuten.«

»Komm, wir gehen nach draußen, da kenne ich ein schönes Plätzchen.«

Grace nickt zustimmend und folgt mir. Ab und zu schiele ich zu ihr rüber. Mit den offenen Haaren wirken ihre Gesichtszüge viel weicher. Wir erreichen eine Parkbank und blicken auf ein Basketballfeld. Ein paar Männer spielen vor uns.

»Es gibt schönere Plätze in New York, meinst du nicht?« Grace nippt vorsichtig an ihrem Pappbecher.

»Also ich finde den Platz großartig. Du kannst den Männern beim Spielen zuschauen und bekommst dadurch den Kopf frei. Nebenbei hörst du hier den Straßenlärm kaum. Und wenn du genau hinhörst, kannst du auch das Vogelgezwitscher wahrnehmen.«

Grace dreht den Kopf und unsere Blicke begegnen sich. »Du siehst wohl in allem das Positive, oder? Gibt es irgendetwas, das dich ärgert oder nervt?«

»Alles, was einen irgendwie triggert, ist doch nur ein Spiegelbild. Wir müssen genauer hinsehen, warum das so ist. Schau, ich habe überlegt, warum mich deine Wutausbrüche genervt haben. Weil ich früher auch mal so war. Und dann habe ich überlegt, was es mir aufzeigen soll.«

»Ich habe mich doch schon bei dir entschuldigt.«

»Ja, aber erst einige Zeit später. Doch irgendeinen Grund muss es gehabt haben, warum es mir nicht egal war.«

»Weil es nie angenehm ist, wenn man von anderen kleingemacht wird, nicht den Respekt von anderen zu erhalten, den man sich wünscht.« Grace' Stimme wird immer leiser und ich kann ihre Unsicherheit spüren.

»Da stimme ich dir zu, aber viel wichtiger ist doch, dass man sich selbst respektiert. Wie will ich von dir Respekt erwarten, wenn ich meine Grenzen nicht ordentlich abstecke? Aber das will ich dir eigentlich gar nicht sagen. Eigentlich ...« Ich halte inne, weil ich unbedingt die passenden Worte finden möchte.

»Ich bin ein Biest, ich weiß.« Sie weicht meinem Blick aus und beobachtet die Basketballspieler vor uns.

»Nein, du bist eine verletzte Person, die nur noch nicht herausgefunden hat, welch Potenzial in ihr steckt.«

Sie reißt den Kopf herum und sieht mich an, als hätte ich irgendetwas Seltsames gesagt. »Du kennst mich doch überhaupt nicht«, erwidert sie etwas schnippisch, weil sie sich bestimmt von mir in die Enge getrieben fühlt.

»Vielleicht kenne ich dich besser als du selbst.«

»Das ist mir eindeutig zu skurril.« Sie erhebt sich und will gerade flüchten, als ich sie am Arm festhalte.

»Ich möchte dir gerne helfen, aber dafür musst du es zulassen.« Unsere Blicke treffen sich. Obwohl sie mich wie sonst distanziert anblickt, erkenne ich die Angst, in ihrem Leben könnte sich etwas verändern. Viele Menschen haben Angst vor Veränderung. Sie bleiben lieber in ihrer Routine, die einen gewissen Komfort mit sich bringt, auch wenn es ihnen dabei nicht gut geht. Im Grunde ist es so einfach. Ich weiß, wovon ich spreche, denn ich musste durch eine sehr harte Schule gehen, bis ich begriff, dass ich mein eigener Lehrmeister sein kann.

»Ich brauche keine Hilfe, mir geht es gut.«

»Ach ja? So gut, dass du dich selbst brandmarkst? Mit schlechten Sprüchen wie ›Du bist nicht gut genug‹? Glaub mir, ich kann dir aus diesem schrecklichen Kreislauf raushelfen.« Ich nehme ihre Hand, die eiskalt ist.

Sie blickt kurz zur Seite dann wieder zu mir. »Vince, das ist wirklich sehr nett von dir, aber mir geht es gut.« Sie wiederholt sich und ich beobachte, dass sie immer öfter schluckt. Bestimmt kriechen die Emotionen schon aus den tiefen Winkeln hervor und es tut mir im Herzen weh, sie so zu sehen. Doch anderseits weiß ich auch, nur wenn man den Schmerz zulässt und er an die Oberfläche dringt, kann man ihn anschließend loslassen. Es sind Erfahrungen aus unserer Kindheit, die uns im erwachsenen Leben einholen und so lange spiegeln, bis man endlich hinschaut und nach Lösungen Ausschau hält. Es wird nur schlimmer, wenn man es unterdrückt.

»Ich möchte dich gerne am Freitagabend zu einer Veranstaltung mitnehmen.«

»Ein Date?« Ihre Augen weiten sich und sie wirkt augenscheinlich nervös.

»Keine Sorge, ich will kein Date. Ich möchte, dass du mich als gute Freundin begleitest. Es wird dir danach einen neuen Blickwinkel auf dein Leben geben. Mach den ersten Schritt und Veränderung wird eintreten, das verspreche ich dir.« Ich drücke ein wenig ihre Hand, weil sie zögert. »Bitte«, fahre ich fort, weil mich das Gefühl übermannt, sie retten zu müssen. Meine Trainerin würde mich bei diesem Gedanken ermahnen. Sie meint, man kann keinen Menschen retten. Denn jeder hat es selbst in der Hand, sich aus den Ketten der Vergangenheit zu befreien.

Sie schließt für einen langen Moment ihre Augen und womöglich lauscht sie ihrem inneren Dialog. Vermutlich liefern sich gerade Verstand und Seele eine Diskussion, was für sie das Richtige ist. Ich hoffe inständig, dass sie ihrem Herzen und somit ihrer Seele folgt. Alle Wunder entstehen in diesem Bereich.

Sie öffnet ihre Lider und mustert mein Gesicht. »Okay, aber wirklich nur freundschaftlich.«

»Versprochen.«

9 GRACE

Worauf habe ich mich da nur eingelassen? Vince redet so viel wirres Zeug, das nicht in meinen Kopf will. Er hat von meinen Sorgen und Problemen doch überhaupt keine Ahnung. Trotzdem habe ich mich dazu überreden lassen, mitzugehen. Irgendwie sehne ich mich nach dieser Ausgeglichenheit, die Vince ausstrahlt. Er spricht immer sehr ruhig und es schwingt eine friedvolle Energie mit. Auch wenn er mir zwischendrin harte Brocken hingeworfen hat, war er rückblickend betrachtet nie beleidigend zu mir. Obwohl ich hin und wieder zickig war. Es ist ein ungutes Gefühl, wenn jemand einem die Fehler aufzeigt.

Ich weiß, ich muss etwas verändern und vielleicht kann mir Vince dabei wirklich helfen. Keine Ahnung, wie er das anstellen wird, aber ich lasse es auf mich zukommen. Was habe ich schon zu verlieren? Schlimmer kann es kaum werden. Die vergangenen

Tage hat mich mein Vater nicht empfangen. Nun ist endlich Freitagabend und wir haben uns seither nicht ausgesprochen. In meinem Bauch rumort es, weil ich den ganzen Tag keinen Bissen runterbekommen habe. Ich nehme den Apfel aus der Obstschale und beiße ein Stück ab, als es an der Tür klingelt. Ich werfe den Rest in den Mülleimer und gehe in den Flur. Kurz blicke ich nochmals in den Ganzkörperspiegel. Vince hat mir gesagt, ich soll unbedingt bequeme Schuhe anziehen und eventuell eine Weste, weil es nachts frisch wird. Nun stehe ich in einem Paar Sneakers und Jeans vor dem Spiegel. Meine Haare habe ich wie gewohnt streng zu einem Pferdeschwanz zusammengefasst. Alles ist wie immer, abgesehen von diesem legeren Outfit.

Ich ziehe die Eingangstür auf und Vince steht mit einem engen weißen Shirt und löchriger Jeans vor mir.

»Hallo«, sage ich und kurz verharrt mein Blick auf seinem Arm mit den vielen Tätowierungen. Noch immer erkenne ich die Muster darauf nicht. Dafür sind es einfach zu viele. Ich denke, er hat kein Stück Haut frei gelassen. Zumindest was die Arme betrifft.

»Hey, bist du bereit?« Er lächelt schief und ein feines Grübchen zeichnet sich neben seinem Mundwinkel ab.

»Keine Ahnung, ob ich bereit bin. Ich weiß nicht einmal, was auf mich zukommt.« Ich versperre hinter mir die Tür, dann gehen wir gemeinsam die zwei Stockwerke nach unten zur Straße.

»Es wird dir gefallen«, sagt er und öffnet mir die Ausgangstür. Straßenlärm umhüllt uns, als wir zu einem Taxi gehen.

»Wir fahren mit dem Taxi?«

»Mein Wagen ist in der Werkstatt. Das ist doch kein Problem, oder?«

»Nein, ich bin nur etwas überrascht. Ich dachte eher an die U-Bahn oder den Bus.« Ich setze mich hinein und rutsche auf die andere Seite.

»In diesem Fall ist es unkomplizierter«, antwortet er und gibt dem Taxifahrer die Adresse.

»Wir fahren zum Central Park?« Will er erneut mit mir in den Park gehen?

»Nein. Also eigentlich ja, aber lass dich überraschen.«

Nun macht er mich neugierig. Er ist ein attraktiver Womanizer, der bei uns in der Firma die Frauenherzen höherschlagen lässt. Habe ich ihn gerade als hübsch deklariert? *Grace, solche Gedanken unterlässt du besser. Denn wir haben ausgemacht, das hier ist alles freundschaftlich.*

Der Taxifahrer hält an und ich ziehe schnell meine Geldtasche heraus. Denn als Getränkelieferant wird er bestimmt nicht viel verdienen.

»Lass stecken, heute lade ich dich ein«, sagt er und reicht dem Fahrer ein paar Dollar.

»Danke«, sage ich und dann steigen wir aus dem Wagen. Auf der gegenüberliegenden Straße ist der Central Park, jedoch weist Vince mir den Weg zu einem unscheinbaren Gebäude.

»Wir müssen hier rein.« Er öffnet die Eingangstür,

doch noch immer kann ich nicht eruieren, was wir hier sollen. Das Hochhaus wirkt mächtig, als ich die erhabene Fassade hochblicke, dennoch ist es kein Hotel oder bietet Zutritt zu Shops. Es scheint ein Wohnhaus zu sein. Wir gehen zwei Stockwerke nach oben und halten vor einer Tür, die ein großes Schild mit einem roten Herzen hat. Darauf steht in weißen Lettern: *Bring Glück und Liebe mit herein.*

Vince klingelt und ich vernehme Schritte. Noch immer verstehe ich nicht, was wir machen werden. Besuchen wir seine Verwandten? Aber wir kennen uns kaum, was das Ganze absurd wirken lässt.

Die Tür geht auf und eine Frau mit mittelblondem, schulterlangem Haar öffnet uns. »Hallo, Vince, schön, dass du da bist.« Sie lächelt ihn an. Sie dürfte etwa Mitte dreißig sein, wenn ich mir die feinen Lachfältchen neben ihren Augen so ansehe.

»Ich habe heute eine Freundin mitgebracht. Ich hoffe, das ist okay?«

Nun schleicht sich ein ungutes Gefühl ein. Er hat mich nicht vorher angekündigt? Mein Magen zieht sich zusammen, denn auf so etwas bin ich nicht vorbereitet.

»Natürlich, deine Freunde sind auch unsere Freunde«, antwortet sie und ihre Augen glitzern. Sie hat diese natürliche Ausstrahlung, die einen sofort in den Bann zieht, eine warme Stimme und ihr Blick ist ohne jegliches Vorurteil.

»Grace, das ist Lucy«, stellt Vince mich vor.

Ich strecke ihr meine Hand entgegen, jedoch nimmt sie sie nicht, sondern umarmt mich herzlich.

»So schön, dass du da bist. Heute wirst du vielleicht Klarheit finden«, flüstert sie in mein Ohr und augenblicklich werde ich nervös. Sie kennt mich nicht und doch wirkt es so, als könne sie gerade in meine Seele blicken.

Ich lächle verhalten, weil ich das alles irgendwie nicht einordnen kann.

»Kommt herein.« Sie schiebt die Tür weit auf und der Geruch von Räucherstäbchen dringt in meine Nase. Wir treten ein und ich ziehe so wie Vince die Schuhe aus. An der Wand hängen seltsame schwarze Skulpturen. Ob sie ein Fan des afrikanischen Stils ist? Ich folge den beiden den langen Flur entlang. Alle Türen sind geschlossen, bis auf die letzte. Wir treten ein und der Raum beinhaltet nichts, außer unzähligen Sitzkissen. Ein paar Leute haben sich schon eingefunden.

»Vince hat heute die liebe Grace mit dabei«, stellt Lucy mich den anderen Gästen vor.

Frauen und Männer erheben sich nacheinander und kommen auf mich zu. Sie begrüßen mich mit einer Umarmung und einem »Hallo, liebe Grace«.

»Sucht euch einfach einen Platz aus«, sagt Lucy ruhig, als sich die anderen wieder an ihre Plätze begeben haben.

»Wo willst du gerne sitzen?«, fragt Vince.

»Keine Ahnung, wo möchtest du gerne hin?«

Er streichelt sanft meinen Oberarm. »Heute entscheidest du.«

Ich blicke mich um und in meinem Bauch bildet

83

sich ein flaues Gefühl. Es ist mir sogar unangenehm, die Entscheidung zu übernehmen.

»Vertraue auf dein Bauchgefühl«, flüstert Vince mir zu, weil er anscheinend mein Zögern bemerkt.

Er redet vom Bauchgefühl, das ich in diesem Moment nur als Chaos verspüre. Ich blicke mich um und entscheide mich für die letzte Reihe.

»Okay«, stimmt mir Vince zu. Beide lassen wir uns jeweils auf ein Kissen sinken. Im Hintergrund vernehme ich feine Klaviermusik, die aus verschiedenen Boxen schallt. Langsam beginnen sich meine Muskeln zu entspannen. Hier fühle ich mich nicht mehr so beobachtet. Obwohl keiner der Anwesenden aufdringlich zu mir war, habe ich mich unsicher gefühlt.

Lucy unterhält sich vorne mit ein paar Teilnehmern. Die Wände sind mit bunten Farben bemalt, sodass mein Blick daran hängen bleibt. Ich kann nicht erkennen, was sie aussagen sollen, aber irgendwie vermitteln sie mir ein gewisses Wohlbehagen. Es sind abstrakte Zeichnungen in Regenbogenfarben. Der Raum hat mindestens sechzig Quadratmeter, aber trotzdem wirkt es hier keineswegs kalt. Dabei gibt es keine Möbel, nur die Kissen und die bemalten Wände.

Das Stimmengewirr verstummt und ich starre gespannt nach vorne. Was wird mich gleich erwarten?

»Ihr lieben Herzensmenschen, ich freue mich so sehr, euch wieder begrüßen zu dürfen. Wir haben heute einen neuen Gast in unserer Mitte, darum werde ich kurz nochmals den Ablauf erklären. Wir beginnen unseren Atem mit geschlossenen Augen zu beruhigen und unsere Muskeln zu entspannen. Nach etwa dreißig Minuten der Stille werden wir nach draußen gehen. Uns mit der Natur verbinden und genießen, was uns Mutter Erde tagtäglich schenkt. Ich bitte euch, eure Handys auszuschalten und diese Stille auch im Freien fortzuführen.«

Ich lausche neugierig. »Ist das so etwas wie ein Meditationszirkel?«, flüstere ich Vince ins Ohr.

Er legt seine Finger auf seine Lippen und deutet mir mit einem warmen Blick dass wir bereits im Schweigemodus sind.

»Und nun lasst uns die Augen schließen und ein paarmal tief ein- und ausatmen«, sagt sie und setzt sich auf ein Kissen.

Wie die anderen Leute schließe ich meine Lider und atme tief ein und aus. Ich versuche, meinen Herzschlag zu beruhigen, doch er pocht schnell und unnachgiebig in meiner Brust. Immer wieder öffne ich ein Auge, weil mich das irgendwie durcheinanderbringt. Es ist nichts zu hören außer die ruhigen Klänge. Zuerst nehme ich Wassergeräusche wahr, die von feinen Trommeln abgelöst werden. Ich will mich unbedingt entspannen, so wie die anderen es tun, doch immer wieder reiße ich die Augen auf und blicke mich um. Ständig drängen sich Bilder von meinem Vater in meine Gedanken, als er mich vor Robert bloßgestellt hat. Die Diskussion in seinem Büro lässt sofort meine Muskeln krampfen.

Vince bewegt sich nicht. Ich hingegen rutsche auf meinem Sitzkissen herum. Irgendwie finde ich nicht die richtige Position, in der ich verharren kann. Mit aller

Gewalt versuche ich, meine Muskeln zu entspannen, jedoch erfolglos. Ich spüre nicht diese Ausgeglichenheit. Vince bemerkt mein Zappeln und fasst nach meiner Hand, dabei hat er aber weiterhin die Augen geschlossen.

Es ist, als würde ein wohliger Schauer meinen Körper fluten. Ich weiß nicht, was mit mir in diesem Moment passiert, aber ich entspanne plötzlich komplett. Es ist, als würde er mir seine ruhige Energie senden. Wie absurd das doch klingt, aber in diesem Augenblick fühle ich mich so gelassen wie schon lange nicht mehr. Mein Atem pendelt sich in einem langsamen Tempo ein. Die Bilder, die vorhin wild in meinem Kopf kreisten, rücken in den Hintergrund. Plötzlich ist da nichts, nur ich und die Klänge und natürlich Vincents Hand, die aber keinen Druck ausübt.

Das Trommeln wird lauter und ein leises Seufzen dringt aus den Kehlen der anderen Teilnehmer. Ich will noch nicht von dieser Situation Abschied nehmen, denn ich habe mich noch nie so gut gefühlt wie jetzt. Langsam öffne ich die Augen und nacheinander stehen die Leute auf. Vince lässt meine Hand los und erhebt sich ebenfalls. Bisher hat niemand ein Wort verloren und auch ich folge ihnen schweigend nach draußen. Obwohl alles so still ist, fühle ich mich keineswegs melancholisch. Ich habe sogar ein feines Lächeln auf den Lippen, als hätte ich gerade etwas ganz Wundervolles erlebt. Irgendwie war das auch so. Nur kann ich die Gefühle in diesem Moment nicht richtig einordnen.

Wir schlüpfen in unsere Schuhe und gehen die Treppe nach unten.

Weiterhin spricht noch immer keiner ein Wort und als wir die Straße überqueren und in den Park gehen, überkommt mich ein ungutes Gefühl. Es ist Nacht und ja, ich bin zwar nicht allein unterwegs, aber in den Park würde ich trotzdem um diese Uhrzeit nicht gehen. Wir kommen zu einer großen Wiese und ich beobachte, wie sich alle nacheinander hinlegen. Kurz blicke ich zu Vince, der ein seltsames Grinsen auf seinen Lippen trägt. Auch die anderen haben ein Schmunzeln im Gesicht und wenn ich mich selbst reflektiere, ich genauso. Diesmal wage ich es und lege mich neben eine Teilnehmerin, die mir zunickt. Wir starren alle gen Himmel und ehrlich gesagt habe ich das bisher noch nie gemacht. An dieser Stelle ist es so, als würde es nur mich und das Universum geben. Sogar der Straßenlärm rückt in den Hintergrund. Nur das leise Rascheln der Blätter ist zu hören.

Wir liegen alle eine Zeit lang nur so da. Keiner verliert ein Wort, doch diesmal brauche ich Vince' Hand nicht, um zu entspannen. Es passiert wie von selbst. Es ist, als wüsste ich genau, was zu tun ist. Ich lasse wie die anderen den Blick auf den Himmel gerichtet. Zwar kann ich keine Sterne sehen, aber ich kann sie mir vorstellen. Und genau das passiert in dem Moment. Als würde ein Sternenmeer über mir sein, breitet sich ein Grinsen auf meinem Gesicht aus.

Nach etwa dreißig Minuten erhebt Lucy ihre Stimme. »Und nun lasst uns uns bei Mutter Erde für dieses wundervolle Geschenk bedanken, das sie uns tagtäglich gibt«, sagt sie und geht zu einem Baum. Auch die anderen visieren einen an und Vince nimmt mich erneut an der Hand. Gemeinsam bleiben wir vor einem dicken Stamm stehen. Die Baumkrone ist mächtig und bietet uns unterhalb einen gewissen Schutz.

Dann schlingt Vince seine Hände um den dicken Stamm und auch die anderen schmiegen sich an das harte Holz. Irgendwie wirkt das alles so skurril, trotzdem mache ich mit.

»Danke«, haucht Vince. Ich schlinge die Arme um das raue Holz und dabei berühren sich unsere Fingerspitzen. Ein elektrisierendes Gefühl überrollt mich, jedoch schrecke ich nicht zurück. Ich genieße förmlich diesen Moment.

»Danke«, wispere ich und augenblicklich ist es, als würde mir der Baum etwas zurückgeben. Noch nie habe ich mich so verbunden mit der Natur gefühlt. Wie kann das sein? Was passiert hier gerade mit mir? Ist das alles ein Trick, um die Leute später mit viel Geld abzuzocken? Bestimmt kostet diese Einheit ein Vermögen. Aber wie kann sich Vince das hier leisten? Immerhin ist er doch nur ein Getränkelieferant.

Ich schiebe den Gedanken zur Seite, weil ich diese wundervollen Emotionen von Glück, Zufriedenheit und Gelassenheit jetzt genießen will. Vince hat mir heute eine andere Welt von New York gezeigt. Hier ist es nicht laut, stressig oder aggressiv. An diesem Ort ist es leise, entspannt und er ist mit viel Liebe gefüllt.

Nach einiger Zeit erhebt Lucy wieder ihre Stimme.

»Vielen Dank, dass ihr heute bei diesem wundervollen Moment dabei wart. Ich bedanke mich bei euch aus tiefstem Herzen.« Die Männer und Frauen gehen nacheinander zu Lucy und umarmen sie. Jeder bedankt sich bei ihr, auch ich. Ihre Umarmung hat etwas Besonderes und Magisches. »Das war eine ganz neue Erfahrung für mich«, sage ich leise.

Sie lächelt. »Das ist schön zu hören. Vielleicht sehen wir uns nächste Woche um die gleiche Uhrzeit wieder.«

»Vielleicht«, antworte ich und mache für Vince Platz.

»Es war wieder unglaublich inspirierend. Vielen Dank. Bis zum nächsten Mal.« Er wendet sich mir zu und ich habe ein seltsames Grinsen auf meinen Lippen.

»Ich bring dich jetzt nach Hause.«

»Okay«, antworte ich nach außen gelassen, obwohl ich gerne noch mehr Zeit mit ihm verbracht hätte. Aber vielleicht ist es gut so. Wir sind Freunde, nicht mehr. Und er hat mir heute einen der schönsten Momente geschenkt.

»Wie hat es dir gefallen?« Wir spazieren zurück zur Straße.

»Unglaublich. Dabei hat sie gar nicht viel gemacht.«

»Manchmal ist weniger mehr.« Er steckt seine Hände in die Hosentaschen.

»Stimmt. Machst du das schon länger?«

»Drei Jahre«, sagt er und nun schwingt ein seltsamer Unterton mit. Als würde er es mit einer Zeit verbinden, die in ihm schlechte Erinnerungen hervorruft. Vielleicht bilde ich mir das aber auch nur ein. Er wirkt auf mich wie ein Mann, der voll in seiner Lebensmitte steht.

Er wirkt ständig so ruhig und gelassen wie ein Ruhepol, zu dem es einen immer hinzieht. Wir erreichen die Straße und Vince winkt ein Taxi herbei.

»Wenn du in eine andere Richtung musst, kann ich auch allein heimfahren.« Ich reibe meine Handflächen aneinander.

Er lächelt. »Ich habe dich abgeholt, also bringe ich dich auch nach Hause.«

10 VINCENT

Callum legt seinen Arm auf meine Schulter. »Schau dir das an. Das ist das Paradies für uns Männer, oder?« Er macht mit der anderen Hand eine ausschweifende Bewegung.

Ich folge seinem Blick. Frauen in knappen Röcken und engen Tops füllen die Tanzfläche. Dazwischen sind auch Männer, aber die interessieren uns beide nicht. Es ist eine Weile her, dass ich das letzte Mal auf einer Party war. Aber diese Veranstaltung ist legendär. Jedes Jahr kommen Hunderte Menschen zu diesem Beachclub und feiern bis in die frühen Morgenstunden. Die Eintrittskarten sind begehrt und teuer, aber was spielt Geld für eine Rolle, wenn man den Spaß seines Lebens hat?

Wir visieren die Bar an und Callum bestellt zwei Bier und zwei Tequila. Mein bester Kumpel kennt meinen Geschmack an Getränken und ich brauche dafür auch keine langen Erklärungen zu liefern.

Eine süße Brünette serviert uns die Getränke und zwinkert mir zu. »Ich bin Cindy, also wenn du noch etwas benötigst, bin ich für dich da.« Sie lächelt breit.

»Danke, Cindy, vielleicht komme ich darauf zurück.« Ich wende mich ab und schaue mich wie Callum um. Einige Frauen tragen knappe Hotpants und ein Bikinioberteil. Hier geht es darum, zu zeigen, was man hat. Deshalb sind auch viele Männer im Publikum. Hier weiß man sofort, was man mit nach Hause nimmt. Man kauft sozusagen nicht die Katze im Sack.

»Schau dort drüben.« Callum deutet zu einer Blondine, die auf dem Tisch ihre Hüften schwingt. »Das ist mal eine Sahneschnitte«, kommentiert er. Ihr langes Haar wirbelt sie durch die Luft und sie hat die Aufmerksamkeit aller Männer. Ihre perfekten Kurven und ihr hübsches Gesicht lassen fast jeden Schwanz sofort hart werden. Nur meinen nicht, dafür braucht es mehr. Das war schon immer so. Ich hasse One-Night-Stands. Irgendwie konnte ich damit nie etwas anfangen. So untypisch das für Männer auch klingt, trotzdem hatte ich in meinem ganzen Leben nur drei One-Night-Stands. Meistens hatte ich eine Affäre über einen längeren Zeitraum, doch seit ein paar Wochen spielt sich da nichts mehr ab. Die Letzten waren mir zum Schluss hin zu anhänglich, deshalb habe ich das schnellstmöglich beendet.

»Lass uns lieber trinken.« Ich hebe den Shot und ziehe dadurch Callums Aufmerksamkeit auf mich.

»Manchmal frage ich mich, was bei dir schiefläuft.«

Er stößt mit mir an und kippt so wie ich das brennende Gesöff hinunter.

»Was meinst du?«, frage ich, weil ich den Kontext nicht verstehe.

»Weil du jeden Tag eine Neue abschleppen könntest und das einfach nicht nutzt.«

»Es reicht doch, wenn du das erledigst, oder?« Mir entweicht ein Grinsen.

»Ja, aber du bist mit einem grandiosen Äußeren gesegnet worden und nimmst deine Bestimmung nicht an, Frauen glücklich zu machen.«

Erneut muss ich lachen. »Meine Bestimmung ist, Frauen mit Sex zu beglücken? Das ist jetzt nicht dein Ernst, oder?«

Er zupft sein T-Shirt zurecht. »Natürlich. Und nebenbei werden deine Bedürfnisse auch damit abgedeckt. Dein Schwanz muss schon eingerostet sein.« Callums Blick ist gerade Gold wert. Er verzieht so komisch das Gesicht, dass ich mich vor Lachen gar nicht mehr erhole.

»Deine Sorgen möchte ich haben.« Ich klopfe ihm auf die Schulter.

Augenblicklich hält Callum in der Bewegung inne und starrt zum Eingang. Seine Augen sind weit aufgerissen und sein Mund klappt auf. »Also, das ist mal eine Granate«, quasselt er und wenn ich es nicht besser wüsste, würde ich sagen, ihm rinnt gerade Sabber aus dem Mund.

Ich schüttle nur den Kopf, aber wende mich nicht,

sondern schnappe mir mein Bier und nehme einen kräftigen Schluck.

»Schau, bevor sie aus unserem Sichtfeld verschwindet«, fordert er mich auf und zerrt an meinem Arm.

»Ich habe dir doch schon gesagt, dass ich nicht auf Beutesuche bin.«

»Glaub mir, diese Frau ist der Inbegriff von Schönheit.« Nun weckt er tatsächlich meine Neugier, denn normalerweise sieht er nach ein paar Sekunden gleich die nächste Frau, die er heiß findet. Ich folge seinem Blick und bin wohl gerade nicht der einzige Kerl, der zur Treppe starrt. Das bemerke ich, weil unzählige Männer ihren Kopf verdrehen.

Ich atme tief durch, als ich sie sehe. Ja, ich kenne sie, aber nicht in diesem Outfit und mit dem Haarstyling. Ihre schwarze Mähne fällt glatt über die Schultern. Ihre weichen Kurven hat sie in ein weißes, kurzes Kleid gehüllt. Ich bleibe an ihren vollen roten Lippen hängen, die ein zartes Lächeln umspielen. Was ist mit der Frau von gestern passiert? Sie sieht aus wie eine Granate, das muss sogar ich anerkennend feststellen. Grace hat sich seit letzter Nacht um hundert Grad verändert. Ihre Gesichtszüge wirken durch das offene Haar weicher, dabei hat sie einen aufrechten Gang. Sie hat eine hübsche Blondine im Schlepptau, die ihr etwas ins Ohr flüstert, bevor sie Treppe nach unten gehen.

»Die kenne ich«, murmle ich geistesabwesend und Callum reißt den Kopf herum.

»Die blonde Schönheit kennst du?«

Ich runzle die Stirn. »Ja, die auch.«

Nun verengt Callum die Augen. Er mustert mich und plötzlich lacht er schelmisch. »Ha, die Schwarzhaarige gefällt dir, nicht wahr? Die würde genau in dein Beuteschema passen.« Er grinst teuflisch und seine Augen blitzen auf.

»Sie ist nur eine Freundin«, sage ich und trinke einen Schluck Bier. Ich versuche, gelassen zu wirken, obwohl sie heute in mir neue Gefühle auslöst. Finde ich sie tatsächlich scharf?

»Es gibt keine Freundschaften zwischen Mann und Frau, das ist alles eine reine Illusion.«

»Glaub mir, das gibt es. Nicht jeder Kerl denkt in Frauengesellschaft nur an Sex.« Ich rolle mit den Augen.

»Mit dir läuft eindeutig etwas schief, davon bin ich überzeugt. Aber jetzt stell sie mir vor, ich bin neugierig.«

»Nein«, erwidere ich schnell.

»Du hast Angst, das kann ich förmlich riechen. Also raus mit der Sprache, was ist los?«

Augenblicklich zieht sich mein Bauch zusammen. »Nichts, können wir einfach den Abend genießen?«

»Ich kenne dich bereits so viele Jahre und dieses Verhalten passt so gar nicht zu dir. Oder ist es wegen ...«

»Nimm ihren Namen nicht in deinen Mund, hast du verstanden?«, knurre ich und nun beginnt mein Herz wie wild zu pochen. Ich ahne sofort, worauf er hinauswill, aber das lasse ich nicht zu. Dieses Leben habe ich hinter mir gelassen. Es war harte Arbeit, dorthin zu gelangen, wo ich heute bin.

»Dann mach ich mir eben selbst ein Bild.« Er nimmt

seine Bierflasche und drängt sich durch die Leute hindurch.

»Verdammt!«, fluche ich und folge ihm. Denn ich ahne, worauf das hinausläuft, und das ist eindeutig das Letzte, was ich will. Grace ist eine Freundin, mehr nicht, trotzdem möchte ich meinen Kumpel von ihr fernhalten. Sie darf auf keinen Fall von meiner Vergangenheit erfahren. Leider ist Callum ein Plappermaul. Sie weiß eigentlich nur von mir, dass ich für einen Kollegen die Getränke ausliefere, mehr nicht. Ja, unter Freunden verheimlicht man nichts, aber sie hat auch nie gefragt.

»Hey, ich bin Callum«, begrüßt er Christine und Grace. »Ich bin Vincents bester Freund und ich dachte, wir könnten gemeinsam einen Drink nehmen.«

»Das klingt perfekt. Ich bin eh durstig. Du doch auch, Grace?« Es klingt aus Christines Mund wie eine Frage, aber eigentlich hat sie für sie zugestimmt.

Sie zuckt mit den Schultern. »Von mir aus.« Sie nickt mir zu und rollt mit den Augen.

»Möchtest du mir tragen helfen?«, fragt Callum Christine.

»Sehr gerne.« Die beiden verschwinden in der Menschenmenge.

»Das ist mal ein Zufall.« Fällt mir nichts Besseres ein? Ich benehme mich, als wäre ich in Grace verliebt.

»Stimmt. Bist du gestern noch gut nach Hause gekommen?«

»Ja. Ich hoffe, dir geht es heute gut?« Unser Gespräch läuft verkrampft ab, obwohl wir einen entspannten Abend hatten.

»Ja und dir?«

»Auch alles bestens.« Beide blicken wir uns um und suchen förmlich nach Gesprächsstoff.

»Die Drinks sind da!«, ruft Christine und ich atme erleichtert aus.

»Tequila?« Grace zieht eine Braue nach oben.

»Und für danach einen Sex on the Beach«, wirft Callum ein und grinst. Die Zweideutigkeit in seiner Stimme ist nicht zu überhören. Er stellt die Cocktails zu den Shots auf den Stehtisch.

»Worauf trinken wir?« Christine blickt durch die Runde.

»Auf die Freundschaft zwischen Mann und Frau!«, ruft Callum aus und unsere Schnapsgläser treffen sich zeitgleich in der Mitte. Dann kippt jeder den Drink runter.

»Jetzt kann die Party beginnen!« Christine nimmt Grace an die Hand und zerrt sie auf die Tanzfläche. Zuerst steht Grace nur da, aber ihre Freundin redet auf sie ein, was sie anscheinend doch zum Tanzen bewegt.

Dann zerrt auch Callum mich mit auf die Tanzflä- che. Die Leute johlen, denn das Lied ist ein Remix, der direkt unter die Haut geht. Der Text handelt davon, dass man den Tag nutzen und nicht im Bett liegen bleiben soll. Der Beat wird mit einem gleichen Refrain mehr- fach wiederholt. Grace beginnt sich zu entspannen, denn nun schließt sie ihre Augen und tanzt mit. Sie springt mit der Musik von einem Bein auf das andere. Trotz ihrer spitzen Absätze verliert sie nicht das Gleich- gewicht. Auch ich bewege mich, dabei lasse ich Grace nicht aus den Augen. Sie versinkt in einen gewissen Trancezustand. Auf ihrem Gesicht breitet sich ein Grinsen aus. Noch nie habe ich sie so glücklich gesehen. Callum verschwindet für ein paar Minuten aus meinem Sichtfeld, während Christine zu mir herüber tanzt.

»Na, ihr seid jetzt Freunde? Wie kommt das denn?«

»Hat sich so ergeben.«

»Aha.« Sie mustert mich. »Was hast du gestern mit Grace gemacht? Sie ist heute so anders.«

»Frag sie das besser.« Ich bin eindeutig der Letzte, der über andere Leute spricht, wenn sie es selbst nicht wollen.

Sie hält in der Bewegung inne und stellt sich direkt vor mich hin. »Komm schon, mir kannst du vertrauen, ich bin Grace' beste Freundin.« Sie lächelt keck und klimpert mit ihren Wimpern.

»Ich werde dir bestimmt nichts verraten.«

»Was gibt es zu verraten?« Callum stellt sich zu uns und balanciert ein Tablett mit einigen Shots.

»Dein Freund und meine Freundin haben gestern etwas unternommen und nun machen sie daraus ein großes Geheimnis.« Christine stemmt die Hände in ihre Taille.

»Lass uns diese Shots leeren, dann werden wir schon noch rauskriegen, was die beiden vor uns verheimlichen.« Callum reicht uns den Tequila. Grace tanzt weiterhin, als würde es um ihr Leben gehen, jedoch fasst ihre Freundin nach ihrer Hand und zieht sie zu uns.

»Noch einen Tequila?« Auf Grace' Stirn sind ein paar

feine Schweißperlen, die ich liebend gerne wegwischen würde, aber das macht sie schlussendlich selbst mit ihrer Hand.

»Die beiden wollen unbedingt erfahren, was wir gestern gemeinsam gemacht haben«, sage ich an Grace' Ohr.

»Was gibt es da zu tuscheln?«, wirft Christine ein.

»Bist du etwa eifersüchtig auf Vince?«, neckt Grace ihre Freundin.

Christine bläst ihre Wangen auf und deutet mit dem Zeigefinger auf sich selbst. »Ich? Niemals! Unsere Freundschaft kann nichts trennen, oder?« Sie hakt sich bei Grace ein.

»Nein, natürlich nicht.« Grace gibt ihr einen knappen Kuss auf die Wange.

»Jetzt ist aber genug mit dem Freundschaftsgesülze, lasst uns lieber trinken.« Callum hebt sein Glas und wir tun es ihm gleich.

»Auf den geilsten Abend!«

Gleichzeitig exen wir den Drink. Die Musik wird lauter. Der Bass dröhnt aus allen Ecken und Alkohol fließt in Unmengen. Keine Ahnung, wie viele Shots wir trinken, aber es sind einige. Wir haben zusammen Spaß. Sogar Callum baggert Christine nicht mehr so offensichtlich an. Die Stunden verfliegen, aber es kommt mir gefühlt wie Minuten vor. Callum macht ein paar urkomische Witze und ehrlich gesagt kann ich mich gar nicht mehr daran erinnern, jemals so viel Spaß gehabt zu haben.

Grace wird von Stunde zu Stunde entspannter. Mit

Sicherheit ist auch der Alkohol dafür verantwortlich, aber nun zeigt sie mir ihre warmherzige Art. Sie erzählt sogar von ihrer Collegezeit, was sie mit Christine dort erlebt hat. Natürlich sind die Partys immer berauschend, auch ich hatte mit Callum solche genialen Erlebnisse.

Mir klopft plötzlich jemand auf den Rücken. Ich drehe meinen Kopf und entdecke Jenny. »Hey, du bist auch hier?« Ich küsse sie zur Begrüßung rechts und links auf die Wange.

»Wer lässt sich schon diese Party entgehen?«

»Callum kennst du noch?«

»Wer kann dich schon vergessen«, sagt Jenny kichernd und sie begrüßen sich mit einer Umarmung.

»Darf ich dir dann auch noch Grace und Christine vorstellen?«

Die Frauen begrüßen sich und Jenny wendet sich wieder mir zu. »Also läuft da jetzt mehr mit der hübschen Schwarzhaarigen?«, flüstert sie in mein Ohr.

»Wir gehen tanzen«, wirft Christine ein und zieht Grace weg von uns. Kurz begegnen sich Grace' und mein Blick, ich kann ihn irgendwie nicht einordnen.

»Wie schon letztens gesagt, sie ist eine Kundin und auch Freundin«, antworte ich, als Grace aus meinem Sichtfeld verschwunden ist.

Callum gesellt sich zu uns. »Das hat er mir auch schon erklärt.«

Jenny zieht beide Brauen nach oben. »Das von damals ist lange her, nicht jede Frau ...«

»Hört ihr beide auf?«, unterbreche ich sie. »Wenn ich

eine Frau will, dann lasse ich meine Vergangenheit außen vor.«

Jenny streichelt meinen Arm. »Vince, niemand kann die Vergangenheit ausblenden, sie ist ein Teil von dir. Sie hat dich zu dem Mann gemacht, der du heute bist.« Ihr mitfühlender Blick macht mich wütend. Dabei will ich nicht mehr erbost sein, dafür habe ich unzählige Stunden mit Meditation verbracht.

»Sie mag dich«, redet Jenny weiter. »Ich habe es in ihren Augen gesehen.«

»Du bist gerade mal fünf Minuten da und hast schon den vollen Durchblick? Du weißt, ich schätze deine Meinung, aber lass es gut sein. Ich bin glücklich so, wie mein Leben läuft. Außerdem wiederhole ich mich nur ungern, Grace und ich sind Freunde, so wie wir drei.«

Jenny rollt mit den Augen. »Dann stört es dich bestimmt nicht, wenn ich dir sage, dass sich gerade ein heißer Mann an sie heranmacht.«

»Nein, es interessiert mich nicht. Sie kann tun und lassen, was sie will.« Unauffällig lasse ich den Blick über die Tanzfläche gleiten, weil mich die Neugierde packt.

Jenny boxt Callum in den Arm und lacht laut auf. »Sie ist ihm so egal, dass er mal nachschaut, was die hübsche Grace gerade macht.«

»Tue ich nicht«, kontere ich und meine Augen verengen sich.

»Du kannst gerne deine dicken Mauern oben behalten, wenn es dich glücklich macht. Aber irgendwann wirst du bemerken, dass das Leben an dir vorbeizieht, wenn du dein Herz nicht öffnest.«

»Können wir bitte das Thema wechseln? Analysiere lieber Callum, der steht vielleicht darauf.«

Jenny kichert wieder. »Na gut, dann geh ich mal zu den zwei Hübschen und tanze mit ihnen.« Jenny stöckelt tatsächlich zu Grace und Christine. Nun wird mir echt flau in der Bauchgegend, denn ich hoffe, dass sie von meinem alten Leben nichts erzählt. Außerdem hat Jenny immer das Bedürfnis, andere Leute zu verkuppeln, was ich in diesem Fall überhaupt nicht gebrauchen kann. Denn Grace soll niemals denken, dass sie mich auf eine gewisse Art und Weise scharfmacht. Habe ich das gerade tatsächlich gedacht? Verfluchte Scheiße. Nun habe ich wirklich ein Problem.

11 GRACE

»Hey, was meint ihr, gehen wir drei Hübschen an die Bar?« Jenny schwingt ihre Hüften, dabei sieht sie mich aus wachen Augen an. Ob sie mit Vince einmal eine Affäre oder sogar Beziehung hatte? Die beiden wirken so vertraut miteinander, das ist mir schon in der Bar aufgefallen.

»Das ist eine hervorragende Idee«, antwortet Christine und ich nicke zustimmend. Sie wirkt nett und würde auch rein optisch sehr gut zu Vince passen. Aber warum schleicht sich bei diesem Gedanken ein merkwürdiges Gefühl in meiner Bauchgegend ein?

Meine Freundin bestellt uns die Drinks, dann wendet sie sich uns zu. »Kennst du die beiden schon lange?«

»Seit dem College. Die zwei hatten Kunst und Design als Nebenfach gewählt.«

»Du hast Kunst studiert?«, hakt Christine neugierig nach.

»Ja und nun bin ich auf der Suche nach einem Job. Ich würde gerne in der Modebranche wieder Fuß fassen.«

»Was designst du denn?« Nun ist auch meine Aufmerksamkeit voll bei ihr.

»Mein Ziel ist es, nachhaltige Schuhe und Handtaschen herzustellen. Schau dir unsere Wegwerfgesellschaft nur an. Drei- bis viermal tragen sie irgendein billiges Shirt, das dann auf einem der unzähligen Müllberge landet. Allein die Unmengen an Energieverschwendung und die Umweltbelastung sind für mich nicht nachvollziehbar.«

»Das klingt interessant. Vielleicht schaust du nächste Woche bei mir vorbei?«

»Hast du etwa ein Mode-Imperium?« Jennys Frage klingt nicht wie ein Scherz, sondern interessiert.

»So etwas in der Art. Wir stellen Handtaschen und Rucksäcke her und ich finde deine Ansätze wirklich inspirierend.«

Christine hält die Getränke in die Mitte. »Können wir das Geschäftliche auf Montag oder so verschieben?«

Jenny nimmt ihr ein Glas ab, das mit einer goldenen Flüssigkeit gefüllt ist. »Na klar, sehr gerne.«

»Dann gebe ich dir noch schnell die Karte, bevor wir in den Untiefen des Alkohols versinken.« Ich ziehe eine Visitenkarte heraus und reiche sie ihr.

. . .

Ein dröhnender Schmerz hat sich seit gestern in meinem Kopf eingenistet, den ich nicht loswerde. Ich trete aus dem Fahrstuhl und meine Freundin Christine kommt mit eiligen Schritten auf mich zu.

»Endlich bist du da. Hast du nicht auf dein Handy geschaut? Ich habe dich sicher zehnmal angerufen.« Sie zerrt mich hinter sich her.

Ich blicke in meine Handtasche und krame zwischen Lippenstift und Geldtasche herum, doch ich finde mein Smartphone nicht. Ein Seufzen entweicht mir. »Das habe ich wohl auf meinem Esstisch liegen lassen.«

Christine eilt indes in Richtung Besprechungsraum voraus und hält eine Mappe in der Hand. Es ist das erste Mal, dass ich nicht vor neun im Büro bin, weil ich nicht aus dem Bett gekommen bin. Am liebsten wäre ich auch dort liegen geblieben.

»Habe ich einen wichtigen Termin vergessen?«

Christine hält in der Bewegung inne und sieht mich mit geweiteten Augen an. »Dein Vater hat vor einer Stunde ein Meeting aller Abteilungsleiter bekannt gegeben. Genau genommen hat es ...«, sie blickt kurz auf die Uhr, »... vor zehn Minuten begonnen.«

Nun beginnt mein Herz schneller zu schlagen. »Was sind die Eckdaten, um was geht es?« Panik breitet sich in mir aus. Meine Hände beginnen zu zittern. Ich wusste es. Das mit dem Ausgehen war eine falsche Entscheidung. Nun gehe ich völlig unvorbereitet in ein Meeting.

Im Eildurchlauf erklärt mir Christine die Details und ich sinke immer mehr in mich zusammen. Denn ich habe nichts in der Hand. »Das schaffe ich nicht. Mein Dad wird ausflippen, wenn ich wieder keinen Plan habe.«

Christine winkt mit der grauen Mappe. »Keine Sorge, ich habe dir hier alles zusammengefasst. Also richte jetzt deinen Rücken gerade und erkläre deine Verspätung mit einem wichtigen Telefonat eines Neukunden.«

»Das ist aber gelogen.« Verzweiflung breitet sich in mir aus. »Ich habe keinen an der Hand.«

»Nenn irgendeinen Namen, später kannst du ja behaupten, er ist dann doch abgesprungen. Dir fällt bestimmt etwas ein. Und jetzt ab.« Sie drückt mir die Mappe in die Hand und deutet mir mit dem Kopf, endlich hineinzugehen.

Ich balle meine Hand zur Faust, um das unbändige Zittern meiner Finger zu kompensieren. Christine zieht die Tür auf und ich trete ein.

»Bitte um Entschuldigung für die Verspätung, aber ich hatte ein wichtiges Telefonat mit einem zukünftigen Kunden.« Ich blicke zu meinem Vater, der an der Stirnseite des Besprechungstisches sitzt. Die etwa fünfzehn Stühle, die darum platziert sind, sind voll, nur der neben Dad ist noch frei.

Er wirft mir einen vernichtenden Blick zu und bestimmt bekommen es alle Anwesenden mit. Ich setze mich an den von Männern dominierten Tisch. Außer mir sind noch zwei weitere Frauen hier. Die eine ist die Assistentin meines Dads und die andere die Leiterin des Kundendienstes. Ziemlich ernüchternd, wenn man bedenkt, dass mein Dad nur in zwei Abteilungen eine Frau als Leitung sitzen hat.

Ich setze mich neben Dad, dabei fühle ich mich noch schlechter. Heute wäre es mir tatsächlich lieber gewesen, irgendwo am Ende des Tisches zu sitzen. Denn ich erwarte jeden Moment einen Seitenhieb, doch er beginnt, in eine andere Richtung zu sprechen.

»Wir werden ab nächsten Monat Veränderungen anstreben, die unser Unternehmen in eine neue Dimension katapultieren wird«, sagt mein Dad und blickt durch die Runde. »Die wichtigsten Punkte, die ich von euren Abteilungen erwarte, sind Zuverlässigkeit, Pünktlichkeit und natürlich extreme Einsatzkraft. Jeder Einzelne von euch muss mehr als hundert Prozent liefern!« Da ist der Seitenhieb. Es hat nicht einmal fünf Minuten gedauert. »Die Verträge mit den neuen Fabriken werden bald unterschrieben und wir werden eine Produktionserweiterung einleiten, die uns zu den führenden Rucksack- und Handtaschenherstellern manövrieren wird.«

Ich schließe kurz meine Augen. Er hat es wirklich durchgezogen, ohne mit mir nur ein Wort darüber zu sprechen. Ich kann es nicht fassen und trotzdem muss ich es so akzeptieren, ob es mir passt oder nicht.

»Außerdem hat sich in der Führungsebene noch etwas getan, das ich euch nicht länger vorenthalten möchte. Mr. Robert Lake kennt ihr ja schon. Er wird der neue Geschäftsführer der Middelton Group. Er hat vollen Handlungsspielraum in allen Bereichen.« Mr. Lake erhebt sich und hat wie gewohnt sein Siegerlächeln auf den Lippen. Ich hingegen rutsche immer tiefer in meinen Stuhl. In nur wenigen Wochen hat er geschafft, worauf ich die letzten Jahre hingearbeitet habe. Das Zittern meiner Hand wird stärker und mein Puls pocht laut und unnachgiebig in meinem Ohr. Er wird nur mäßig von dem Gemurmel der anderen Abtei-lungsleiter übertönt. Natürlich wird es für mich noch schwieriger, Entscheidungen zu fällen, wenn ich zuerst zu Robert muss, um überhaupt etwas durchzusetzen. Jahrelang hat Dad von der Stelle des Geschäftsführers gesprochen, dass er mehr abgeben möchte, um für seine Familie da zu sein. Nun hat er es geschafft. Leider hat er für diese Position nicht sein eigenes Fleisch und Blut gewählt, sondern diesen Eindringling Robert.

Dad schüttelt ihm die Hand und grinst breit. »Schön, dass du in unserem Team bist.«

Mein Hals wird immer enger und mein Magen dreht sich. Eine Übelkeit überkommt mich und dafür ist nicht der exzessive Abend mit meiner Freundin verantwort-lich. Wie sehr habe ich davon geträumt, dass Dad diese magischen Worte zu mir sagt. Wie lange hoffte ich auf seine Anerkennung. Ich beiße meine Zähne fest anein-ander, dass es sogar im Kiefer schmerzt. Meine Augen brennen, aber ich werde mir hier unter allen Anwe-senden sicher nicht die Blöße geben und zu heulen beginnen wie ein kleines Kind. Nein, ich werde allen beweisen, dass ich stark bin. Auch wenn gerade mein Herz Stück für Stück herausgerissen wird. Es wird dabei zerfetzt, sodass eine Heilung ausgeschlossen ist. Wieso tut mein Vater mir das an? Früher waren wir ein Team.

Damals, als ich noch ein Kind war, hatte ich immer das Gefühl, ich sei ihm wichtig.

Ich spüre die Blicke der anderen auf mir, aber ich versuche, diese Situation mit einem Lächeln zu kaschieren. Niemand soll erfahren, wie es tief in meinem Inneren aussieht. Ich brauche diese mitleidigen Blicke nicht, sondern will geschätzt werden für das, was ich leiste.

Das Applaudieren der anderen verstummt und Robert erhebt seine Stimme. »Ich bin total überrascht und habe damit überhaupt nicht gerechnet. Nun habe ich nicht einmal eine passende Rede vorbereitet. Nicht gerade der beste Start als Geschäftsführer.« Er lacht und die anderen stimmen mit ihm ein. Ich finde daran nichts witzig oder amüsant, ich würde lieber wie eine Hyäne über ihn herfallen und ihn zerfleischen. Er hat hier nichts zu suchen und sollte nicht auf diesem Stuhl sitzen. Mein Vater hat ihm sogar an der Stirnseite Platz gemacht und klopft ihm bekräftigend auf die Schulter. Ich blende seine Rede komplett aus, denn ich bin damit beschäftigt, meinen Vater akribisch zu mustern, in der Hoffnung, ich könnte seinen Blick einfangen. Aber er sieht nicht für eine Sekunde zu mir, als würde er es spüren.

»Dann auf gute Zusammenarbeit und lasst uns den Konzern an die Spitze der ganzen Welt manövrieren.« Das Schlusswort dieses Ekelpakets zieht mich wieder in die Realität zurück.

Erneut erklingt ein lautes Applaudieren, doch ich kann diese Situation nicht gutheißen. Wie die anderen erhebe ich mich. Meine Knie sind butterweich. Ich kann nicht fassen, was ich gerade erlebt habe.

Mr. Glasgow aus der Finanzabteilung kommt auf mich zu. »Hätten Sie nicht diese Stelle kriegen sollen? Sind Sie etwa schwanger?« Der nächste Schlag ins Gesicht. Ich starre ihn nur verblüfft an. Warten hier alle nur darauf, dass ich ein Kind bekomme? Ist das als Frau denn die einzige Aufgabe?

»Entschuldigung, ich wollte Ihnen nicht zu nahetreten. Natürlich wird darüber die ersten drei Monate nicht offiziell gesprochen. Meine Frau und ich haben damals ebenso gewartet«, quasselt er weiter. »Ich wusste gar nicht, dass Sie einen Freund haben. Aber wie auch. Ihr Vater hat sein Privatleben ebenso immer außen vor gelassen. So wie der Vater eben auch die Tochter.« Er lächelt.

»Ich bin definitiv nicht wie mein Vater«, zische ich und nun verengen sich tatsächlich meine Augen. Mein Geduldsfaden reißt. Ich kann nicht länger schweigen.

Plötzlich bemerke ich einen Schatten neben mir. Den Duft seines Rasierwassers würde ich aus Millionen erkennen. Dad.

»Grace hat ein hartes Wochenende hinter sich, bitte entschuldigen Sie ihr Verhalten.«

»Das sind wohl eher die Hormone«, scherzt Mr. Glasgow, verabschiedet sich und verlässt wie die anderen den Besprechungsraum. Ich will gerade flüchten, doch mein Dad stellt sich vor mich hin und versperrt mir den Ausgang.

»Du wirst mit unseren Mitarbeitern in einem angemessenen Ton sprechen«, knurrt er mich an und ein kalter Schauder überzieht mich.

»Interessante Sichtweise, Dad. Denn sonst hast du genau diesen Ton mir gegenüber drauf!« Ich feuere ihm die Worte entgegen und hoffe inständig, dass er endlich begreift, was er mir heute angetan hat.

Augenblicklich verfinstert sich Dads Miene und wenn Augen Feuer spucken könnten, würden sie das genau in diesem Moment tun. »Du wirst dich jetzt benehmen, wie deine Mutter es dir beigebracht hat!« Seine Stimme ist so laut, dass wahrscheinlich das ganze Geschoss von unserem Streit etwas mitbekommt. Noch dazu steht die Tür weit offen. Doch anscheinend ist es Dad egal. Nicht einmal diesen Anstand hat er mir gegenüber.

»Ach, und du darfst mich vor allen vorführen? Egal was mein Herz dazu sagt?« Meine Augen brennen so stark, doch ich will vor ihm keine Träne vergießen. Er soll nicht denken, dass ich schwach bin und mein Herz gebrochen ist. Er muss die starke Grace sehen, die dieses Unternehmen mit voller Kraft führen kann.

Er packt meinen Arm, was er noch nie getan hat. »Dad, du tust mir weh«, wispere ich.

»Du wirst jetzt deinen Job, für den ich dich bezahle, ohne Widerrede erledigen. Außerdem will ich nie wieder, wirklich nie wieder so eine Diskussion mit dir führen.« Er verstärkt den Griff und nun drängen sich die Tränen tatsächlich an die Oberfläche, weil ich den Schmerz an meinem Arm und auch in meinem Herzen nicht länger unterdrücken kann. Ich spüre, dass meine

Wangen feucht werden, und sehe Dad aus verschwommenen Augen an.

»Hör auf zu heulen«, fährt er mich an. »Genau deshalb haben Frauen in Führungspositionen nichts verloren. Weil ihr sofort sentimental werdet und wegen Kleinigkeiten zu weinen beginnt.« Er lässt mich los und marschiert aus dem Besprechungsraum.

Ich folge ihm und mein Blick begegnet Vince und Christine, die gerade auf mich zugelaufen kommen. »Grace, was ist da drinnen passiert?« Meine Freundin hält knapp vor mir.

Ich schüttle geistesabwesend den Kopf und eile hinaus. Ich ertrage es nicht, meinen Emotionen vor allen freien Lauf zu lassen. Ich stürme zum Fahrstuhl und drücke mehrmals den Knopf, in der Hoffnung, die Türen öffnen sich schneller.

»Grace«, sagt meine Freundin nun etwas ruhiger neben mir, doch ich spüre auch die Feuchtigkeit auf meinen Wangen.

»Lass mich in Ruhe! Ich brauche deine schlauen Ratschläge nicht. Erzähl sie jemandem, der sich dafür interessiert!« Meine Stimme ist hart und sie verfehlt ihre Wirkung natürlich nicht, denn Christine macht einen Schritt zurück. Ich weiß, dass es falsch ist, meine Wut an ihr auszulassen, aber ich brauche jetzt Zeit für mich. Ich muss die wilden Gedanken, die durch meinen Kopf hinwegfegen, sortieren. Ich kann das nicht hier im Flur, wo unzählige Mitarbeiter vorbeimarschieren. Ich will mein Leben nicht vor allen darbieten, als wäre es ein Theaterstück.

Mit zittrigen Beinen betrete ich den Fahrstuhl und drücke den Knopf fürs Erdgeschoss. Bewusst drehe ich mich nicht um, denn ich kann jetzt nicht in die Augen meiner besten Freundin schauen. Ich habe sie tief damit gekränkt, das ist mir klar, aber ich kann es auch nicht rückgängig machen. Als ich spüre, dass sich der Fahrstuhl in Bewegung setzt, schluchze ich laut auf. Mit der Faust knalle ich gegen die Fahrstuhlwand, weil ich die Wut und die Enttäuschung kompensieren muss. Tränen rinnen unaufhörlich über meine Wangen, als ich plötzlich zwei Hände an meinen Armen spüre. Erschrocken fahre ich herum und blicke in ein braunes Augenpaar. Hastig wische ich die Tränen weg.

»Was tust du hier?«

»Wir sind Freunde, hast du das vergessen?« Vince blickt mich mit einem mitfühlenden Ausdruck an.

Ein kehliger Lacher entweicht mir. »Ich bin keine Frau, die man als Freundin haben möchte. Du hast doch mitbekommen, wie ich mit Christine gesprochen habe. Geh mir lieber aus dem Weg, sonst blüht dir das genauso.«

Er macht einen Schritt auf mich zu und schließt mich dann ohne Vorwarnung in seine Arme, dabei verliert er kein Wort. Er streichelt sanft mein Haar und diese unschuldige Nähe lässt mein Herz schwer werden. Ich will vor ihm nicht heulen, deshalb stoße ich ihn von mir weg.

»Hast du mir nicht zugehört? Ich bin ein Biest. Ich habe nicht das Recht auf dein Verständnis!«

Erneut kommt er einen Schritt auf mich zu und

schließt mich abermals in seine starken Arme. »Jeder Mensch, wirklich jeder hat das Recht auf Mitgefühl, auch du.« Seine Stimme ist so ruhig und nun rinnen die Tränen wie ein Sturzbach heraus. In seiner Nähe entspanne ich sofort, obwohl mich gerade die wildesten Gefühle übermannen. Wieso tut er das? Warum ist er für mich da? Ich benehme mich wie der letzte Abschaum und er tritt kein Stück zurück. Ist er wirklich ein Freund, auf den ich mich immer verlassen kann?

»Du kennst mich doch überhaupt nicht.«

»Aber ich habe mitbekommen, wie dein Vater mit dir gesprochen hat. Und das war alles andere als in Ordnung.«

Die Fahrstuhltür öffnet sich und ich schiebe Vince ein Stück von mir weg. Wir treten hinaus und im Foyer ist es gespenstisch leer, da die Mitarbeiter in ihren Büros sitzen.

»Wie? Du hast es gehört? Du bist doch erst mit Christine gekommen.«

»Eigentlich habe ich sie geholt, weil ich im Vorbeigehen leider jedes Detail gehört habe.«

Ich halte in der Bewegung inne und senke den Blick. Er hat mitbekommen, wie mein Vater mich niedergemacht hat. Nun schäme ich mich noch mehr. Was wird er jetzt von mir denken?

»Du grübelst gerade, was ich davon halte, nicht wahr?«

Ich blicke langsam zu ihm auf. »Kannst du etwa Gedankenlesen?«

»Nein, aber mittlerweile habe ich ein sehr gutes

Gespür für die Probleme anderer. Komm, lass uns einen Spaziergang machen, danach geht es dir bestimmt besser.«

»Musst du denn nicht arbeiten? Dein Boss wird nicht erfreut sein, wenn du deinen Zeitplan nicht einhältst.«

»Mein Boss ist ziemlich verständnisvoll.«

»Hast du ein Glück, meiner nämlich nicht«, antworte ich, während wir nach draußen gehen.

12 VINCENT

Wir gehen eine Weile nebeneinander und keiner verliert ein Wort. Grace muss eindeutig ihre Gedanken und Gefühle sortieren. Ich war geschockt, wie ihr Vater mit ihr spricht. Wenn mein Dad das machen würde, wäre ich wahrscheinlich schon über alle Berge. Denn niemand hat das Recht, so mit jemandem zu reden. Mittlerweile wundert es mich nicht, dass Grace so ist, wie sie eben oft ist. Aufbrausend, genervt aber auch traurig. Wie soll man Selbstwert aufbauen, wenn man in jeder Situation seines Lebens von seinen Liebsten niedergemacht wird? Die Eltern sind die ersten Bezugspersonen im Leben. Sie stellen das wichtigste Glied dar, um gefestigt heranzuwachsen. Man braucht sie und ihre Bestärkung, damit man mutig und zuversichtlich in die Zukunft blickt.

»Dort drüben ist ein kleiner Park. Hast du Lust,

dorthin zu gehen?«, frage ich und ziehe dadurch Grace'
Aufmerksamkeit auf mich.

»Gerne. Ich bin heute wohl nicht die beste
Gesellschaft.«

»Manchmal braucht man das gemeinsame Schweigen, um zu verstehen. Ich fühle deine Emotionen auch
ohne Worte.«

»Ach ja? Was fühle ich gerade?«

»Enttäuschung, Schmerz, Wut aber genauso Trauer.«

Grace' Augen werden groß. »Bist du ein Hellseher
oder so was?«

Mir entweicht ein sanftes Lächeln, aber gleichzeitig
kriechen Erinnerungen hervor, die ich Jahre verdrängt
habe, aber schnell zur Seite schiebe, weil es jetzt um
Grace geht und nicht um mich. »Wie lange möchtest du
das mit deinem Vater noch ertragen?«

»Was meinst du?«

»Das war nicht das erste Mal, dass er mit dir so
spricht, oder?« Ich lege meine Hand auf ihre. Ihre Finger
sind eiskalt, obwohl es mindestens fünfundzwanzig
Grad hat.

Sie blickt kurz in die Ferne, ehe sie den Kopf wieder
zu mir wendet. »Nein, aber was soll ich denn tun? Er ist
und bleibt mein Vater.«

»Du könntest dir einen anderen Job suchen. Das ist
doch kein Leben.«

»Er kann auch nett sein. Weißt du, er war nicht
immer so.«

Ein Seufzen entweicht mir. »Komisch, dieselben
Worte hat vor Kurzem deine Freundin über dich gesagt.«

Ich beginne zu grübeln. Was, wenn er ebenso in einem Kreislauf feststeckt, aus dem er nicht rauskommt? Aber trotzdem gibt es ihm nicht das Recht, wie ein wildgewordener Stier auf seine Tochter loszugehen.

»Aber wieso tust du dir das alles an? Ich verstehe es nicht.« Was bewegt einen Menschen dazu, so masochistisch veranlagt zu sein, dass man sich tagtäglich einem Tyrannen aussetzt?

»Vielleicht kann ich ihn ja ändern.«

»Du kannst solche Menschen nicht verändern, wenn sie selbst nicht einmal bemerken, wie sie andere damit verletzen.« Mein Daumen kreist über ihrem Handrücken.

»Ich sehe das anders. Wenn ich ihm beweise, was ich draufhabe, wird er einsehen, dass es die falsche Entscheidung war. Ich bin die beste Wahl für die Leitung unseres Unternehmens und das wird er über kurz oder lang erkennen. So leicht gebe ich nicht auf.«

»Auch wenn du dabei innerlich zerbrichst?«

»Vielleicht. Ich muss jetzt wieder zurück zur Arbeit. Man sieht sich.«

Ich habe meine Arbeit trotz der langen Pause geschafft. Leider kreisen noch immer die Bilder von heute Morgen in meinen Gedanken herum. Weil ich endlich Klarheit brauche, habe ich vor zwei Stunden Lucy angerufen, ob sie für mich spontan einen Termin frei hat. Sie ist eine Person, die mir in den letzten Jahren sehr geholfen hat. Ich habe den inneren Trieb, ständig Menschen zu helfen, und vor drei Jahren bin ich daran kläglich gescheitert. Es hat mir den Boden unter den Füßen weggerissen. Dann lernte ich Lucy bei einem Seminar für Führungskräfte kennen. Sie war eine der Vortragenden und ihre Worte haben mich von der ersten Sekunde an mitten ins Herz getroffen. Sie ist erst fünfunddreißig, dennoch schon so weise wie ein alter Mensch.

»Hallo, Vince«, begrüßt sie mich mit einem Lächeln. Ich trete in ihre Wohnung ein.

»Hallo, schön, dass du so spontan Zeit gefunden hast.«

»Hat wie immer genau gepasst. Du kennst ja den Weg. Ich komme gleich zu dir.« Sie schließt hinter mir die Tür. Ich streife meine Schuhe ab und gehe zur zweiten Tür links vom Flur. Ich war schon einige Male bei ihr zu einer Einzelsitzung. Ich komme immer dann, wenn ich einfach nicht mehr weiterweiß. Heute ist wieder so ein Tag.

Leise Klavierklänge höre ich im Hintergrund, als ich das Zimmer betrete. Eine Kanne Tee steht schon auf dem kleinen, quadratischen Tisch. Ich nehme Platz und starre aus dem Fenster. Es ist nichts zu erkennen außer Dunkelheit. Ich fülle meine Tasse mit dem Kräutertee und atme tief durch, als ich das Einschnappen der Tür vernehme.

»Wie geht es dir?«, fragt sie, während sie sich gegenüber von mir hinsetzt.

»Mir selbst geht es gut, jedoch einer Freundin nicht.«

»Wenn du keine Probleme hast, warum bist du dann hier?«, fragt sie mit ihrer gewohnt ruhigen Stimme.

»Weil ich ihr nicht helfen kann. Alles wiederholt sich wie damals.«

»Meinst du das mit Nora?«

Es ist lange her, dass jemand ihren Namen in meiner Gegenwart in den Mund nehmen durfte. Lucy ist die einzige Person, bei der ich es halbwegs ertrage. Trotzdem beginnen meine Augen zu brennen.

»Ja.«

Sie legt den Kopf schief. »Was passiert gerade mit deiner Freundin? Geht es vielleicht um Grace?«

»Ja. Ihr Vater ist ein Tyrann und er tut ihr nicht gut.«

»Kannst du dich daran erinnern, was wir damals über Nora gesprochen haben?«

»Natürlich, wie könnte ich das vergessen. Aber ich kann es nicht so einfach hinnehmen, dass sie durch die Hölle geht. Ihr dabei zusehen, wie sie in diese Dunkelheit versinkt und sich dadurch klein fühlt.«

»Kann es sein, dass du dich in dieser Situation klein fühlst?«

Kurz überlege ich. Ich nicke zustimmend. Denn ich fühle mich machtlos, dabei könnte ich ihr doch helfen, wenn sie es zulassen würde.

»Was würde passieren, wenn du nicht in ihre Erfahrungen eingreifst, die sie anscheinend machen möchte?«

»Niemand will solche grauenvollen Dinge von einem anderen Menschen hören«, entgegne ich.

»Kennst du ihren Seelenplan? Was ist, wenn sie noch nicht bereit ist, in ihrem Leben Veränderungen vorzunehmen? Weißt du, jeder Mensch kommt auf die Erde, um gewisse Erfahrungen zu machen. Jeder lernt früher oder später daraus. Du schaffst es nicht, die ganze Menschheit zu retten. Du kannst ihr eine starke Schulter zum Anlehnen bieten und für sie da sein, wenn sie es zulässt. Aber du wirst ihren Lernprozess dadurch nicht beschleunigen. Ihr Schmerz ist noch nicht groß genug, um in ihrem Leben Veränderungen einzuleiten.«

»Das kann ich mir nicht vorstellen. Sie hat heute geweint, das ist doch ein eindeutiges Zeichen.«

»Tränen sind ein Zeichen für Heilung im Inneren. Jeder von uns ist auf der Suche nach Heilung alter Wunden, aber du kannst das Pflaster sein, das dabei unterstützt.«

Nun verstehe ich noch weniger als vorhin.

»Sei ihr ein guter Freund, wenn sie jemanden zum Reden braucht. Hör zu, was sie sagt, aber verurteile sie nicht, wenn sie den Abstand zu ihrem Vater nicht schafft. Die beiden verbindet ein Band, das man nicht so einfach trennt. Die zwei werden aus dieser Situation lernen, aber das wird in ihrem Tempo geschehen nicht in deinem.«

»Aber nur Zuhören ist doch keine Hilfe.«

»Kann es sein, dass du mit Nora noch keinen Frieden geschlossen hast? Du warst damals nur einmal bei mir und bist dann wieder in deinen alltäglichen Modus zurückgefallen.«

»Das stimmt doch gar nicht. Ich habe viel meditiert.«

»Okay, aber warum rutschst du jetzt wieder in dasselbe Muster?«

»Nora hat nichts damit zu tun.«

Lucy sieht mich nur an, dabei hat sie so einen gewissen Blick drauf, dass sich die Tränen nun aus meinen Augenwinkeln kämpfen. Die Bilder von damals drängen an die Oberfläche.

Musik dröhnt lautstark aus den Boxen im Wohnzimmer. Ich marschiere hinein und entdecke Nora nicht. Ich gehe zur Musikanlage und drehe die Lautstärke leiser. »Nora, wo bist du?«, rufe ich und ich visiere die Küche an. Doch auch hier finde ich sie nicht.

»Nora?« Obwohl die Wohnung hell erleuchtet ist, meldet sie sich nicht. Vielleicht ist sie nur noch schnell zum Supermarkt unten an der Straßenecke. Bestimmt hat sie die Brötchen vergessen. Um die Zeit zu nutzen, spüle ich das Geschirr, was von unserem Frühstück stehen geblieben ist. Kurz huschen die letzten Bilder vor meinem inneren Auge vorbei. Als sie mich innig küsste, bevor ich mich von ihr verabschiedete. Wie gewohnt bin ich spät dran gewesen, weil ich jede Sekunde mit ihr auskosten will. Mit ihr schwebe ich auf einer Wolke des Glücks. Mit ihr scheint alles einfach und leicht zu sein. Obwohl sie manchmal sehr nachdenklich wirkt, wenn sie sich nicht beobachtet fühlt. Aber sobald wir gemeinsam Zeit verbringen, ist es so, als würde es nur noch uns zwei geben.

Nachdem ich das Geschirr weggeräumt habe, entschließe ich mich, zu duschen. Als ich frisch geduscht aus der Wanne steige, trockne ich mich ab und wickle mir ein Handtuch um die Hüften. Ich spaziere auf leichten Füßen ins Schlafzimmer und entdecke Nora im Bett.

»Nora, schläfst du schon?« Ich gehe auf sie zu und setze mich neben sie aufs Bett. Sie liegt kerzengerade auf dem Rücken und hat die Hände wie bei einem Gebet ineinander gefaltet. Ich streiche eine Strähne aus ihrer Stirn. »Nora, neckst du mich wieder?« Plötzlich ahne ich Böses, als ich die Kälte ihrer Haut spüre. »Nora, mach keinen Spaß, jetzt wach schon auf!« Ich rüttle an ihr, lege mein Ohr an ihren Mund, doch ich spüre keinen Atem. Panik überfällt mich. Dann versuche ich, ihren Herzschlag zu hören, auch nichts. Das alles muss doch ein großer Irrtum sein. Ich eile aus dem Schlafzimmer und wähle den Notruf. Ich stelle auf Lautsprecher und sie erklären mir die Wiederbelebungsmaßnahmen, die ich ausführen soll. Wie in Trance erledige ich die Angaben.

»Nora, bitte wach auf!«, flehe ich und die Tränen lassen Noras Gesicht vor mir verschwimmen. »Nora, komm schon! Bitte helft mir doch!«, rufe ich und eine Stimme am anderen Ende der Leitung versucht, mich zu beruhigen. Doch wie soll man sich entspannen, wenn der wichtigste Mensch in seinem Leben leblos auf dem Bett liegt?

»Helft mir doch endlich! Wo seid ihr, wenn man euch braucht?«

Ein Klingeln an der Tür lässt mich meinem Karussell aus Panik und Angst für ein paar Sekunden entfliehen. Ich haste zur Tür und die Sanitäter samt Notarzt treten ein.

»Am Ende des Flurs ist das Zimmer. Bitte helft ihr! Bitte sie muss es schaffen!«

Der Arzt misst ihren Puls, macht ein paar weitere Unter-

suchungen und dann nimmt er plötzlich Abstand und wendet sich mir zu. »Ich muss Ihnen leider mitteilen, dass sie tot ist.«

»Was? Nein! Das kann nicht sein!« Ich eile zu Nora und nehme ihren leblosen Körper in den Arm. Ich versuche, sie hochzuheben. »Sie haben sich geirrt. Machen Sie weiter, sie muss doch wieder aufwachen!« Ich sehe alles nur noch verschwommen. Meine Hände zittern und mein Herz wird gerade mit unzähligen Messerstichen massakriert. »Sie müssen es nochmals probieren!«, fordere ich den Arzt auf, der sanft seine Hand auf meine Schulter legt.

»Ich denke, sie hatte eine Überdosis Tabletten.« Der Doktor deutet auf den Nachtisch, auf dem unzählige leere Verpackungen liegen.

»Nein! Nora hatte keine Probleme. Sie lügen, die lagen vorhin nicht da!«

»Sir, es tut mir wirklich sehr leid, aber wir werden das bestimmt auch bei der Autopsie feststellen.«

Ich umklammere Nora noch fester. »Nein, sie darf mich nicht verlassen. Nicht auf diesem Weg«, murmle ich an ihr weiches Haar. Es ist kohlrabenschwarz wie jetzt auch meine Seele.

»Lass es raus«, wispert Lucy und die Tränen rinnen unaufhörlich. »Nora hat diesen Weg gewählt. Du hattest nie eine Chance, sie zu retten.«

»Aber dafür kann ich es bei den anderen schaffen.«

Lucy legt ihre warme Hand auf meine. »Zuerst musst du dich aus den Fesseln deiner Vergangenheit befreien, um wieder positiv in die Zukunft zu blicken. Erst dann kannst du für andere da sein. Der Zwang, den du seit Noras Tod mit dir trägst, ist nicht mehr gesund und ich empfehle dir wirklich eine längerfristige Therapie. Denn nicht jeder Mensch steht auf der Kippe, sich das Leben zu nehmen.«

13 GRACE

Ein Blick in den Spiegel lässt mich durchatmen. Mein verronnenes Make-up ist wieder korrigiert. Nun sehe ich wieder wie die Grace aus, die ich noch vor wenigen Stunden war. Ich trete nach draußen und der Flur ist leer. Kurz heftet sich mein Blick an Dads Büro und ich überlege, tatsächlich zu ihm zu gehen. Vielleicht sollte ich mit ihm das ruhige Gespräch suchen? Es muss doch einen Grund geben, weshalb er sich so verändert hat, oder war er immer schon so ignorant mir gegenüber?

»Grace?«, vernehme ich die Stimme meiner Freundin Christine. Ich wende mich ihr zu.

Augenblicklich überkommt mich das schlechte Gewissen. Denn es war keineswegs in Ordnung, an ihr meinen Frust auszulassen. »Das von vorhin tut mir leid, bitte verzeih mir«, sage ich, als wir uns in der Mitte des Weges treffen.

»Entschuldigung angenommen. Aber was ist passiert?«

»Gehen wir lieber in mein Büro, dann erzähle ich dir alles.« Sie nickt zustimmend.

Wir setzen uns auf das Sofa und ich beginne, von dem Meeting zu berichten. Sofort spannen sich meine Muskeln dabei an. »Ich kann meinen Vater nicht verstehen. Wieso tut er das?«

»Ehrlich gesagt habe ich keine Ahnung. Was willst du jetzt machen?«

»Ich muss mehr über diese Fabriken herausfinden. Beim besten Willen kann ich mir nicht vorstellen, dass dort alles korrekt abläuft. Ich habe ein ungutes Gefühl, schon seit dem Tag, als Mr. Lake davon gesprochen hat.«

»Du weißt schon länger von diesem Plan?«

»Ja. Aber ich habe nicht damit gerechnet, dass die beiden ihn so schnell umsetzen wollen. Ich bin davon ausgegangen, dass es Monate dauern wird. Ich dachte, ich habe noch genügend Zeit, um dagegen vorzugehen. Jetzt sind die Verträge bald unterzeichnet. Was das für die hier ansässigen Fabriken bedeutet, kann ich noch nicht absehen.«

Christines Telefon klingelt und unterbricht dadurch unser Gespräch. »Ja, bitte? Okay, schick sie rauf.« Sie legt auf. »Kannst du dich noch an Jenny erinnern? Sie ist gerade unten beim Empfang. Es ist doch in Ordnung, dass ich sie heraufhole?«

»Ja, obwohl ich nun nicht mehr weiß, ob ich überhaupt einen Job für sie habe. Den Plan, den ich im Kopf hatte, konnte ich bisher mit meinem Vater noch nicht besprechen.«

»Vielleicht solltest du einfach mal tun, was du für richtig hältst und informierst ihn dann?« Meine Freundin ist so eine Optimistin und denkt, dass mein Dad das hinnimmt, wenn ich ihn übergehe. Dabei wird er ausflippen, davon bin ich überzeugt.

»Mal sehen«, sage ich und wir beide erheben uns.

»Dann hole ich sie vom Fahrstuhl ab und bring sie zu dir?«

»Mach das. Wer weiß, welche Gehaltsvorstellungen sie hat. Vielleicht erübrigt sich das Ganze auch.«

Christine lächelt mich ermutigend an. »Du wirst sehen, alles wird gut.«

»Hoffentlich.«

Christine verlässt mein Büro und ich visiere meinen Schreibtisch an. Alles ist wie gewohnt an seinem Platz. Die Stifte kullern nicht herum, sondern stecken in der Halterung. Ich sinke in meinen Stuhl und trommle nervös mit den Fingerspitzen auf dem harten Holz meines Schreibtisches.

Es klopft an der Tür und ich erhebe mich. »Hallo, Jenny, schön, dass du gekommen bist.«

Sie kommt mit einem breiten Lächeln auf dem Gesicht auf mich zu. »Ich freue mich, dass du dir so spontan die Zeit nimmst.«

Ich strecke ihr meine Hand entgegen, doch sie umarmt mich. Kurz bin ich überrascht von ihrer Geste, aber ich schließe schlussendlich auch meine Arme um sie.

»Möchtest du etwas trinken?«

»Vielleicht ein Wasser«, sagt sie. »Mein Mund ist vor lauter Aufregung staubtrocken.«

Nun muss auch ich lächeln. »Christine, machst du mir einen Kaffee bitte?«

»Klar«, sagt sie und schließt hinter uns die Tür.

»Ein schönes Büro hast du«, stellt Jenny anerkennend fest und lässt den Blick durch den Raum schweifen.

»Danke. Lass uns auf dem Sofa Platz nehmen.« Ich deute mit der Hand hinüber. »Also, du hast zuvor Handtaschen designt?«

»Richtig und es hat mir unsagbaren Spaß gemacht. Hier kannst du dir einen Eindruck von meinen Zeichnungen machen.« Sie reicht mir eine dunkelblaue Ledermappe. Ich schlage sie auf und beginne, die Skizzen zu studieren. Sie hat eine wunderschöne Linienführung und die Ideen gefallen mir. Ich würde mindestens achtzig Prozent davon selbst kaufen.

»Warum hast du in der alten Firma aufgehört?«

Jenny schiebt eine blonde Haarsträhne hinters Ohr. »Ehrlich gesagt hat mir die Firmenphilosophie nicht gefallen.«

Nun werde ich hellhörig, denn welche Erwartungen hat sie an unser Unternehmen? »Könntest du mir das genauer erläutern?«

»Sie stellen in Bangladesch zu menschenunwürdigen Verhältnissen die Taschen her und verlangen hier das Zehnfache dafür. Das war für mich keine Option, weiter für solch ein Unternehmen zu arbeiten.

Ihr habt Fabriken hier im Land, das hat mich beeindruckt.«

Christine betritt das Büro und balanciert das Tablett zu uns. »Ich habe euch ein paar Kekse drauf gepackt. Etwas Süße geht immer, oder?«

»Stimmt, vielen Dank«, sagt Jenny und auch ich bedanke mich. Dann lässt sie uns wieder allein.

»Wie denkst du über vegane Handtaschen?«

»Da habe ich sogar Zeichnungen für.« Sie blättert gezielt in ihrer Mappe und schlägt dann eine Seite auf. »Zum Beispiel aus Kork und Bio-Baumwolle wie dieses Design. Es ist zwar ein Rucksack, aber man kann das natürlich auch auf Handtaschen ummünzen. Eine weitere Möglichkeit ist zum Beispiel, mit Hanf zu arbeiten. Es macht die Produkte widerstandsfähiger und fühlt sich wunderbar an.«

»Du hast da wirklich einiges im Portfolio.« Jenny würde perfekt in unser Team passen und sie würde mir tatsächlich helfen, meinen Traum zu verwirklichen. »Was hast du dir für ein Gehalt vorgestellt?«

»Eigentlich hatte ich als Ziel hunderttausend Dollar im Jahr, aber ich würde dir im ersten Jahr entgegenkommen und auch für die Hälfte arbeiten.«

Mein Herz setzt ein paar Schläge aus. »Ich will ehrlich zu dir sein. Mir gefallen deine Ideen sehr gut, aber dafür reicht unser Absatz nicht. Ich muss zuerst einen neuen Markt generieren. Kundenakquise und vieles mehr.« Für einen Moment dachte ich, ich komme meinem Ziel, nachhaltige Produkte herzustellen, näher.

Jedoch ist das ein Budget, welches ich meinem Vater niemals erklären kann.

»Damit rechnete ich schon, aber ich dachte, ich kann ja mal hoch pokern.« Sie grinst und ihre Augen leuchten. »Vierzigtausend Dollar, aber das ist mein letztes Angebot. Außerdem möchte ich eine Zusicherung, bei großem Absatz eine Lohnerhöhung zu erhalten.«

Meine Mundwinkel wandern wie automatisch nach oben. »Geht klar. Deal?« Ich strecke ihr meine offene Hand hin, die Jenny, ohne zu zögern, nimmt.

»Deal!«

Ich lehne mich mit meiner Entscheidung weit raus, denn ich habe mit meinem Dad und Robert noch kein Wort darüber gesprochen. Doch es fühlt sich so verdammt richtig an. Dad wird einsehen, dass der neue Weg wie geschaffen für uns ist. Ich werde es ihm beweisen.

»Dann mache ich dazu die Verträge fertig. Wann könntest du anfangen?«

»Sofort?«, antwortet sie schnell.

»Sagen wir in zwei Wochen. Bis dahin habe ich auch die Verträge fertig.«

»Okay«, stimmt sie zu. »Vielen Dank für diese wunderbare Chance.«

Mal sehen, ob es für sie wirklich eine Chance ist, aber das behalte ich für mich. Ich habe ihr nicht einmal verraten, dass die andere Linie auch in diesen menschenunwürdigen Verhältnissen hergestellt wird.

Ich bin davon überzeugt, Robert schafft nicht mit korrekten Mitteln diese Preisreduktion herbei.

Als Erstes muss ich ins Personalbüro und die Daten von Jenny übergeben. Ich könnte es per E-Mail erledigen, aber ich muss mit dem Abteilungsleiter persönlich sprechen.

Ich klopfe an seine Tür. »Hallo, James«, begrüße ich ihn.

»Grace, was verschlägt dich zu mir?«

»Ich hätte da ein Anliegen und du musst mir versprechen, meinem Vater und Mr. Lake nichts davon zu erzählen.«

James Augen weiten sich. »Du weißt, dass ich dadurch meinen Job riskiere?«

»Ich weiß«, erwidere ich kleinlaut und senke den Blick. Verdammt, was habe ich mir nur dabei gedacht? Ich kann nicht ohne das Wissen der Verantwortlichen so große Entscheidungen treffen.

»Erzähl mir mal, um was es sich handelt, damit ich einen Eindruck davon gewinne. Ich ahne, es geht um die Entscheidung deines Vaters, nicht wahr? Ich kann nicht nachvollziehen, warum er dir nicht das Ruder über- geben hat.« James ist zwar im selben Alter wie mein Vater, aber er hat eine modernere Weltanschauung.

»Ehrlich gesagt nicht ganz. Ich habe eine neue Mitarbeiterin eingestellt, ohne das vorher mit dir oder sonst jemandem abzusprechen.« Ich erzähle ihm von dem Plan, den ich bereits in meinem Kopf fertig durchdacht habe. Dabei habe ich nicht eingeplant, dass ich trotzdem einen Verbündeten brauche. Und zwar James, denn er setzt seine Unterschrift unter die Einstellungsverträge.

»Also ich finde deine Idee grandios. Und ich bin überzeugt, wenn du deinem Vater davon erzählst, wird auch er es lieben.«

»Leider will er mir momentan nicht zuhören. Ich weiß nicht, was in ihn gefahren ist. Er benimmt sich seltsam. Ja, er hat mich nie besonders nett behandelt, aber nun spitzt sich das Ganze zu.«

»Das hat wohl jeder hier im Unternehmen bemerkt. Aber ich verspreche dir, wir kriegen das hin. Irgendeinen Weg werde ich dafür schon finden. Lass mich mal machen.«

»James, du bist der Beste«, sage ich und umrunde seinen Schreibtisch. Ich umarme ihn, weil ich mich über seine Unterstützung so sehr freue. »Vielen Dank.«

»Schauen wir zuerst einmal, ob ich das hinbekomme.«

»Bestimmt.«

14 VINCENT

Drei Wochen sind vergangen, seit ich Grace das letzte Mal gesehen habe. Ich habe mit einem Kollegen die Tour getauscht, weil ich es für besser gehalten habe, Abstand zu gewinnen. Nun betrete ich die Büros der Middelton Group mit gemischten Gefühlen. Ich visiere die Kaffeeküche an. Diesmal ist zumindest um mich herum keine Menschenansammlung. Ich befülle den Automaten und reinige das Innenleben. Ich bin vertieft in mein Tun, sodass ich um mich herum alles ausblende.

»Guten Morgen, Vince«, vernehme ich Grace' weiche Stimme.

Ich blicke über meine Schulter zu ihr. »Hey, wie geht es dir?«

»Ganz gut. Übrigens arbeitet seit Kurzem deine Freundin Jenny bei uns.«

»Okay, schön.« Ich weiß, ich verhalte mich distanziert, aber irgendwie habe ich nach unserem letzten Gespräch den Zugang zu ihr verloren.

»Ich war jetzt ein paarmal bei Lucys Meditationszirkel, gehst du nicht mehr hin?«

»Momentan habe ich dafür keine Zeit. Aber schön, dass es dir guttut. Du wirkst um einiges entspannter.« Das ist die Wahrheit. Sie steht gelassen im Türrahmen und wirkt nicht so nervös wie sonst.

»Habe ich irgendetwas Falsches getan? Ich werde nämlich das Gefühl nicht los, dass du mir aus dem Weg gehst.« Sie kommt auf mich zu.

Ich trockne meine Hände an einem Tuch ab. »Ehrlich gesagt bin ich dafür nicht geschaffen, dir dabei zuzusehen, wie du dich von deinem Vater zerstören lässt. Ich kann das nicht.« Auch wenn ich mit Lucy in letzter Zeit einige Sitzungen gehabt habe, fühle ich mich momentan nicht besser dadurch. Möglicherweise liegt es in meinem persönlichen Wesen, anderen Menschen zu helfen. Vielleicht kann ich die Probleme anderer nicht ausblenden. Wenn ich mir das mit Bob in Erinnerung rufe, wird mir auch mulmig im Bauch. Denn leider ist keiner in unserem Unternehmen der passende Spender für seine Frau.

Grace verringert denn Abstand, sodass sie nun knapp vor mir anhält. Sie blickt mir direkt in die Augen, was ein komisches Kribbeln in meinem Bauch erzeugt. Macht sie mich nervös?

»Vince, mir geht es gut. Ich hatte damals einen kleinen Schwächeanfall, aber ich bin stark genug, an meinem Vater nicht zu zerbrechen.« Sie nimmt meine

Hand und diesmal sind ihre Finger nicht eiskalt, sondern warm. Sie umschließt meine Hand und nun beginnt mein Herz schneller zu schlagen.

Ihre Nähe löst in mir ein neues Gefühl aus. Ich würde sie jetzt gerne an mich ziehen und sie küssen. Ihre vollen Lippen spüren und ihren Duft inhalieren. Aber wir sind Freunde und ihre Geste ist rein freundschaftlich, rufe ich mir in Erinnerung.

»Lass uns wieder einen gemeinsamen Abend bei Lucy verbringen, was meinst du? Ich lerne bei ihr so viel, aber mit dir war es doch was Besonderes.« In ihren Augen ist ein bezauberndes Glitzern.

Verdammt! Ich sollte Abstand zu ihr gewinnen, aber ihre warme Hand auf meiner fühlt sich so unbeschreiblich schön an. Der weiche Klang ihrer Stimme verzaubert mich und so willige ich ein, ohne nur einen Moment darüber nachzudenken.

»Super, bis heute Abend.« Sie lächelt und lässt mich dann zurück. Ich schaue ihr so lange hinterher, bis sie in einem Raum verschwindet.

Meine Füße wippen auf und nieder, während ich vor Lucys Wohnhaus auf Grace warte. Ein Taxi fährt vor und kurz darauf steigt Grace aus dem Wagen.

»Hey, bitte entschuldige die Verspätung.«

»Ich warte erst seit ein paar Minuten.« Gemeinsam betreten wir das Treppenhaus und gehen nach oben.

»Wie geht es eigentlich der Frau deines Kollegen?«

»Sie haben bisher noch immer keinen passenden

Spender gefunden«, sage ich geknickt, weil mein Herz sich schwer anfühlt.

»Ich habe auch vor, mich zu registrieren«, sagt Grace ganz entspannt, als wäre es selbstverständlich. Doch das ist es nicht. Es ist mutig, dies zu tun, deshalb bleibe ich auf der Treppe stehen und nehme Grace' Hand.

»Ich weiß jetzt gar nicht, was ich sagen soll«, antworte ich mit brüchiger Stimme. Die Frau, die ich anfangs für ein komplettes Biest hielt, zeigt mir von Tag zu Tag eine so liebevolle und gutherzige Seite. Kann der erste Eindruck so täuschen? Definitiv ja. »Vielen Dank«, sage ich und umarme sie, weil mich gerade so ein Glücksgefühl packt.

»Es gibt keinen Grund, mir zu danken«, haucht sie an meinem Ohr und nun überrollt mich ein elektrisierendes Gefühl. Ich gehe langsam auf Abstand, jedoch lasse ich meine Arme um sie geschlungen. Wie automatisch fasse ich an ihre Wange und streichle mit dem Daumen darüber.

»Vince.«

»Sag nichts, bitte«, hauche ich an ihren Lippen, dann küsse ich sie. Ich warte nicht auf ihr Einverständnis, doch als sie ihren wunderschönen Mund öffnet, ist es um mich geschehen. Meine Finger krallen sich an ihrer Bluse fest. Ich will sie festhalten, damit sie nicht die Flucht ergreift. Mein Herz schlägt ein paar Purzelbäume, als wir uns miteinander verbinden. Es ist eine Ewigkeit her, dass ich eine Frau so nah an mein Herz gelassen habe, doch in diesem Moment werfe ich alle

Bedenken über Bord, versinke in dem Rausch aus Glücksgefühl und Schmetterlingen im Bauch.

Ein Räuspern ertönt neben uns. »Ich will euch wirklich nicht stören, aber wir möchten gerne vorbei«, sagt eine Frauenstimme und ich lasse von Grace ab. Erst jetzt bemerke ich, dass ein paar Leute vor der Treppe darauf warten, an uns vorbeizukommen. Der Kuss mit ihr war so berauschend, weshalb ich alles um mich herum ausgeblendet habe. Wir machen einen Schritt zur Seite und die Leute marschieren vorbei. Die meisten sehen uns mit einem breiten Grinsen an.

»Verliebtsein ist so ein wunderschönes Gefühl«, sagt jemand und ich fange Grace' Blick ein. Leider wirkt sie nicht so glücklich, wie ich mich gerade fühle. Aber sie hat doch mitgemacht, das kann ich wohl kaum falsch verstanden haben.

»Wir sollten auch reingehen«, sagt sie und folgt den anderen.

Diesmal visiert Grace einen Platz ganz vorne an. Ruhige Klavierklänge dringen aus den Boxen. Wir setzen uns hin und nach Lucys kurzer Begrüßung schließen wir die Augen. Irgendwie packt mich eine Unruhe und ich öffne immer wieder ein Auge und schiele zu Grace. Aber sie lässt sich in der Meditation vollkommen fallen. Doch in meinem Kopf kreisen ständig die Bilder von vorhin herum. Der Kuss mit ihr war berauschend, wie eine Droge, sodass ich eindeutig mehr davon brauche. Sie hingegen wirkte danach etwas irritiert.

Als würde sie meine Unruhe spüren, nimmt sie

meine Hand und drückt sie sanft. Augenblicklich entspanne ich mich und fokussiere mich auf meine Atmung. Kann es sein, dass uns beiden ein besonderes Band verbindet? Bin ich mutig genug, mich an diese besondere Verbindung heranzuwagen?

In diesem Moment drängen sich Bilder von Nora an die Oberfläche und mein Herz zieht sich zusammen. Mein Verstand nimmt Besitz von mir und flüstert mir zu: *Verlieb dich nicht in Grace, es wird dich früher oder später genauso zerstören wie nach Nora. Halte sie auf Abstand, denn nur das rettet dich, diesen Schmerz nicht noch einmal zu fühlen.*

Nun erhebt mein Herz die Stimme: *Vertraue, liebe und geh ein Risiko ein, denn nur so wirst du deine Bestimmung finden. Jedes gebrochene Herz kann wieder heilen und einen Neuanfang wagen.*

Die Musik endet und wir öffnen die Lider. Ich versuche, Grace' Blick einzufangen, jedoch starrt sie nach vorne zu Lucy. Sogar ihre Hand hat sie wieder weggezogen.

Wie immer gehen wir nacheinander hinunter in den Park.

»Heute habe ich für euch etwas ganz Neues. Seid ihr mutig und wollt es versuchen?«

»Du machst es aber spannend«, wirft einer der Teilnehmer ein.

»Um was geht es denn?«, fragt eine Frau.

»Mutig zu sein bedeutet, sich ohne Vorkenntnisse auf das Neue einzulassen. Also? Seid ihr bereit?«

»Ja«, sagen mehrere Stimmen gleichzeitig.

»Gut. Ich werde immer zwei zusammenstellen und das Weitere erkläre ich euch danach.« Sie wählt gezielt immer Frau und Mann zusammen aus. Manchmal mischt sie einfach durch. Grace tritt nervös von einem Bein auf das andere. Sie wird so wie ich ahnen, dass wir gemeinsam gewählt werden.

Lucy stellt sich vor uns hin und richtet uns zueinander aus, sodass wir uns direkt in die Augen blicken müssen.

»Nun setzt ihr euch im Schneidersitz auf die Wiese und blickt euch nur in die Augen. Keine Berührungen, sondern nur Augenkontakt. Probiert, in das Innerste eures Gegenübers zu schauen.«

Ich blicke Grace in die Augen und versuche, ihre Gefühle zu erfassen, doch ich fühle nichts.

»Also, ich kann nichts spüren«, sagt ein Teilnehmer und er spricht mir aus der Seele.

»Ihr müsst euch dafür selbst öffnen, denn nur so kann der Austausch funktionieren.«

Nach einer Weile wirft eine andere Teilnehmerin ein, dass nichts passiert. Weitere Stimmen erheben sich und sagen dasselbe.

»Gut, dann versuchen wir was anderes«, antwortet Lucy. »Erhebt euch bitte.«

Nacheinander stehen wir auf.

»Nun nehmt ihr euer Gegenüber in die Arme.«

»Wir müssen das nicht tun, wenn du es nicht möchtest«, sage ich, weil ich das Gefühl nicht loswerde, dass Grace es in diesem Moment nicht will.

»Ist schon in Ordnung«, sagt sie, aber da ist eine gewisse Distanz in ihrer Stimme.

Ich schließe sie in meine Arme und auch sie legt ihre um mich.

»Und nun flüstert ihr eurem Gegenüber eure Gefühle ins Ohr. Hört auf euer Herz.« Lucy spricht ruhig.

Weil Grace nichts sagt, beginne ich. »Wärme.«

»Stärke«, erwidert sie leise.

»Angst.« Ich blicke ihr zwar nicht in die Augen, aber ich spüre diese unbändige Nähe zu ihr und die macht mir in diesem Augenblick wirklich Angst. Sie dringt aus den Untiefen hervor.

»Ruhe«, haucht sie.

»Hoffnung.« Ihr Atem geht gleichmäßig und ich kann der Versuchung nicht länger widerstehen und blicke ihr nun direkt in die Augen.

»Lass uns verschwinden.«

Sie antwortet nicht und in ihrem hübschen Köpfchen rattert es gerade auf Hochtouren.

»Bitte«, sage ich, weil sie noch immer kein Wort verliert. Ich lege meine Hand an ihre Wange und sie lässt es zu.

»Wohin möchtest du gehen?«, flüstert sie.

»Egal, ich will dich für mich allein haben. Ich möchte dich nicht länger teilen«, raune ich an ihr Ohr und es verfehlt seine Wirkung nicht. Ihr Körper ist auf Spannung und ihr Atem geht mittlerweile stoßweise.

Ich nehme ihre Hand und sie folgt mir. Wir laufen über

die Wiese und ein leises Kichern entweicht ihr. Vielleicht begehe ich gerade den größten Fehler meines Lebens, aber es fühlt sich gleichzeitig so verdammt richtig an.

Ich rufe ein Taxi und als wir einsteigen, nenne ich dem Fahrer meine Adresse. Es ist lange her, dass ich eine Frau in mein Reich mitgenommen habe. Aber es gibt derzeit keinen einzigen Ort, an dem ich lieber mit ihr wäre. Ich möchte jede Minute mit ihr allein verbringen. Ich will weder neugierige Blicke noch überlegen müssen, ob jemand Dinge sieht, die vielleicht völlig unanständig sind. Denke ich gerade daran, ob ich mit ihr Sex haben möchte? Ja, das tue ich. Will ich sie mit jeder Faser meines Körpers spüren? Definitiv ja. Ich kann nur hoffen, dass sie dasselbe spürt. Doch darüber mache ich mir Gedanken, wenn wir bei mir sind.

»Wo sind wir?«, fragt sie, als wir vor meinem Wohnhaus aussteigen.

»Ich wohne hier. Ich verspreche dir, ich werde nichts tun, was du nicht willst. Vertraust du mir?«

»Ja.« Ich ziehe sie in meine Arme und küsse sie. Obwohl sie vorher so distanziert war, lässt sie es wieder zu. Sie vergräbt ihre Hand in meinem Haar und ein wohliger Schauer überrollt mich. Mein Herz pulsiert in meiner Brust, laut und unnachgiebig. Es ist so verdammt lange her, dass ich eine Frau so sehr wollte wie sie gerade.

Wir nehmen Abstand und betreten das Wohngebäude. Gemeinsam fahren wir mit dem Fahrstuhl ins Dachgeschoss. »Du wohnst in einem Penthouse?«

Ich zucke mit den Schultern. »Ja, aber erwarte nicht zu viel.«

Sie lächelt und als wir aus dem Fahrstuhl treten, visiere ich meine Eingangstür an und öffne sie. »Herzlich willkommen in meinem Reich, fühl dich wie zu Hause.«

Sie geht hinein und blickt sich um. »Hier wohnst du ganz allein?« Sie hält vor der Küchenzeile aus Eichenholz, die ich bei einem Tischler habe anfertigen lassen.

»Ja. Was darf ich dir zu trinken anbieten? Ein Wasser oder Wein?«

»Ein Glas Rotwein wäre gut.« Sie dreht sich einmal um die eigene Achse. »Hast du geerbt oder so? Solche Wohnungen müssen doch sündhaft teuer sein. Wie bezahlst du das mit deinem Lieferantenjob?«

Nun wäre es an der Zeit, mit der Wahrheit herauszurücken. Ein Thema, das ich nicht gerne anschneide, weil ich dann sofort in eine Schublade gesteckt werde. Dabei bin ich bodenständig und will diese Aufmerksamkeit nicht. Auch mein Vater ist so veranlagt, wahrscheinlich habe ich das von ihm geerbt.

»Du dealst aber nicht mit Drogen oder so?«, fährt sie fort, weil ich noch immer nach der passenden Antwort suche. Wenn ich mit ihr etwas Tieferes aufbauen möchte, werde ich von mir etwas preisgeben müssen.

»Nein.« Ich reiche ihr das Glas Wein. »Vielleicht setzt du dich besser.« Ich deute zur grauen Ledercouch.

Sie sieht mich mit geneigtem Kopf an. »Sag nicht, du machst bei mir im Unternehmen Betriebsspionage.«

»Nein, was denkst du von mir?«

Sie schlüpft aus ihren Pumps und lässt sich auf die Couch sinken. Ich platziere mich neben sie.

»Keine Ahnung, aber du machst es ziemlich spannend.«

»Ich bin der Geschäftsführer von Price Coffee & Drink.« So nun ist es raus, kann sie damit umgehen? Ja, es ist noch immer nicht die ganze Wahrheit, denn eigentlich bin ich der Sohn des Eigentümers, aber ich muss mich erst mal langsam herantasten, wie sie darauf reagiert.

»Okay«, erwidert sie lang gezogen. »Und du fährst für einen Mitarbeiter die Ware aus? Hast du in der Geschäftsleitung nicht genug zu tun?«

»Ehrlich gesagt ja, aber mein Kumpel Callum hilft mir momentan dabei.«

»Wow, da hast du dir wirklich viel Arbeit aufgehalst.«

»Man tut, was man kann.« Ich bin tatsächlich überrascht, wie gelassen sie damit umgeht. Deshalb entschließe ich mich, ihr gleich alles zu erzählen. »Ich bin auch der Sohn des Inhabers.«

Grace nimmt einen kräftigen Schluck Wein und ist jetzt tatsächlich ein wenig irritiert. Sie hatte von mir ein anderes Bild, was ich verstehe.

»Warum hast du nie etwas gesagt?«

Ich drehe das Glas in meiner Hand. »Weil ich nicht nur darauf reduziert werden möchte. Ich werde sofort anders wahrgenommen und in eine Schublade gesteckt, in die ich nicht will.«

Grace nähert sich mir und legt ihre warme Hand an meine Wange. »Danke für dein Vertrauen.«

Ich fasse nach ihrem Pferdeschwanz und öffne ihre Haare, dabei lasse ich sie nicht aus den Augen. »Du bist so wunderschön, weißt du das eigentlich?«

»Es ist lange her, dass das jemand zu mir gesagt hat«, antwortet sie und ich glaube ihr das, obwohl ich es nicht nachvollziehen kann.

Ich streiche ihr eine Haarsträhne aus dem Gesicht und nun bin ich ganz nah an ihren Lippen. Auch wenn ich so eine Nähe nie mehr zulassen wollte, küsse ich sie. Ich ziehe sie in meine Arme und werfe alle Bedenken weg. Wir verschmelzen miteinander und es ist, als würde ich in diesem Moment fliegen. Hoch über den Bergen. All die Probleme und Erinnerungen aus meiner Vergangenheit rücken in den Hintergrund. Ich knöpfe ihre Bluse auf, weil ich jede Stelle ihres Körpers küssen möchte. Meine Lippen wandern an ihrer Halsbeuge hinab zu ihren vollen Brüsten, die in einem schwarzen Spitzen-BH verhüllt sind. Ein leises Stöhnen entweicht ihr. Sie beginnt, mein Hemd zu öffnen, und ich lasse einen kurzen Augenblick von ihr ab. Ihre Finger gleiten über meine nackte Brust.

»Haben diese vielen Tätowierungen eine Bedeutung?«, fragt sie, während sie den Bären auf meiner Brust küsst. Ihre Liebkosungen lassen meinen Schwanz hart werden.

»Viele«, keuche ich, als ihre Finger zu meinem Hosenbund wandern und sie den Gürtel und dann die Hose öffnet. Ihre Zunge leckt über meinen Bauchnabel hinab und als sie an meiner Boxershorts innehält, lächelt sie mich verführerisch an.

»Hast du Kondome hier?« Sie grinst neckisch.

»Einen Moment.« Ich eile ins Schlafzimmer und bin in weniger als einer Minute zurück. Sie liegt auf der Couch. Ihre Bluse ist geöffnet und ihr Rock verboten weit nach oben gerutscht, sodass ich ihr Spitzenhöschen hervorblitzen sehe. Langsam bewege ich mich auf sie zu. Ich genieße den Anblick, wie sie dort liegt und mich mit ihrem lüsternen Miene ansieht.

Sie spreizt ihre Beine, als ich mich vor sie hinknie. Ich lege beide Hände an ihre Oberschenkel und fahre langsam hoch, sodass ihr Rock mit nach oben wandert. Ich lecke mir genüsslich über die Lippe. Das Kondom habe ich in meiner Hose, aber dort wird es wohl nicht lange bleiben. Ich küsse sie langsam von ihren schmalen Knien aufwärts. Grace' Körper reagiert auf meine Berührungen und ein leises Keuchen ertönt. Während sich mein Blick an ihren wunderschönen Augen festheftet, hake ich meine Finger in ihrem Höschen ein und ziehe es langsam herunter. Grace beißt sich auf die Lippe. Ihre wunderschöne Mitte sieht genauso aus, wie ich es erwartete. Heiß und sexy. Ich senke den Kopf und hauche Küsse auf ihren Venushügel. Immer wieder necke ich sie und dann schnellt meine Zunge über ihren Kitzler. Gekonnt und mit Gefühl sauge und lecke ich sie und ihr Stöhnen verrät, wie sehr es sie anmacht. Sie drückt mir ihr Becken entgegen, während sie ihre Hand in meinem Haar vergräbt.

»Vince«, keucht sie, als ich das Tempo steigere. Ihr Geschmack und ihr Duft sind so verführerisch, weshalb ich wahrscheinlich stundenlang in ihrer feuchten Mitte verharren könnte. Ich lasse nicht locker und verstärke den Druck auf ihren Kitzler. Meine Hand wandert indessen zu ihrer Brust hinauf. Ich will jede Stelle von ihr am liebsten gleichzeitig berühren, auch wenn ich weiß, dass das unmöglich ist.

»Vince«, stöhnt sie erneut und biegt ihren Körper durch. Ich genieße das Spiel mit ihrer Lust, denn bevor sie ihren Höhepunkt erreicht, nehme ich Abstand.

»Noch nicht«, sage ich mit einem süffisanten Grinsen. Dann widme ich mich wieder ihrer erregten Mitte, die nur darauf wartet, von mir erlöst zu werden. Doch das Spiel hat erst begonnen und ich bin ein Genießer, das war ich schon immer. Ich will die Frau flehen hören, bevor sie eine Explosion von Ekstase und Befriedung erlebt. Ich necke sie weiter.

»Vince, ich will dich spüren«, sagt sie und ich blicke zu ihr auf.

Ich ziehe eine Braue nach oben. »Ein wenig musst du dich noch in Geduld üben«, sage ich und widme mich ihrer Halsbeuge. Ich sauge leicht daran und dann wandere ich hinauf zu ihrem Ohrläppchen. Sanft knabbere ich und erneut entweicht ihr ein leises Stöhnen. Ihre Hand wandert hinab zu meiner Hose. Sie fasst nach meinem Schwanz, der mittlerweile steinhart ist. Sie reibt daran und das Blut pumpt hinein, sodass ich die Spannung spüre.

Nun bin ich es, der ihren Namen keucht, und ihr entweicht ein Grinsen. Sie hat eindeutig Ahnung, was einen Mann glücklich macht. Sie verstärkt den Druck.

»Zieh deine Hose aus«, fordert sie mich auf und

darum lasse ich mich sicher nicht zweimal bitten. Ich schlüpfe aus der Hose und Grace sieht mir dabei gespannt zu. »Die Boxershorts auch«, sagt sie und deutet mit der Hand darauf.

»Lass deine Bluse und den Rock verschwinden«, befehle ich in einem spielerischen Ton.

Grace folgt meiner Aufforderung und wir beide lassen uns dabei nicht aus den Augen. Als sie meine Härte sieht, beißt sie sich auf die Unterlippe und setzt sich auf, sodass mein Schwanz direkt vor ihrem Gesicht ist. Sie blickt zu mir auf.

»Wo hast du das Kondom?« Ihre Stimme klingt in meinen Ohren wie eine harmonische Melodie.

Ich reiche ihr den Gummi. Sie reißt die Verpackung auf und streift das Kondom mit so einer galanten Handbewegung über meinen Schwanz, dass mir das Wasser im Mund zusammenläuft. In mir kribbelt es und durch ihre Berührung entfacht sie das Feuer in mir. Diese Frau ist der Inbegriff von Schönheit und Erotik. Ihre Hand umschließt meinen Schaft und dann beginnt sie, ihn auf und abwärts zu bearbeiten. Ich lasse den Kopf in den Nacken fallen. Ihre warmen Lippen umschließen meine Eichel mit der richtigen Stärke. Stück für Stück nimmt sie ihn voll auf. Ich ficke ihren wundervollen Mund und genieße jede einzelne Bewegung. Eigentlich bin ich derjenige, der das Kommando hat, aber jetzt hat sie eindeutig die Führung übernommen. Jede ihrer Berührungen lässt mich innerlich zucken und ich weiß, wenn sie so weitermacht, dann werde ich wohl eher explodieren als sie. Als ich begreife, wo mich das alles hinführt, nehme ich Abstand und gehe auf die Knie. Ich schiebe ihre schlanken Beine auseinander, während mich ihre Brüste förmlich anlachen. Ich will endlich wissen, wie sie sich anfühlt, wenn ich tief in ihr drinnen bin. Meine Finger reiben über ihren Kitzler und dann stecke ich sie in sie hinein. Sie ist klatschnass, was mich darin bestätigt, dass sie bereit für mich ist.

Ich setze meine erregte Spitze an und drücke sie dann vorsichtig in sie hinein. Sie gibt ein kehliges Stöhnen von sich und ein Grinsen gleitet über mein Gesicht. Eine Wärme umfängt meinen Schwanz und als ich vollkommen in ihr bin, spüre ich sie. Nun steht nichts mehr zwischen uns, zumindest in diesem berauschenden Moment nicht. Langsam bewege ich mich vor und zurück. Grace' Lider flattern. Sie genießt es, so wie ich auch. Ich will keine schnelle Nummer mit ihr, sondern ich möchte jede Sekunde mit ihr auskosten. Wir verschmelzen zu einer Einheit. Wir wiegen uns im Einklang. Unsere Lustlaute tränken den Raum mit einer Energie der Zusammengehörigkeit. Ihre Finger krallen sich in meine Haut und dieser feine Schmerz ist Balsam für meinen erhitzten Körper.

Meine Stöße werden schneller wie unser Stöhnen auch. Wir beide fiebern dem Orgasmus entgegen. Wir hoffen auf die Erlösung, die unsere Seelen so sehr herbeisehnen.

»Vince«, keucht Grace und ihre Finger krallen sich noch fester in meinen Rücken. Ihr Mund ist weit geöffnet, als ihr Lustschrei den ganzen Raum flutet. Nun kann ich alles loslassen und ficke sie noch härter. Das

Sofa ruckelt und ihr Stöhnen verschmilzt mit meinem. Meinen Körper überrollt ein Vibrieren, das ich so noch nie gespürt habe. Mein Schwanz pumpt und mein Herz pocht im Eiltempo. So viele Emotionen fluten mich. In diesem Augenblick sacke ich schwer atmend auf Grace nieder. Ich lausche ihrem unruhigen Atem.

»Also ich habe jetzt Hunger«, sage ich nach ein paar Minuten und hauche einen Kuss auf ihre leicht geschwollenen Lippen. »Was meinst du, soll ich uns etwas zum Essen bestellen?«

»Essen klingt hervorragend.« Ein zufriedenes Lächeln gleitet über ihre Lippen.

15 GRACE

Der vertraute Duft von Vince steigt in meine Nase. Ich kuschle mich noch mehr in die Decke. Die letzte Nacht war unglaublich und ich dachte nicht, dass ich jemals so viele Orgasmen in einer Nacht haben kann. Ich blinzle und blicke zur anderen Bettseite. Darauf liegt ein Zettel. Ich nehme ihn und beginne zu lesen.

Guten Morgen, schönste Frau der Welt. Ich besorge schnell frische Brötchen, ich bin gleich wieder da, also bitte nicht weglaufen.

Meine Mundwinkel wandern nach oben und ich liege mit einem zufriedenen Lächeln auf dem Rücken. Meine Hände ruhen auf meinem Bauch, während ich mit geschlossenen Augen den Gefühlen nachspüre, die mich gerade überkommen. Das mit Vince und mir ist eindeutig etwas Besonderes, davon bin ich überzeugt. Er ist einfühlsam, witzig und ein heißer Typ. Was habe ich nur für ein Glück.

»Guten Morgen, Prinzessin«, höre ich Vince' Stimme, doch ich öffne meine Augen nicht. Ein bisschen will ich ihn necken. Mal sehen, wie er mich aufweckt.

»Grace?« Nun ist seine Stimme etwas lauter, doch ich rühre mich nicht. Ich liege wie eine Statue und ich glaube, lange kann ich diese Stellung nicht beibehalten.

Er kommt ans Bett. »Grace, wach auf!« Seine Stimme vibriert. Plötzlich beginnt er, mich zu schütteln, sodass ich die Augen entsetzt aufreiße.

»Vince, ich bin ja schon wach«, sage ich und setze mich auf. Irgendwie werde ich das Gefühl nicht los, das hier gerade etwas schiefläuft.

Er fährt mehrmals durch sein Haar und erhebt sich vom Bett. »Ich denke, es ist jetzt besser, wenn du gehst«, sagt er kalt.

»Wie bitte?«

»Ich möchte, dass du gehst.« Er blickt mich nicht einmal an. »Sofort«, sagt er mit Nachdruck, dass ich fast aus dem Bett falle.

Ich verstehe die Welt nicht mehr. Er legt mir so einen liebevollen Zettel aufs Bett und dann wirft er mich raus?

»War es das jetzt zwischen uns?«, frage ich ruhig, obwohl in mir ein Sturm tobt. Ich kann meine Gefühle gerade nicht einordnen.

»Ja, tut mir leid, aber das mit uns war ein Fehler. Ich hätte das niemals tun dürfen.«

»Ein Fehler, klar«, murmle ich und stolpere aus dem

Zimmer. Ich kann ihn nicht länger ertragen. Ich fühle mich gedemütigt und frage mich, ob man sich in einem Menschen so irren kann. Er wirkte immer liebevoll und ehrlich, nun ist er verschlossen und eiskalt. Was ist in den letzten fünf Minuten falsch gelaufen, dass er diesen Sinneswandel gemacht hat? Weil ich es gewohnt bin, meine Gefühle vor anderen zu verbergen, verliere ich keine Träne, während ich meine Kleidung aufsammele und mich anziehe.

Vince folgt mir nicht einmal in den Wohnbereich, sondern versteckt sich in seinem Zimmer. Dieser Feigling. Er ist wie die anderen Männer, die ich bisher kennengelernt habe. Zuerst schmieren sie dir genüsslich Honig ums Maul und sind nett. Und dann, wenn sie bekommen haben, was sie brauchen, schaffen sie es nicht einmal mit einem gewissen Anstand, dir den Laufpass zu geben.

»Ich gehe dann!«, rufe ich in die Stille, in der Hoffnung Vince käme aus dem Zimmer. Einen Moment verharre ich vor der Eingangstür, ehe ich sie aufziehe und nach draußen schreite. Wut kriecht in mir empor, sodass ich die Tür mit einem Schwung hinter mir zuknalle.

Ich eile die Treppen nach unten. Nun kann ich die Tränen nicht länger unterdrücken. Wie konnte ich mich in ihm so sehr täuschen? Ich dachte, wir wären Freunde, und nun haben wir alles verloren. War das alles von ihm geplant? Ist er deshalb noch immer Single? Weil er mit den Frauen spielt? Mir schnürt es die Kehle zusammen. Bin ich nur von Lügnern umgeben? Mein Vater und nun auch Vince? Ich habe ihm vertraut. Ich dachte, all seine Worte wären ernst gemeint. Doch das war ein großer Irrtum.

Kurz blicke ich auf meine Uhr und nun entweicht mir der nächste Seufzer, denn ich komme zu spät zur Arbeit. Das auch noch. Ich hetze zur Straße und winke ein Taxi herbei. Zu meinem Glück hält eines nach ein paar Minuten vor mir. Ich sprinte hinein und nenne ihm die Firmenadresse. Aus meiner Tasche ziehe ich einen kleinen Schminkspiegel heraus und versuche zu retten, was im schaukelnden Auto möglich ist. Meine Haare fasse ich zu einem unordentlichen Dutt zusammen.

»Miss, geht es Ihnen gut?«, fragt der Fahrer und blickt in den Rückspiegel.

Hastig wische ich die Tränen weg. »Alles bestens«, lüge ich. »Ich hatte nur Make-up im Auge.« Wahrscheinlich kauft er mir das nicht einmal ab. Aber heute ist mir alles egal, denn ich wurde von einem Mann vorgeführt, dem ich blind vertraute. Ich zweifelte nie an seiner Ehrlichkeit. Aber Vertrauensbruch gehört wohl zur Männlichkeit dazu wie das Verwenden eines Aftershaves.

Der Taxifahrer hält direkt vor unserem Tower und ich reiche ihm das Geld, dazu gebe ich noch ein sattes Trinkgeld. Ich eile hinein, weil ich hoffe, dass mein Vater zumindest von meinem Zuspätkommen nichts mitbekommt. Als der Fahrstuhl endlich oben ankommt, zupfe ich meine Bluse zurecht und trete mit geradem Rücken hinaus. Ich recke das Kinn und setze mein perfektes Lächeln auf.

Christine sitzt nicht am Empfang, was mich die Stirn runzeln lässt. Ich stöckle den Flur entlang, als mein Dad aus seinem Büro tritt. Wie viel Pech kann man an einem Tag haben? Ich sollte mich eindeutig irgendwo vergraben und erst wieder auftauchen, wenn der Tag vorüber ist.

Dads Miene ist ausdruckslos, als er vor mir anhält. »Guten Morgen, hast du es auch einrichten können, zur Arbeit zu erscheinen?«

»Ich hatte einen wichtigen Außentermin«, lüge ich und schaue Dad genauso eindringlich an wie er mich.

»Du solltest dich vielleicht erst einmal frisch machen.« Er lässt den Blick über mich gleiten und wie automatisch zupfe ich erneut meine Bluse zurecht. »Was ist überhaupt mit deinen Haaren los, hattest du heute keine Zeit, sie zu frisieren?«

»Vielleicht gefällt mir der neue Look«, erwidere ich schnippisch.

»Was ist bloß aus dir geworden? Ich verstehe dich nicht.«

»Aus mir? Das sollte ich wohl eher dich fragen. Du übergehst mich in allen Belangen. Du setzt mir Mr. Lake vor die Nase und das ohne Vorwarnung.« Ich atme hörbar aus.

»Ich will diese Diskussion mit dir nicht mehr führen«, kontert er hart. »Wie schon gesagt, glaube ich nicht, dass unser Unternehmen der richtige Ort für dich ist.« Seine Stimme klingt weicher, trotzdem trifft es mich im Herzen.

»Was willst du damit sagen? Dass ich rausgeworfen

werde? Dass ich mir einen neuen Job suchen soll? Wo sind die Pläne hin, die wir noch vor ein paar Jahren gemeinsam geschmiedet haben? Wir haben zusammen von der Zukunft dieses Unternehmens geträumt, wie wir es als Team leiten.«

»Entscheidungen und Meinungen können sich verändern.«

»Mr. Middelton, Ihr Termin wartet im Konferenzzimmer.« Seine Assistentin kommt im ungünstigsten Zeitpunkt.

Er schließt für einen langen Moment die Augen. »Ich komme schon«, sagt er und lässt mich im Flur stehen. Irgendetwas stimmt mit ihm nicht, das spüre ich. Aber ich kann nicht genau einordnen, was es ist. Will er mich wirklich loswerden und hadert noch damit? Sollte ich mir vielleicht eine neue Arbeit suchen?

»Guten Morgen, Grace«, vernehme ich Christines Stimme hinter mir.

Ich drehe mich um. »Wo warst du?«

»Dir auch einen wunderschönen guten Morgen, wäre wohl die richtige Antwort.«

»Bitte entschuldige, aber ...«

»Dein Tag war wieder scheiße? Ehrlich gesagt kann ich das bald nicht mehr hören. Ständig findest du eine Ausrede, die ich einfach nicht mehr abkann. Entweder du änderst mir gegenüber dein Verhalten oder ich kündige.«

»Christine, das meinst du nicht ernst.«

»Doch, weil es mich tatsächlich schon seit Längerem ärgert. Deinen Frust kannst du nicht ständig an anderen auslassen. Ich weiß, dass dein Vater dich schlecht behandelt, aber das gibt dir nicht das Recht, auch mich mies zu behandeln. Fang endlich an, erwachsen zu werden und dich nicht wie ein trotziges Kind zu verhalten.«

Christines Worte schallen in meinem Ohr nach und sie könnte als meine Freundin wirklich mehr Verständnis für meine Situation aufbringen.

»Alle meckern an mir rum. Grace, benimm dich! Grace, sei nicht so vorlaut. Grace, verhalte dich wie eine Erwachsene. Grace, sei ordentlich und organisierter. Langsam habe ich von eurem ganzen Müll genug. Warum kann mich niemand so akzeptieren, wie ich bin?« In meinem Hals bildet sich ein unbändiger Kloß, den ich am liebsten ausspucken möchte. Ich bin für niemanden gut genug, nicht einmal mehr für meine Freundin. Tränen sammeln sich in meinen Augenwinkeln, doch durch mehrmaliges Blinzeln vermag ich sie zu unterdrücken.

»Das tun wir doch, aber ...«

»Immer dieses aber. Ich kann es nicht mehr hören. Aber ist der kleine Bruder von ›du bist scheiße‹, weil ich mich nicht so verhalte, wie ihr es von mir erwartet.«

»Du verstehst überhaupt nichts, oder?« Christine schüttelt den Kopf.

»Ich verstehe sehr gut. Solange ich lieb und freundlich bin, passt es euch in den Kram. Aber wehe, die wütende Grace kommt zum Vorschein, dann bin ich für euch nicht mehr erträglich.« Ich will mich gerade abwenden, als meine Freundin nach meiner Hand fasst.

»Grace, warte. Lass es mich erklären.«

Ich blicke über meine Schulter zu ihr. »Ich denke, es ist alles gesagt.« Ich entreiße mich ihrer Hand und visiere mein Büro an. Mein Herz pocht wild und mein Puls rauscht in den Ohren. Bin ich nur noch von Menschen umgeben, die mich verändern wollen? Bin ich denn nicht gut genug so, wie ich bin? Vielleicht ist es wirklich so. Womöglich haben alle anderen recht, dass ich ein Biest bin. Möglicherweise bin ich es tatsächlich nicht wert, geliebt und geschätzt zu werden.

Ich knalle die Tür hinter mir zu und lehne mich dagegen. Tränen bahnen sich den Weg aus meinen Augen. Ich versinke in Selbstmitleid. Ich suhle mich darin, während meine Beine nachgeben und ich auf dem Boden ankomme.

Kann denn niemand verstehen, warum ich so wütend bin? Mein Vater verachtet mich, so wie meine Freundin mittlerweile auch. Der Mann, der wie ein Freund zu mir war, hat mein Herz innerhalb von fünf Minuten gebrochen. Ich bin allein und das ohne jeglichen Freund an meiner Seite. Vor ein paar Stunden habe ich mich so glücklich gefühlt und nun ist alles düster und schwarz um mich herum. Muss man sich vor den anderen immer verstellen, um geliebt zu werden? Welche Grace haben sie eigentlich wirklich gemocht? Kann ich wieder zu dieser Person werden?

So viele Fragen kreisen in meinem Kopf herum, während ich mir die Augen ausheule. Nach einer gefühlten Ewigkeit klingelt mein Telefon und ich erhebe mich. Mit weichen Knien gehe ich hinüber. Ich atme tief durch, ehe ich abhebe.

»Hallo, Grace, ich wollte dir nur sagen, dass ich mir für diese Woche freinehme. Ich denke, für uns beide ist es das Beste, wenn wir Abstand gewinnen.«

»Du kannst nicht einfach Urlaub nehmen«, entgegne ich Christine und reibe mir zugleich die Stirn.

»Dann kündige ich eben fristlos, such es dir aus.«

Ich schließe für einen kurzen Moment meine Augen. Die Gedanken schwirren wirr umher und ich kann meine Emotionen nicht beruhigen.

»Okay«, sage ich knapp.

»Was okay? Soll ich endgültig meine Sachen packen?«

»Vielleicht ist es das Beste«, sage ich, obwohl es tief in meinem Herzen schmerzt. Sie ist seit vielen Jahren meine beste Freundin, aber möglicherweise ist nun die Zeit für Veränderung gekommen.

Kurz herrscht eine drückende Stille. Keiner von uns sagt etwas, nur unser Atem ist zu hören. »Wie du meinst. Machs gut.« Christine legt auf.

Der Telefonhörer entgleitet mir und knallt auf den Schreibtisch.

»Verdammte Scheiße!«, fluche ich und räume mit einer schnellen Handbewegung meinen ganzen Schreibtisch leer. Die Ordner fallen auf den Boden. Ich hätte anders reagieren sollen, aber irgendwie konnte ich es nicht. Die Worte glitten unkontrolliert aus mir heraus, sodass ich keine Möglichkeit mehr hatte, gegenzusteuern.

Ich muss sofort hier raus. Diesen Druck auf meiner Brust kann ich nicht länger ignorieren. Mir fällt das Atmen schwer und deshalb schnappe ich meine Tasche vom Boden und flüchte. Als ich vor dem Fahrstuhl ankomme, bleibt mein Blick an Christine hängen, die hastig ihre Tränen wegwischt.

Wir starren uns an, als hätte uns nie etwas verbunden. Als wäre mit diesem Streit alles zunichtegemacht worden. Ja, ich könnte auf sie zugehen, ihr sagen, wie leid es mir tut, doch dafür braucht es Mut, den ich irgendwo zwischen meinem Selbstmitleid und Kränkung der eigenen Gefühle verloren habe. Ich betrete den Fahrstuhl und als ich mich umdrehe, ist Christine weg. Ich habe alles zerstört. Nichts ist mehr geblieben. Nun bin ich ganz auf mich allein gestellt. Keiner der Menschen, die mir einmal in meinem Leben etwas bedeutet haben, sind noch an meiner Seite. Vielleicht habe ich es wirklich verdient. Sie haben sich wahrscheinlich nicht ohne Grund von mir abgewendet.

Ich spaziere durch Manhattan. Meine Umgebung nehme ich kaum wahr. Einmal habe ich beim Überqueren der Straße ein Auto übersehen. Ein Mann hat mich gerade noch rechtzeitig zurückgezogen. Ich frage mich, ob meine Familie und Freunde mich überhaupt vermissen würden. Habe ich in meinem Leben irgendetwas geleistet, das einen wichtigen Fußabdruck hinterlässt? Oder bin ich genauso unwichtig wie der Dreck auf der Straße? Wahrscheinlich haben sie mich innerhalb weniger Wochen vergessen. Denn was habe ich den anderen Menschen schon Gutes getan? Nichts, sogar meine Freundin hat das nun erkannt.

Manche Menschen werden geliebt und das ohne Kompromisse. Da brauche ich nicht einmal weit zu blicken. Meine Mutter hat immer zu meinem Vater gestanden, egal was er getan hat. Aber wer liebt mich, egal was ich anstelle? Plötzlich entdecke ich den Park, in dem ich mich so glücklich gefühlt habe. Ich überquere die Straße und visiere dieselbe Stelle an, an der ich mit Vince war. Schnell finde ich den Baum, bei dem ich seine Nähe so sehr gespürt habe. Wieso hänge ich ihm noch immer nach? Wir hatten einmal Sex und ein paar schöne Stunden gemeinsam. Wieso kann mein Herz ihn nicht loslassen?

Ich schlinge meine Arme um den dicken Stamm und lehne meine Wange an das kratzige Holz. In diesem Augenblick ist mir egal, was die anderen Leute von mir denken.

»Du bist das Einzige, was mir noch geblieben ist«, flüstere ich und Tränen entgleiten mir. »Wahrscheinlich würdest auch du vor mir davonlaufen, wenn du nicht so tief mit der Erde verwurzelt wärst.« Ich schlucke den Kloß in meinem Hals hinunter. Wie erbärmlich ich doch bin. Nun spreche ich sogar mit einem Baum, weil sonst keiner mehr Lust auf eine Konversation mit mir hat.

»Ich weiß, ich muss mich verändern, aber wie?« Ich blicke hinauf zu der dichten Baumkrone, die nur vereinzelt Sonnenstrahlen durchblitzen lässt.

»Indem du einfach auf dein Herz hörst«, antwortet

eine weiche Stimme neben mir, die ich sofort erkenne. Abrupt nehme ich vom Baum Abstand.

»Hallo, Lucy«, sage ich und blicke verlegen zu Boden.

»Bitte entschuldige, dass ich dich gestört habe, aber du wirkst so verloren und allein.« Sie macht einen Schritt auf mich zu.

Mein Herz zieht sich zusammen, während sich ein Schleier über meine Augen legt. Ich will vor ihr nicht weinen, deshalb blinzle ich mehrmals und versuche, die Emotionen zu kontrollieren, was leider nur bedingt hilft.

»Du bist immer so ruhig und ausgeglichen, wie schaffst du das? Die Menschen lieben dich so, wie du bist.« Ich brauche endlich Klarheit, wie ich das ebenso hinkriege, denn ich möchte auch die unbändige Liebe in meinem Herzen spüren.

»Das war nicht immer so«, sagt Lucy und setzt sich auf die Wiese. Sie klopft mit der Hand neben sich und ich folge ihrer Aufforderung.

»Nicht? Das kann ich mir nicht vorstellen. Du bist eine Meisterin darin, allein durch deine Anwesenheit in anderen Menschen Ruhe zu erzeugen.«

Lucy lächelt. »Bis ich dahin gekommen bin, war der Weg ziemlich hart. Aber genau das braucht man, um einen Wandel zu vollziehen.«

»Du meinst, ich bin bereit, mich zu verändern? Aber ich will, dass mich die Menschen so lieben, wie ich bin.«

»Magst du dich selbst?«

Die Frage irritiert mich. »Was hat das mit den

anderen zu tun?«

»Eine ganze Menge. Also?«

»Keine Ahnung, vielleicht? Woher soll ich das denn wissen? Ich blicke mich jeden Tag im Spiegel an und finde mich ganz hübsch.«

»Äußeres vergeht, aber schätzt du dein Verhalten? Wie du dich anderen gegenüber benimmst? Möchtest du auch von ihnen so behandelt werden?«

Plötzlich fallen meine Scheuklappen und ich begreife. Ich bin schlussendlich wie mein Vater. »Lucy, kannst du mir helfen, ein besserer Mensch zu werden?«

Nun lächelt sie wieder. »Nein, Grace, das kannst nur du selbst schaffen. Es fordert Disziplin und viel Geduld. Aber wenn du es wirklich willst, wird sich alles dazu in die richtige Richtung verändern. Nur du selbst bist dafür verantwortlich, wie dein Leben verläuft. Alles entsteht in deinen Gedanken, wie du von dir selbst und deinen Mitmenschen denkst. Sie sind dein Spiegel. Sobald du dich zu wandeln beginnst, ist auch alles in deinem Außen plötzlich harmonisch.«

»Kannst du mir dabei helfen?«

»Meditiere jeden Tag, finde deine innere Mitte und suche eine Aufgabe, die du selbstlos erledigst. Unterstütze hilfsbedürftige Menschen oder Tiere. Egal was du dir aussuchst, es soll nicht vom Geld abhängen.«

»Kennst du eine Organisation, in der ich mithelfen kann?«

Lucy legt ihre Hand auf meine. »Du musst dafür selbst auf die Suche gehen. Dann wird sich der richtige Weg zeigen.«

16 VINCENT

Vier Wochen sind vergangen, seit ich Grace das letzte Mal gesehen habe. Trotzdem kreist sie ständig in meinem Kopf herum. Als sie auf dem Bett lag, hatte ich einen wilden Flashback. Die Erinnerungen an Nora waren plötzlich zum Greifen nah. Auch wenn ich Menschen in meinem Umfeld immer helfen möchte, kann ich sonst die Gefühlsebene sehr gut ausblenden. Doch in dieser Situation war es wie ein Tsunami, der über mich hereinbrach.

Ich stehe vor der Glasfront und blicke auf die Straße. Die Menschen wirken von hier oben winzig. Jeder von ihnen trägt sein Päckchen mit sich, so wie ich auch. Die Tour habe ich mit einem Kollegen getauscht, damit ich Grace leichter aus dem Weg gehen kann. Einmal hat sie versucht, mich anzurufen, doch ich bin nicht rangegangen. Was hätte ich ihr als Erklärung liefern sollen?

In weiter Ferne vernehme ich ein Klopfen an meiner

Bürotür, doch ich ignoriere es, wie ich mich in den vergangenen Wochen mehr oder weniger aus den täglichen Geschäften zurückgezogen habe. Ich erledige nur das Nötigste im Büro. Dinge, die sich einfach nicht aufschieben lassen. Mein Kumpel Callum hat nach dreimal fragen aufgegeben. Denn er kennt mich. Ich kläre meine Probleme gerne mit mir selbst. Ich bin nicht der große Redner.

»Hallo, mein Sohn«, ertönt knapp neben mir Dads Stimme und ich zucke erschrocken zusammen. »Hast du mich etwa nicht anklopfen gehört?«, fährt er fort und ich blicke ihn entgeistert an.

Ich schüttle den Kopf, dann starre ich wieder runter zur Straße. Ich beobachte die Autos, die sich durch den Stau quälen.

Dad legt seine Hand auf meiner Schulter. »Vincent, was ist los?«

»Nichts«, antworte ich knapp.

Er dreht mich zu sich und schaut mich mit einem warmherzigen Ausdruck an. »Das letzte Mal, dass du so durch den Wind warst, war, als das mit Nora passierte. Also, was ist vorgefallen? Ich mache mir ernsthafte Sorgen um dich.«

»Wie gesagt, es ist alles bestens.« Ich wende mich von ihm ab und umrunde meinen Schreibtisch.

Dad folgt mir und lässt mich nicht aus den Augen. »Vincent, du weißt, dass du mit mir über alles sprechen kannst.«

Was soll ich ihm denn schon sagen? Dass ich seit Wochen die Erinnerungen an Nora wieder vollends spüre? Dass ich mich in einem Gedankenkarussell befinde, welches ich nicht kontrollieren kann? Seit dem Morgen mit Grace schaffe ich es nicht, die schrecklichen Bilder abzuschütteln. Sie verfolgen mich, tagsüber wenn ich mich im Spiegel anschaue und nachts in den Träumen. Ich bekomme keine Verschnaufpause und das wegen diesen einen fatalen Fehlers. Ich hätte Grace niemals mit nach Hause nehmen dürfen. Nun sehe ich sie auf meinem Bett liegen. Regungslos und leblos lag sie da wie Nora. Ich habe versucht, mich durch Meditation wieder zu fangen, doch sobald ich die Augen schließe, sind die Bilder bis ins kleinste Detail da. Ich will sie verdrängen, aber es gelingt mir nicht. Ich starre auf den Computer, um Dad nicht anzusehen. Ich weiß, dass er immer für mich da ist, wenn ich ihn brauche. So wie damals, als er in die Wohnung kam und mich in seine Arme schloss, tut er das gerade in diesem Augenblick auch.

»Vince, sprich mit mir«, flüstert er und mein Herz zieht sich zusammen. Ich bin ein Mann und sollte nicht weinen, doch in diesem Augenblick kann ich meine Gefühle nicht länger verbergen. Tränen kämpfen sich an die Oberfläche und der Kloß, der sich in meinem Hals schon über Wochen hartnäckig hält, wird gelöst, weil ich einen lauten Schluchzer von mir gebe. Ich fühle mich gerade so klein wie ein Kind. Doch ich bin nicht allein. Mein Vater hält mich und gibt mir das Gefühl von Geborgenheit.

»Es geht um Nora, nicht wahr?« Dads Stimme ist ruhig und gleichmäßig.

Ich bringe nicht einmal ihren Namen über meine Lippen, dabei war ich felsenfest überzeugt, das alles verarbeitet zu haben. Doch anscheinend werde ich gerade eines Besseren belehrt. Nichts davon ist aus meinem Herzen oder Gedächtnis verschwunden. Jedes Detail hat sich in meine Seele und mein Herz gebrannt.

»Kannst du dich noch erinnern, was wir getan haben, wenn du einen wilden Schmerz gefühlt hast, als du klein warst? Genau jetzt drückst du mich so fest, wie du nur kannst.«

»Das ist doch albern«, sage ich zwischen zwei Schluchzern.

»Albern ist, wenn du es jetzt nicht tust.« Dad streichelt meinen Kopf und obwohl ich erwachsen bin, dringt ein Gefühl von Dankbarkeit hervor. Ich drücke Dad ein bisschen, weil ich mir dabei tatsächlich komisch vorkomme.

»Komm, das kannst du doch besser«, fordert er mich auf, mehr Energie in die Umarmung zu setzen. Ich lege alle Kraft hinein und merke, dass meinem Vater dadurch fast die Luft wegbleibt. Er atmet stoßweise, aber er erträgt diesen Moment, um mir wieder Kraft zu schenken. Und so seltsam das auch klingen mag, fühle ich mich in diesem Augenblick wieder ein bisschen besser. Ich lasse Dad los und gehe auf Abstand. Und dann beginne ich zu erzählen. Von Grace, die sich seither immer wieder in meine Gedanken schleicht. Von Nora, die mir schlaflose Nächte beschert. Zwei Frauen, die eine ist tot und die andere habe ich zum Teufel gejagt, weil sie genauso hilflos ist, wie Nora es war.

Langsam wird mir bewusst, dass ich wahrscheinlich zu Grace nur so eine starke Verbindung hatte, weil sie meine Hilfe brauchte. Ist es das, was uns überhaupt verbunden hat? Vielleicht waren die Gefühle zu ihr nie echt?

»Vince, wenn du meinen Rat als Vater hören möchtest, dann empfehle ich dir, das mit Nora abzuschließen. Such dir einen Psychologen, mit dem du deine Vergangenheit aufarbeitest. Du kannst niemals etwas Tiefgehendes fühlen, wenn das Alte noch so präsent ist.«

»Das mit Grace ist sowieso vorbei«, sage ich und fülle ein Glas mit Wasser.

»Ach ja? Also wenn sie in deinem Kopf noch herumspukt, ist das für dich alles andere als vorbei. Denn irgendwo in deinem Herzen musst du ihr doch einen Platz geschenkt haben, da sie die erste Frau seit Nora ist, die dich nicht mehr loslässt.«

Mein Vater kennt mich wohl besser als ich mich selbst. Denn jedes Wort stimmt zu hundert Prozent. Keine Affäre hat mich, nachdem ich sie in den Wind geschossen habe, beschäftigt. »Was ändert das schon? Das mit Grace ist abgeschlossen.«

»Kann gut sein, aber willst du dein Leben für immer so führen? Festhängen in deinen dunklen Erinnerungen? Möchtest du die Vergangenheit bestimmen lassen, wie die Zukunft aussieht? Du lebst genau in diesem Moment. Nicht gestern und auch nicht morgen. Jetzt. Lass meine Worte auf dich wirken und entscheide dann. Wie willst du in Zukunft leben? Ängstlich oder mutig? Traurig oder mit Lebensfreude? Ständig auf der

Flucht vor deinen Erinnerungen oder im Frieden damit? Du stehst gerade an einer Weggabelung für deine Zukunft. Du allein hast es in der Hand.« Dad marschiert zur Tür. Er schaut über seine Schulter und unsere Blicke begegnen sich. »Egal wie du dich entscheidest, deine Mutter und ich werden immer hinter dir stehen.« Er lächelt, dann verlässt er mein Büro.

Erneut gehe ich an die Glasfront und blicke auf die Straße. Dad sagt das so leicht. Wie kann ich Nora aus meinem Gedächtnis verschwinden lassen? Die Bilder sind da, so wie die Erinnerungen auch. Ich sollte mich auf meine Arbeit konzentrieren, denn die letzten Wochen ist durch mein Grübeln einiges liegen geblieben.

Erneut klopft es an meiner Tür und nun wende ich mich. »Ja bitte«, sage ich und marschiere zu meinem Schreibtisch.

»Hey, hast du einen Moment?« Callum steckt den Kopf herein.

»Natürlich, was gibt es denn?«

»Die Werbeveranstaltung ist bereits in vier Wochen und wir haben noch immer keinen richtigen Aufhänger. Ich habe mir überlegt, für Bob eine Spendengala zu veranstalten. Was meinst du?«

Bob. Ihn habe ich in den letzten Wochen völlig ausgeblendet. Meine Probleme sind verglichen mit seinen nichts. Er wird vielleicht seine Frau verlieren, wenn sie nicht bald einen Spender finden.

»Hast du mit ihm darüber gesprochen? Ist ihm das

überhaupt recht? Du kennst doch Bob. Er will so wenig Aufmerksamkeit wie nur möglich.«

»Ich weiß und ich dachte, du könntest bei ihm vorbeischauen?« Callum ist gut darin, die unliebsamen Arbeiten auf mich abzuwälzen. »Immerhin hast du einen besonderen Draht zu ihm.«

»Ich?«, hake ich irritiert nach. »Wie kommst du gerade auf mich?«

»Du warst doch der Erste, dem er überhaupt von der Krankheit seiner Frau erzählt hat. Er vertraut dir.«

Ich blicke zur Glasfront. »Okay, ich rufe ihn gleich an.«

»Meinst du nicht, dass du das bei ihm zu Hause besprechen solltest?«

»Ich kann doch nicht ohne Vorankündigung bei ihm aufkreuzen.«

»Also ich glaube, er würde sich über einen Besuch von dir freuen.« Callums Naivität überrascht mich nicht. Er war schon immer ein Mann, der gerne mit der Tür ins Haus fällt.

»Na gut, ich werde sehen, wann ich mir Zeit dafür freischaufeln kann.«

»Heute Nachmittag«, wirft Callum ein und lächelt schuldbewusst. »Ich habe die Termine mit deiner Assistentin bereits geklärt.«

Ich atme hörbar tief durch. Es gefällt mir überhaupt nicht, das so unvorbereitet zu tun. Ich weiß, es wird kein leichtes Unterfangen sein. Ehrlich gesagt habe ich sogar Angst, seiner Frau zu begegnen. Wie verhält man sich einem Menschen gegenüber, den man zwar kaum kennt, aber über dessen Gesundheitszustand man Bescheid weiß? So eine Krankheit ist doch etwas sehr Persönliches.

»Du hast schon alles vorbereitet?«

»Vince, die Zeit drängt leider.« Er legt einen Zettel auf den Tisch. »Hier ist seine Adresse. Er ist nämlich vor ein paar Wochen umgezogen.«

»Wieso?«

»Kannst du dir das denn nicht denken? Die Kosten für die Behandlung haben die Familie ziemlich in Schwierigkeiten gebracht. Sie konnten sich das Haus nicht mehr leisten.«

»Aber wir bezahlen ihn doch weiter, oder?«

»Ja, aber die Medikamente werden von der Krankenversicherung nicht übernommen. Dazu kommen die unzähligen Klinikaufenthalte. Das ist ein Fass ohne Boden. Deshalb dachte ich, es wäre so verdammt wichtig, ihn mit einem Spendenaufruf zu unterstützen.«

Augenblicklich kommt mir Grace in den Sinn. Sie hat damals schon so etwas vorgeschlagen. Ihre Mutter soll darin ein Profi sein.

»Ich kläre das mit Bob.«

Nun stehe ich hier vor einem heruntergekommenen Wohnblock. Nichts erinnert mehr an das schmucke Häuschen, in dem sie vorher gelebt haben. Die Gegend war sicher. Hier ist alles dreckig und es wirkt sogar gefährlich. Ein paar Typen stehen an der Straßenecke und wenn ich kein erwachsener Mann wäre, würde ich glatt Angst bekommen. Der eine hat eine dicke Goldkette um seinen Hals und sein Blick ist finster. Verdammt, wieso hat Bob nicht ein Wort gesagt, ich hätte ihm doch geholfen. Ich gehe die paar Stufen hoch und betrete das Wohnhaus. Nicht einmal eine Türglocke ist unten angebracht. Dunkelheit umfängt mich, sowie ein muffiger Geruch nach Urin. Ein Berg Müllsäcke stapelt sich neben dem Eingang. An den Wänden sind Graffitis, die aber nichts mit der Kunst in den nobleren Vierteln zu tun haben. Hier ist es ein wildes Geschmiere von Sprüchen, die niemals ein kleines Kind zu lesen bekommen soll. »Fick dich« ist wohl einer der netteren Ausdrücke darauf.

Ich gehe die Stufen hinauf in das erste Stockwerk. Ein beißender Uringeruch steigt mir selbst hier in die Nase. Als ich das Namensschild von Bobs Familie entdecke, halte ich vor der Tür. Wieder ist keine Glocke zu finden. Die Eingangstür sieht auch alles andere als sicher aus. Wahrscheinlich könnte ich sie mit einem leichten Ruck öffnen. Nach kurzem Zögern klopfe ich mehrmals an die Tür. Vielleicht hätte ich mich doch vorher ankündigen sollen?

Ich vernehme Schritte. Die Wände müssen hauchdünn sein, wenn ich sogar das höre. »Wer ist da?«, fragt eine weibliche Stimme. Ich nehme an, es ist Bobs Tochter Lisa.

»Ich bin es, Vincent Price, ist dein Vater zu Hause?«

Die Tür geht langsam auf und ein zartes Goldkettchen soll wahrscheinlich für Sicherheit sorgen, doch das zu durchtrennen wäre ein Leichtes. Lisa blickt mich verängstigt an. Wenn ich mich recht erinnere, ist sie gerade mal vierzehn. »Dad ist bei Mom im Krankenhaus«, sagt sie und ihre Augen werden glasig. Sie nimmt die Goldkette herunter und zieht die Tür weiter auf. »Sie wollen ihn doch nicht kündigen, oder?«

Augenblicklich verkrampft sich mein Herz. Dieses junge Mädchen hat jetzt schon Existenzängste. Wahrscheinlich kann sie nicht einmal ein Studium machen, weil das ganze Ersparte in die Versorgung ihrer Mutter fließt.

»Nein, natürlich nicht. Weißt du, wann er wieder kommt?«

»Am Abend, wenn Mom schläft.« Sie senkt den Blick und die Sorge ist unverkennbar. Was macht das mit einer Familie? Vor wenigen Monaten wirkte Lisa glücklich, als sie ihren Vater bei uns in der Firma besuchte. Heute ist sie ein Hauch von Nichts. Es ist höchste Zeit, dass sich jemand um sie kümmert. Doch ich verstehe auch Bob. Er kann nicht auf zwei Baustellen gleichzeitig arbeiten. »Er ist im St. Thomas Krankenhaus. Vielleicht schauen Sie einfach dort vorbei. Er freut sich bestimmt über ein bisschen Gesellschaft. Ich kann heute leider nicht hin, denn ich muss für die Schule lernen.«

»Was kann ich für dich tun? Soll ich dir schnell etwas zu essen besorgen?« Sie wirkt so verloren und hilflos, zugleich mutig und stark.

Ihre Augen werden glasig. »Nichts, außer Sie können meine Mutter heilen.« Sie presst die Lippen aufeinander und wischt ihre Augen trocken. Ich würde sie gerne in den Arm schließen, doch sie ist die Tochter meines

Mitarbeiters und das würde vielleicht völlig falsch rüberkommen.

»Sie haben noch keinen passenden Spender gefunden?«

Sie schüttelt den Kopf. »Nein.«

Ein Krankenwagen fährt vor den Eingang, während ich weiterhin davor verharre. Ich zögere, reinzugehen. Was sagt man zu jemandem, der derzeit keine Hoffnung sieht? Bisher wurde ich mit so etwas nie konfrontiert. Meine Eltern sind zum Glück immer gesund gewesen. Ich will mir gar nicht vorstellen, was das mit einem macht. Ich atme tief ein und setze mich in Bewegung. Ich komme nicht drum rum, mit Bob zu sprechen. Wenn ich mir die Wohngegend von ihm in Erinnerung rufe, wird mir sofort flau in der Bauchgegend. Diese Familie braucht dringend Hilfe.

An der Information erhalte ich die Zimmernummer und Station. Ich betrete den Fahrstuhl und mein Herz pumpt schnell und unnachgiebig. Im zweiten Stock angekommen öffnet sich langsam die Fahrstuhltür. Ich gehe nach draußen und starre auf die Zimmernummern. Nach nur wenigen Schritten erreiche ich das Zimmer von Bobs Frau. Ich blicke auf die Blumenstrauß in meiner Hand. Er ist pompös und bunt, mit vielen verschiedenen Blumen. Nach einmal Klopfen trete ich in das Zimmer. Erst nach ein paar Schritten entdecke ich Bob, der neben dem Bett seiner Frau sitzt.

Sie hat eine dünne Haube auf, damit man ihren kahlen Kopf nicht sieht.

Augenblicklich fühlt sich die Wahl des Blumenstraußes so absurd an. Diese Frau kämpft hier um ihr Leben und ich bringe Blumen wie zu einem Begräbnis mit. Du meine Güte, habe ich diesen Gedanken gerade wirklich gedacht?

»Hallo«, sage ich und ich ziehe die Aufmerksamkeit der beiden auf mich.

»Vince«, sagt Bob überrascht und erhebt sich von seinem Stuhl.

»Sind die Blumen etwa für mich?«, scherzt er. »Das wäre doch nicht nötig gewesen.« Wie kann man in so einer Situation noch Humor aufbringen? Aber vielleicht ist es genau das, was die beiden nicht die Hoffnung verlieren lässt.

»Das hättest du wohl gerne. Aber die Blumen sind für die schönste Frau von ganz New York«, sage ich und gehe auf Stella zu.

»Du bleibst wohl für immer ein Charmeur«, sagt sie und ich reiche ihr den Blumenstrauß, den sie an Bob weitergibt.

»Woher wusstest du, wo wir sind?«, fragt Bob, als er mit einer Blumenvase aus dem Bad zurückkommt und sie auf dem Tisch am Fenster abstellt. Dann nimmt Bob einen Stuhl von der Tischgruppe weg und kommt auf mich zu.

»Eure Tochter. Ich war in eurem neuen Zuhause.«

Bob senkt den Blick und es scheint so, als wäre es ihm peinlich.

»Hat sie dir wenigstens etwas zu trinken angeboten?«, fragt Stella und ein hauchzartes Lächeln gleitet über ihre schmalen Lippen.

»Das war nicht nötig. Eigentlich wollte ich mit Bob etwas besprechen.«

Bob reicht mir den Stuhl. »Du musst mich kündigen, nicht wahr?« In seinen Augen spiegelt sich die pure Angst wider. Seine Hand zittert, als er sich den Bart kratzt.

»Nein«, sage ich schnell, um ihm eine Verschnaufpause von seinen unzähligen Sorgen zu geben. »Ich habe dir doch versprochen, dass wir dich als Kollegen unterstützen. Wir stehen alle zu hundert Prozent hinter dir.«

Bob entweicht eine Träne, die er aber schnell abfängt. Er blinzelt mehrmals, um die Traurigkeit zu überspielen, die sich aber in seiner Miene zeigt.

»Vielen Dank«, sagt Stella. »Ich kann gar nicht in Worte fassen, wie dankbar ich euch bin.«

»Das ist doch selbstverständlich«, sage ich und drücke Stellas Hand sanft.

»Nein. Selbstverständlich ist in der heutigen Zeit rein gar nichts. Meine Firma hat mich nach der Diagnose gefeuert.« Stellas Stimme ist nicht mit Wut oder Traurigkeit unterlegt. Sie klingt gleichgültig, als hätte sie schon längst ihren Frieden damit gemacht.

»Was willst du dann von mir?«, fragt Bob und nimmt an der anderen Bettseite Platz.

»Wir möchten eine Charity Veranstaltung für deine Frau organisieren, aber wir hätten gerne dein Einverständnis.« Am besten gleich raus mit der Sprache. Ich blicke abwechselnd zu Bob und seiner Frau.

»Das ist wirklich sehr nett, aber wir kommen schon zurecht«, sagt Bob und blickt dabei Stella an.

»Das wissen wir, aber die vielen Behandlungen kosten eine Menge Geld und wir könnten euch damit unterstützen.«

»Ihr habt schon genug mit meiner bezahlten Dienstfreistellung gemacht, das ist ausreichend.«

Ich weiß, dass Bob schon immer einen tiefgreifenden Stolz in sich getragen hat. Hilfe anzunehmen ist für niemanden leicht. Aber in dieser Situation ist der Stolz völlig unangebracht.

»Stella, ist das auch deine Meinung? Ihr könntet zum Beispiel mit diesem Geld das Studium eurer Tochter finanzieren. Es wäre für euch eine ziemliche Erleichterung, meinst du nicht?« Eigentlich mag ich es nicht, Bob zu übergehen, aber manchmal muss man die Leute zu ihrem Glück zwingen.

»Bob?« Stella streichelt über die Wange ihres Mannes. Er reibt seine Stirn und wiegt gerade alle Eventualitäten ab, das kann sogar ich wahrnehmen.

»Vielleicht können wir mit dieser Spendenaktion auch Leute dazu animieren, dass sie sich als Stammzellenspender registrieren. Wir könnten das bei dieser Möglichkeit direkt auf der Gala vor Ort anbieten. Wäre das nicht eine grandiose Idee? Damit helft ihr nicht nur euch selbst, sondern vielen andern Menschen da draußen.« Wo ist plötzlich dieser Einfall hergekommen? Das hatte ich ursprünglich gar nicht so geplant, aber die Idee klingt sogar für mich großartig. Ich kann nur hoffen, dass er dem zustimmt. »Bob, wir wollten dich damit nicht übergehen, deshalb bin ich hier, um dein Einverständnis zu holen. Bitte lass deinen unbändigen Stolz draußen. Er ist in dieser Situation völlig unangebracht.«

Er seufzt und blickt seine Frau an, die ihm zustimmend zunickt. »Okay, aber nur unter einer Voraussetzung.«

»Alles, was du willst.«

Ihm entweicht ein Lächeln. Die tiefe Furche auf seiner Stirn glättet sich. »Wir spenden das Geld der Kinderkrebsstiftung.«

»Aber wir wollten doch dich unterstützen«, gebe ich zu bedenken.

»Vince, wir haben für unsere Tochter vorgesorgt. Sie wird ihr Studium machen können.«

»Und eure Wohnsituation? Deine Frau braucht doch eine gute Umgebung, um wieder gesund zu werden.« Ich lehne mich weit aus dem Fenster, aber das ist genau der Grund, warum wir das alles veranstalten. »Außerdem die vielen Medikamente und die Behandlungen«, fahre ich fort.

»Wie gesagt, nur unter dieser Bedingung. Sobald meine Frau wieder gesund ist, kann ich wieder arbeiten und Doppelschichten einlegen. Ich habe zwei gesunde Hände. Damals bei der Geburt unserer Tochter habe ich das hinbekommen und ich werde auch das schaffen. Das Geld soll Familien zugutekommen, die wirklich in Geldnöten sind.«

Bob ist und bleibt ein Gutmensch. Er denkt immer zuerst an andere.

»Okay, aber wenn wir mehr als hunderttausend Dollar zusammenbringen, nimmst du zehntausend davon, okay?«

»Ich bin ein Optimist, aber du bist tatsächlich größenwahnsinnig.«

»Lass dich überraschen.« Zumindest diesen Teil habe ich hinbekommen. Ich hoffe inständig, dass wir diese Summe zusammenbekommen. Denn Bob braucht das Geld.

17 GRACE

D er Himmel färbt sich in den unterschiedlichsten Rottönen. Die Sonne wird bald hinter dem Hochhaus verschwinden. In wenigen Minuten bricht die Dunkelheit herein und ich versuche, mich in meine innere Mitte zu bringen. Jeden Abend, wenn die Mitarbeiter das Bürogebäude verlassen haben, platziere ich mich auf den Boden im Konferenzzimmer. Dort sind bodentiefe Fenster, wodurch ich das Gefühl habe, über der Stadt zu schweben. Meine Atmung verlangsamt sich. Vier Wochen sind vergangen, seit ich Vince das letzte Mal gesehen habe und er mir den Laufpass gegeben hat. Einmal habe ich mich dazu durchgerungen, ihn anzurufen. Natürlich hat er nicht abgehoben oder zurückgerufen. Von da an habe ich ihn nie mehr gehört oder gesehen. Sogar ein neuer Getränkelieferant kommt zu uns. Die Damen sind darüber nicht sehr erfreut. Oftmals höre ich sie im Pausenraum über ihn sinnieren.

Sie schwärmen über ihn, dabei wissen sie gar nicht, was für ein Mensch hinter seiner hübschen Fassade steckt.

Ich will nicht schon wieder über ihn grübeln, sondern mich auf die Ruhe in mir konzentrieren. Seit ein paar Tagen verspüre ich nicht mehr so große Wut, was wohl auch daran liegt, dass mein Vater mit Robert auf Geschäftsreise ist. Die beiden wirken wie das perfekte Team, in dem ich keinen Platz finde. Seit sie nicht im Haus sind, fühle ich mich tatsächlich entspannter. Morgens stehe ich nicht mehr mit Nackenschmerzen auf und abends falle ich nicht völlig schlapp ins Bett, weil meine Nerven nicht ständig strapaziert werden.

Bisher konnte ich das Projekt mit Jenny sehr gut unter Verschluss halten. Da sie im Homeoffice arbeitet, bekommen die Kollegen von ihrer Arbeit nichts mit. Wie lange das gut geht, wird sich zeigen. Noch habe ich nicht den passenden Zeitpunkt gefunden, meinem Vater die Ideen zu präsentieren. Keine Ahnung, wie er darauf reagieren wird. Ich hoffe, dass er das Projekt mit offenen Armen begrüßt. Die ersten Entwürfe hat Jenny bereits vorgelegt und sie sind außergewöhnlich. Mit ihr habe ich einen Goldgriff gemacht. Derzeit bin ich auf der Suche nach passenden Modeketten, die die Designs ins Sortiment aufnehmen. Doch für detaillierte Gespräche sind die Kunden erst dann bereit, wenn ich ihnen Muster zeigen und genaue Preise nennen kann. Ich habe zwar damit gerechnet, trotzdem hoffte ich auf mehr Euphorie.

Die Dunkelheit umfängt mich und ich erhebe mich. Lucy besuche ich jede Woche und die Gespräche mit ihr sind immer aufschlussreich. Dennoch habe ich bis jetzt noch kein passendes Projekt gefunden, bei dem ich mich wirklich einbinden möchte. Ja, es gibt viele Organisationen, die einen wichtigen Teil für die Gesellschaft leisten, trotzdem hat mein Herz nie dafür gebrannt. Lucy meinte, ich solle mich in Geduld üben. Geduld ist leider eine der Eigenschaften, die ich nicht allzu gut beherrsche. Ich verlasse das Konferenzzimmer und das Klingeln meines Telefons schallt aus meinem Büro. Grundsätzlich habe ich bereits Dienstschluss, trotzdem eile ich hin und hebe ab.

»Middelton«, sage ich und die Stimme des Portiers ertönt.

»Der Getränkelieferant ist hier, darf ich ihn noch rauf schicken?«

»Ja.« Bei Vince wünschte ich mir anfangs, dass er zu anderen Uhrzeiten die Getränkeautomaten befüllt, bei dem Neuen nervt es mich. Eigentlich sollte er erst morgen kommen, aber wenn ich schon da bin, kann ich auch die paar Minuten noch bleiben. Mit dem Neuen muss ich eindeutig ein Wort sprechen, denn letzte Woche kam er nicht so spät zu uns. Ich gehe nach draußen und warte direkt vor dem Fahrstuhl. Die Zahlen wandern stetig nach oben und als ein leises Piepsen ertönt, öffnet sich die Fahrstuhltür.

Augenblicklich wird mein Mund staubtrocken. Mit ihm habe ich nicht gerechnet, sonst hätte ich dem Portier wohl ein Nein mitgeteilt.

Er kommt auf mich zu und lässt mich nicht aus den Augen. »Hallo, Grace«, sagt er mit ruhiger Stimme.

Seine breiten Schultern werden von einem eng anliegenden weißen T-Shirt verdeckt. Seine blaue verschlissene Jeans sitzt tief auf seinen Hüften. Ja, ich finde ihn noch immer heiß, das ist wohl kein Verbrechen. Jedoch sollte ich meine Gefühle im Zaum halten, denn er ist der Mann, der mich nach einer gemeinsamen Nacht rausgeworfen hat. Unsere gemeinsamen Stunden werden mir wahrscheinlich für immer im Gedächtnis bleiben, denn ich hatte den heißesten Sex meines Lebens. Doch Sex ist oberflächlich, wenn keine Gefühle im Spiel sind. Das sollte ich mir in Erinnerung rufen, während ich auf seine gleichmäßig geformten Lippen starre, die verführerisch ein leichtes Lächeln preisgeben.

»Du weißt ja, wo die Automaten sind«, sage ich und mache auf dem Absatz kehrt. Ich darf mich von seinem Äußeren nicht blenden lassen. Hinter seiner netten Fassade steckt ein heimtückischer Herzensbrecher. Er weiß, wie man Frauen um den Finger wickelt und sie in eine Falle lockt. Er arbeitet wie die Venusfliegenfalle. Zuerst ködert er eine Frau mit seinem betörenden Duft, zeigt ihr das prächtigste Rot in seinem Herzen und dann, wenn er sich sicher ist, schnappt er zu. Ohne Vorwarnung wird man verschlungen und es gibt kein Zurück mehr.

»Eigentlich bin ich nicht wegen der Automaten hier«, sagt er und ich halte in der Bewegung inne. Ich schließe meine Augen und atme tief durch. Eine Technik, die mir Lucy angeraten hat, sobald ich merke, dass mein Puls sich beschleunigt. Und genau das tut er in diesem Augenblick. Ich würde mich gerne jetzt umdrehen. Ihm alle möglichen Dinge an den Kopf werfen. Denn auch wenn er sich für das Geschehene entschuldigt, gibt es für uns niemals eine zweite Chance. Dafür ist zu viel passiert. Aber will er überhaupt eine Chance?

Ich drehe mich langsam zu ihm um. »Warum bist du dann hier?« Meine Stimme ist schroffer als beabsichtigt. Die Atmung hat wohl nur bedingt Abhilfe geschaffen, aber es ist besser, als hätte ich ihn angebrüllt.

»Können wir das vielleicht in deinem Büro besprechen?« Er fährt durch sein dunkles Haar. Ist er verunsichert?

Ich blicke mich um. »Wie du siehst, ist niemand mehr da. Ehrlich gesagt fühle ich mich so wohler.«

»Okay. Zuerst einmal hoffe ich, dass das, was zwischen uns passiert ist, bitte keinen Einfluss auf deine Entscheidung haben soll.«

Mir entweicht ein gespielter Lacher. »Das kann ich dir nicht versprechen.« Ich verschränke die Arme vor meiner Brust.

»Bitte«, sagt er und macht einen Schritt auf mich zu. Wie automatisch gehe ich zurück und erhöhe dadurch die Distanz wieder.

»Was willst du?«

»Ich habe dir doch von meinem Mitarbeiter Bob erzählt. Seine Frau hat Leukämie und nun wollen wir eine Charity Veranstaltung für ihn organisieren. Er will nur einen Teil der Gelder behalten und den Rest an Familien mit krebskranken Kindern spenden.« Vince erzählt, was er alles geplant hat. Ich höre gespannt zu. Eigentlich wollte ich mich als Stammzellenspenderin registrieren, doch durch den Vorfall mit Vince habe ich diese Idee in das hinterste Eck geschoben.

»Und was soll ich da tun?« Er hat doch schon alles genau durchdacht. Welchen Beitrag kann ich dazu leisten?

»Du hattest erzählt, dass deine Mutter in solchen Events großartige Leistungen erbringt. Ich weiß, ich verlange einiges von dir, aber könnten du und deine Mom sich um die Organisation kümmern? Wir beide hätten auch nicht viel miteinander zu tun, wenn du dir darum Sorgen machst.«

»Das wäre wohl eher dein Problem, nicht wahr?«, erwidere ich zynisch. Was habe ich erwartet? Dass er mich zurückwill und wir dort anknüpfen, wo wir aufgehört haben? Natürlich funktioniert das nicht. Auch wenn ich ihn im Innersten noch immer hasse, flattert mein Herz, wenn ich ihm gegenüberstehe.

Ich atme hörbar aus, während ich ihn nicht aus den Augen lasse. »Ich muss darüber nachdenken«, sage ich ehrlich. Genau dieses Gefühl flutet mich, denn ich bin mir nicht sicher, ob ich dem gewachsen bin. Auch wenn wir nicht viel miteinander zu tun haben werden, wird es unumgänglich sein, ab und an gewisse Details gemeinsam zu entscheiden.

»Das verstehe ich natürlich«, sagt er mit geknickter Stimme. »Danke, dass du wenigstens nicht sofort verneinst. Dann werde ich wohl besser gehen.«

Ich nicke, aber antworte nicht. Ich beobachte, wie er in den Fahrstuhl tritt und sich langsam zu mir umdreht. Unsere Blicke begegnen sich und ein wilder Stromschlag fährt durch meinen Körper. Vince hat noch immer diese Wirkung auf mich wie vor wenigen Wochen. Seine Augen strahlen diese Wärme aus, die ich nicht bemerken sollte. Er hat mich abserviert und das darf ich auf keinen Fall vergessen. Wieso kann ich die Gefühle zu ihm nicht ausblenden? Es wäre für mich das Beste und trotzdem starre ich ihn an, bis sich die Fahrstuhltür schließt.

Zwei Tage sind seit dem Treffen mit Vince vergangen. Die letzten zwei Nächte habe ich darüber gegrübelt, ob es die richtige Entscheidung ist, mich auf eine Zusammenarbeit mit ihm einzulassen. Da ich zu keinem eindeutigen Entschluss gekommen bin, habe ich mich dazu entschieden, einen Termin mit der Leiterin der Kinderkrebsstiftung auszumachen. Sie meinte, es wäre gut, direkt im Krankenhaus die genaue Arbeit ihrer Stiftung zu besprechen.

Nun stehe ich vor der Station. Nur eine Tür trennt mich. Ich verharre hier sicher schon zehn Minuten, weil ich nicht weiß, ob ich dem da drinnen gewachsen bin.

»Hallo«, sagt eine Frauenstimme neben mir und ich fahre herum.

»Guten Tag«, antworte ich und es klingt nicht nur distanziert, denn ich bin es auch.

»Dein Kind ist wohl das erste Mal da?«

»Wie?«, frage ich irritiert.

»Alle Mütter stehen anfangs davor, als würden sie das Schlimmste auf der Welt betreten. Als würden sie ihre Angst überwinden müssen, um in die Hölle zu gehen. Eines kann ich dir mitgeben, es wird leider nicht besser.« Ihre Augen werden glasig. »Jeder einzelne Tag ist alles andere als leicht. Das einzig Positive ist das Lachen der Kinder. Keines von ihnen zeigt Schwäche. Wir Erwachsene können uns von ihnen eine Scheibe abschneiden.« Sie wischt die Tränen weg, die aus ihrem Augenwinkel dringen.

Ich gehe einen Schritt auf sie zu und schließe sie in meine Arme. Diese Frau ist mir fremd, trotzdem habe ich das Bedürfnis, für sie da zu sein.

Sie nimmt Abstand, als sie sich wieder beruhigt hat. »Welchen Krebs hat dein Kind?«

Ich will sie nicht anlügen. Diese Frau macht so schon genug mit. »Ich habe kein Kind, ich habe einen Termin mit der Leiterin der Kinderkrebsstiftung.«

»Du meine Güte, und ich labere dich mit meinen Problemen zu.«

»Alles gut, ich hätte es gleich sagen sollen. Kennst du die Frau und die Stiftung?«

»Wer kennt sie nicht, außer man ist steinreich. Sie ist die Person, die uns hilft, halbwegs über die Runden zu kommen. Ohne sie würden viele Kinder nicht einmal die richtige Behandlung erhalten. Bitte entschuldige, aber ich muss jetzt auch rein. Meine Tochter erwartet mich.«

»Alles Gute für deine Tochter«, sage ich und komme mir nun blöd vor. So eine dumme Floskel, dabei wollte ich ihr mein Mitgefühl kundtun und ihr damit Kraft schenken.

»Danke«, sagt sie und lässt mich dann vor dem Eingang der Station zurück.

Ich atme mehrmals tief ein und aus. Ich versuche, meine Nervosität loszuwerden, was nur bedingt hilft. Meine Hand berührt den Türgriff und ich fasse allen Mut zusammen. Vorsichtig trete ich über die Türschwelle, als würde sich dahinter wirklich die Hölle auf Erden befinden. Die Zimmer sind in einem Halbkreis angeordnet und in der Mitte des Flurs ist eine große Spielecke. Zwei Frauen sitzen mit ihren Kindern dort. Augenblicklich zieht sich mein Herz zusammen. Der Junge und das Mädchen sind bestimmt nicht älter als fünf. So junge Seelen, die eigentlich noch ihre ganze Zukunft vor sich haben. Sie sollten draußen in der Natur spielen können, stattdessen sitzen sie mit einem Mundschutz auf überdimensionalen Legosteinen.

»Ms. Middelton?«, reißt mich eine warme Stimme aus den Gedanken.

»Guten Tag, aber bitte nenn mich doch Grace.« Ich strecke ihr meine offene Hand hin.

»Sehr gerne, ich bin Rose.« Sie schüttelt meine Hand. »Ich habe mit zwei Müttern, die von uns unterstützt werden, einen Termin ausgemacht. So kannst du dir ein Bild über unsere Arbeit machen. Aber gehen wir kurz in den Aufenthaltsraum, dann zeige ich dir die Dokumentation über unsere getätigten Ausgaben.«

»Gerne.«

Rose erklärt mir alles bis ins Detail und sie haben sogar eine unabhängige externe Stelle, die jede Transaktion nochmals genau überprüft. In dieser Stiftung wird alles akribisch dokumentiert. Die Familien werden genauestens bezüglich Einkommen und Besitz unter die Lupe genommen. Damit nur die Familien Unterstützung erhalten, die es wirklich brauchen. Nach einer halben Stunde verlassen wir den Aufenthaltsraum und gehen zu einem Zimmer. Sie hält vor der Tür an.

»Hier ist ein Mundschutz für dich. Beide Kinder haben gerade eine Strahlentherapie hinter sich und man muss sehr aufpassen, dass sie sich nicht mit irgendwelchen Viren oder sonstigen Krankheiten anstecken. Jede Infektion kann für das geschwächte Immunsystem tödlich sein.«

Augenblicklich wird mir flau im Magen.

»Hier, bitte noch vorher die Hände desinfizieren«, sagt Rose und deutet auf den Spender.

»Ist es denn nicht besser, wenn wir ein anderes Mal kommen?«

»Für sie ist das in Ordnung. Wenn du möchtest, kannst du auch mit den Kindern sprechen. Beide sind fünf Jahre alt.«

»Ich habe überhaupt kein Geschenk für sie mitgenommen.« Meine Knie fühlen sich butterweich an.

»Glaub mir, für sie geht es nicht um Geschenke, es reicht, wenn du es schaffst, ihnen ein Lächeln ins Gesicht zu zaubern.«

»Aber ich bin nicht witzig.« Panik breitet sich in mir aus. Wie soll ich die kleinen Wesen zum Lachen bringen?

»Sei einfach du selbst, das reicht völlig.« Sie öffnet die Zimmertür und wir treten ein. An den Wänden hängen bunte Bilder. Sie sehen aus, als wären sie von Kindern gezeichnet und dann später eingerahmt worden.

»Hallo, Melly, hallo, Nick, schaut mal, wen ich euch heute mitgebracht habe. Sie heißt Grace. Könnt ihr euch vorstellen, dass sie in einer riesengroßen Firma arbeitet, die mehrere Fabriken hat und dort unzählige Dinge herstellt, die eure Augen bestimmt zum Leuchten bringen würden?«

»Hallo Kinder, eines kann ich euch sagen, Rose übertreibt.« Mir entweicht ein zaghaftes Lächeln. Beide Kinder haben keine Haare mehr, was mir tief in meinem Herzen einen Stich versetzt.

»Eine Fabrik? So wie der Weihnachtsmann? Sag bloß, wir können dir einen Brief mitgeben?« Nicks Augen leuchten und er kommt, ohne zu zögern, auf mich zu.

»Hast du etwa schon einen Brief geschrieben?«, frage ich und gehe auf die Knie, um mit ihm auf Augenhöhe zu sprechen.

»Noch nicht, aber Mom könnte mir schnell helfen, nicht wahr? Grace ist anscheinend eine Elfe in Menschengestalt« Augenblicklich schnürt sich mein Hals zu.

»Eine Elfe?«, wirft das kleine Mädchen mit leiser Stimme ein. »Ich habe nur einen Wunsch. Kann ich ihn dir auch sagen?«

Ich gehe zum Bett des kleinen Mädchens. Ihr Körper ist schmal und blass, nur ihre blauen Kulleraugen stechen hervor. »Natürlich, ich werde ihn direkt weiterleiten.«

Sie winkt mich zu sich. »Ich muss es dir ins Ohr flüstern, damit meine Mom nichts davon hört«, sagt sie und ich neige den Kopf zu ihr hinab. »Ich wünsche mir, dass meine Mommy nicht mehr so traurig wegen mir ist und endlich wieder herzlich lacht.« Ich kann die Tränen nicht länger zurückhalten. Sie rinnen heraus und ich wische sie schnell weg, damit das kleine Mädchen meine Traurigkeit nicht wahrnimmt.

»Wünschst du dir denn kein Spielzeug oder etwas zum Basteln?«

Sie schüttelt den Kopf und mein Herz zieht sich krampfhaft zusammen. Ich beuge mich nochmals zu ihr hinab. »Was denkst du, würde deine Mom richtig zum Lachen bringen?«, flüstere ich ihr ins Ohr.

»Vielleicht ein Handstand?«

»Deine Anforderungen sind ziemlich hoch, aber ich werde es versuchen.« Ich zwinkere ihr zu, dann gehe ich zur Wand.

»Meine Damen und Herren, nun zeige ich euch etwas und ich hoffe, ich blamiere mich nicht allzu sehr.« Noch nie habe ich mich so leicht für eine Idee begeistern lassen. Aber ich möchte dieses kleine Mädchen glücklich machen und wenn es nur für einen kurzen Moment ist. Ich streife meine Pumps ab und stehe nun barfuß vor ihnen. Meine Kleidung ist alles andere als dafür passend. Alle blicken gespannt auf mich.

»Du schaffst das«, ermutigt mich die kleine Melly.

Da ich nicht gerade die Sportskanone bin, brauche ich die Wand als Stütze, um nicht umzufallen. Ich setze an und beim ersten Mal komme ich nicht einmal zur Hälfte hoch. Die Kinder kichern und auch die Mütter stimmen mit ein.

»Probiere es gleich noch einmal«, ruft Nick und klatscht in die Hände.

Erneut starte ich einen Versuch und prompt berühren meine Fersen die Wand. Mein Rock rutscht hinunter und bestimmt sehen sie meine schicke Strumpfhose und meinen dunkelblauen Slip.

Das Blut rauscht in meinen Kopf, doch ich versuche, das Gleichgewicht zu halten. Die Kinder und Mütter klatschen in die Hände. Nach ein paar Sekunden, gefühlt waren es Minuten, berühren meine Füße wieder den Boden.

»Man hat sogar deine Unterhose gesehen«, sagt Nick und kichert. Auch die anderen beginnen zu lachen und eine wohlige Wärme flutet mein Herz. Ja, sie lachen über mich, aber in diesem Moment ist es, als würde ich das Schönste auf Erden erleben. Die kleine Melly schließt ihre Mom in die Arme, die auch laut lacht. Früher war es mir unangenehm, mich vor anderen zum Affen zu machen. Hier ist es, als würde ich dadurch neue Energie sammeln. Für einen Augenblick konnte ich den Kindern eine Leichtigkeit schenken und mir damit ein ganz neues Gefühl vermitteln. Nun verstehe ich, was Lucy gemeint hat. In solchen Situationen, in denen man anderen Menschen ein Lächeln ins Gesicht zaubert, wächst man in ungeahnte Höhen. Man bekommt Adrenalin und Endorphine verpasst, die einen wie auf Wolken schweben lassen. So traurig die Situation der Kinder auch sein mag, es ist etwas, das man nicht ändern kann. Man kann die Krankheit mit Medizin bekämpfen und hoffen, dass sie wirkt. Aber was man ändern kann, ist die Lebenseinstellung. Man muss sie nicht mit Traurigkeit verbringen, auch wenn die Zukunft noch so düster scheinen mag. Man darf in dieser dunklen Zeit trotzdem glücklich sein und das Leben genießen, das habe ich innerhalb dieser paar Minuten begriffen.

Mir ist klar geworden, dass genau das mein Projekt sein wird, in das ich all meine Energie fließen lassen möchte. Ich war mir noch nie so sicher. Auch wenn ich dadurch über meinen Schatten springen muss und mit Vincent zusammenarbeiten werde. Alles gilt dem höheren Zweck für die Kinder und Familien.

18 VINCENT

Die Zeit rennt mir davon. Vor zwei Tagen war ich bei Grace und sie hat mich in die Warteschleife geschickt. Ja, ich habe es verdient, von ihr so behandelt zu werden. An diesem Abend, als ich vor ihr stand, konnte ich plötzlich nicht mehr nachvollziehen, warum ich sie überhaupt von mir gestoßen habe. Sie hat nichts mit Nora gemein, außer ihrer Haarfarbe. Vielleicht liegt es auch daran, dass ich seit einiger Zeit wieder regelmäßig eine Sitzung bei Lucy in Anspruch nehme. Sie hat mir für diese Woche eine Aufgabe gegeben, die für manche harmlos wirken mag, doch ich war seit Noras Tod nicht mehr an ihrem Grab. Nun sitze ich schon eine Weile in meinem Auto und überlege, wie ich den Mut aufbringe, sie zu besuchen. Irgendwie fühlt es sich so an, als hätte ich Nora im Stich gelassen. Vor allem nach ihrem Tod. Sollte man einen geliebten Menschen nicht regelmäßig an seinem Grab besuchen? Auch diese Frage plagt mich bereits eine Zeit lang und plötzlich schießen Lucys letzte Worte in meine Gedanken.

»Die Verstorbenen sind nie nachtragend oder wütend. Sie sehen deinen inneren Kampf. Sie wollen dich glücklich sehen und nicht traurig. Sie verstehen dein Handeln mehr als sonst jemand auf der Welt. Manche brauchen länger, um einen geliebten Menschen loszulassen. Wichtig ist, dass man sie einmal gehen lässt. Denn dein Festhalten verhindert ihrer Seele, aufzusteigen. Man darf in Liebe an sie denken, aber nicht aus Egoismus.«

Woher Lucy diese Dinge alle weiß, frage ich mich oft. Viele stecken sie in die Esoterikschiene, aber ist die denn so verkehrt, wenn man dadurch wieder neuen Lebensmut findet und friedvoller in die Zukunft blickt? Lucy hat mir seit vielen Jahren eine neue Perspektive verschafft. Ich wäre heute bestimmt nicht der Mensch, der ich jetzt bin. Obwohl sie immer etwas anderes behaupten würde. Denn sie sagt, man wird zu dem Menschen, der man sein möchte und an dem man zu arbeiten bereit ist.

Ich nehme allen Mut zusammen und steige aus meinem Wagen. Zu ihrem Grab trennen mich nur wenige Schritte. Ich habe ein paar Gerbera für sie mitgenommen. Diese Blumen hat sie geliebt. Sie meinte, da würde man die Sonne in den unterschiedlichsten Farben sehen. Nora war nach außen hin ein Sonnenschein. Doch in ihrem Innersten war sie eine gebrochene Seele, die nicht bereit war, Hilfe anzunehmen. Es hat eine Weile gedauert, bis ich das verstanden habe.

Genau genommen erst seit der letzten Sitzung mit Lucy. Meine Beine machen auf der weichen Wiese einen Schritt nach dem anderen. Mein Herz beginnt schneller zu schlagen, denn so dumm das auch klingen mag, ich stelle mich gerade meiner Vergangenheit. Wenn ich genauer darüber nachdenke, habe ich mit Nora nie einen friedvollen Abschluss gemacht. Ich ging die letzten Jahre durch mehrere Phasen. Die erste war tiefe Trauer. Dann kam die Wut auf Nora, wie sie mir das alles nur hat antun können. Danach war da plötzlich diese Leere in mir, die bis vor wenigen Wochen anhielt, bis ich Grace begegnete. Obwohl ich sie schlussendlich von mir gestoßen habe, war es das erste Mal seit Noras Tod, dass ich mich wieder richtig lebendig fühlte. Wieso wird mir das genau jetzt hier am Friedhof zwischen den unzähligen Gräbern bewusst? Vielleicht sollte ich das Gespräch zu Grace suchen? Doch habe ich für Grace wirklich tiefere Gefühle? Ich könnte erneut einen Flashback wie damals bekommen. Nein, bevor ich mein Leben nicht wieder voll im Griff habe, werde ich Grace auf Abstand halten, was ja nicht so schwierig ist. Denn da sie sich bisher nicht bei mir gemeldet hat, wird sie wohl kein Interesse an einer Zusammenarbeit für die Charity Veranstaltung haben.

Ich erreiche das Grab von Nora. Es sind frische Blumen darauf. Bestimmt kommt ihre Mutter regelmäßig hierhin. Ich war bis dato zu feige, aber nun stehe ich davor. Ich gehe auf die Knie und mein Blick bleibt an dem Bild von Nora hängen. Sie strahlt darauf, als hätte sie nie etwas erschüttern können. Doch dem war nicht so. Erst später erfuhr ich von ihrer Mutter, dass Nora immer wieder wegen ihrer Depressionen in Therapie war. Ich war mit ihr mehr als ein Jahr zusammen und sie hat nie ein Wort darüber verloren. Sie erzählte mir nicht einmal davon, dass sie schon einmal versucht hatte, sich das Leben zu nehmen.

Ich dachte, ich kenne sie, aber wenn ein Mensch nicht möchte, dass man ihm in die Seele blickt, hat man keine Chance, zu helfen.

»Hallo, Nora, ich weiß, es ist lange her, dass ich hier war.« Ich lege die Blumen auf ihr Grab und bemerke ein Zittern in meiner Hand. Obwohl sie tot ist, bin ich nervös. Was würde Nora in diesem Moment zu mir sagen? Wahrscheinlich würde sie es mit ihrer üblichen Leichtigkeit weglächeln. Sie war nie wütend, wenn ich mal zu spät kam. Sie sagte immer: Wichtig ist, dass du gesund bei mir angekommen bist, alles andere ist egal.

Sie sagte so mitfühlende Dinge, doch zu sich selbst konnte sie das Gefühl nicht aufbauen. Ich kann bis heute nicht nachvollziehen, was in ihr vorgegangen ist. Kann man überhaupt einen Menschen verstehen, der den Freitod wählt? Wahrscheinlich nicht, außer man ist selbst in so einer Situation.

Meine Fingerspitzen streichen sanft über ihr Bild. »Wieso hast du nie mit mir gesprochen? Wir hätten bestimmt gemeinsam eine Lösung für deine Probleme gefunden.« Meine Stimme vibriert, denn in meinem Hals bildet sich ein unbändiger Kloß. Tränen kämpfen sich an die Oberfläche und rinnen meine Wange hinab.

Plötzlich spüre ich eine Hand auf meiner Schulter.

»Hallo, Vincent.« Die Stimme erkenne ich sofort, obwohl ich sie seit vielen Jahren nicht mehr gehört habe. Noras Mom.

»Hallo«, sage ich und ringe mir ein gekünsteltes Lächeln ab.

»Diese Frage habe ich mir unzählige Male gestellt. Wieso hat sie mich nicht um Hilfe gebeten? Ich weiß bis heute nicht, welchen Konflikt sie mit sich selbst ausgemacht hat. Denn mit dir war sie doch so glücklich. Als sie dich an ihrer Seite hatte, dachte ich, die dunklen Tage wären vorbei.« Ihre Augen werden wässrig. »Aber ich muss mir eingestehen, sie war psychisch krank und sie wollte keine Hilfe annehmen. Wir hatten nie eine Chance, sie zu retten.«

Mein Herz fühlt sich schwer an, als würden mehrere Tonnen es hinabziehen. »Manchmal frage ich mich, was wohl gewesen wäre, wenn ich an diesem Morgen nicht außer Haus gegangen wäre.«

»Weißt du, gewisse Entscheidungen seiner Liebsten muss man so hinnehmen. Sie haben diesen Weg gewählt, ohne sich darüber Gedanken zu machen, welche gebrochenen Herzen sie dabei zurücklassen. Aber wie auch, sie sind mit sich selbst so beschäftigt. Da geht der Blick nicht weiter. Wir als Angehörige müssen diesen Umstand akzeptieren, ob es uns gefällt oder nicht.« Sie atmet hörbar aus. »Ich habe vor einiger Zeit meinen Frieden damit gemacht. Keiner trägt eine Schuld, auch du nicht. Wenn es nicht an diesem Tag passiert wäre, hätte sie eben einen anderen gewählt. Sie hat sich dafür entschieden, warum auch immer, das weiß schlussendlich nur sie selbst.«

Ich blicke auf Noras Foto und presse die Lippen aufeinander. Noras Mom spricht so gefühlvoll und verständnisvoll über ihre Tochter. Sie trägt keine Schuldgefühle in sich, wie ich das jahrelang tat. Doch heute hat sich in mir etwas verändert. Vielleicht hat Nora ihre Mutter geschickt, damit ich endlich aus dem Kreislauf der Schuldgefühle ausbrechen kann. Es wäre schön, auch mal so ruhig über Nora reden zu können.

»Sie wurde von dir aufrichtig geliebt, das ist doch etwas Wunderschönes, was sie erleben durfte. Nicht jeder Mensch kann das behaupten.« Noras Mom erhebt sich. »Ich lass dich nun besser allein mit ihr. Vielleicht hast du noch etwas zu sagen, aber vergiss niemals, es war ihre Entscheidung, nicht deine.« Sie schenkt mir ein aufrichtiges Lächeln, ehe sie sich von mir abwendet.

»Nora, du wirst immer einen Platz in meinem Herzen haben und vielleicht sehen wir uns in einem anderen Leben wieder.« Ich streichle noch einmal über ihr Bild und plötzlich erreicht mich wie aus dem Nichts eine starke Windböe. Ich erhebe mich und blicke mit einem ganz neuen Gefühl in meinem Bauch auf sie hinab. »Machs gut, Nora. Ich hoffe, dir geht es jetzt besser.« Ich küsse zwei Finger und drücke sie kurz auf ihr Bild. Erneut trifft mich eine starke Böe und ich blicke mich um. Wenn ich es nicht besser wüsste, würde ich jetzt glatt behaupten, das war Nora. Denn zuvor war kein Wind zu spüren. Vielleicht gibt es wirklich eine höhere Macht, wer weiß das schon. Nur weil man es mit den Augen und dem Verstand nicht erfassen kann, bedeutet es nicht, dass es nichts gibt. Ich blicke hinauf gen Himmel und eine weiße Wolke schwebt in der Luft. Und als ich genauer hinstarre, sehe ich zwei Engelsflügel. So absurd das auch klingen mag, aber in diesem Moment fühle ich Nora ganz nah bei mir. Als hätte sie sich von mir verabschiedet. Vielleicht ist dem auch so.

Seit dem Besuch auf dem Friedhof fühle ich mich anders. Als wäre ein schwerer Gesteinsbrocken von meinem Rücken hinuntergefallen. Lucy wusste wohl genau, warum sie mich dorthin schickte. Nun sitze ich auf meinem Sofa und blicke hinaus in den dunklen Nachthimmel. Keine Ahnung, wie lange ich schon so dasitze. Ich genieße die Stille und will auch gar kein Radio hören. Mein Körper hat sich noch nie so ausgeglichen angefühlt wie heute. Zumindest kann ich mich nicht mehr daran erinnern.

Plötzlich ertönt mein Klingelton und nur zögerlich ziehe ich das Handy aus meiner Hosentasche. Eigentlich möchte ich weiterhin diese Ruhe genießen, doch ich kann meine Arbeit nicht komplett ausblenden. Ich habe mir nämlich für den heutigen Ausflug den ganzen Tag freigenommen. Ein Blick aufs Display verrät mir, dass Grace mich anruft. Ich fahre mir durchs Haar, ehe ich rangehe.

»Hey«, sage ich.

»Ich werde die Organisation dafür übernehmen,

aber nur für die Kinder und deinen Mitarbeiter. Diese Entscheidung hat nichts mit dir zu tun.«

»Natürlich. Vielen Dank.« Meine Mundwinkel wandern wie automatisch nach oben. »Soll ich morgen bei dir vorbeikommen, um alle genauen Details zu besprechen?«

»Um dreizehn Uhr hätte ich einen Termin frei, sonst erst wieder in einer Woche.« Ihre Stimme ist zwar ruhig, allerdings schwingt einer gewissen Distanz mit.

»Dreizehn Uhr, ich werde da sein.«

»Bis dann«, sagt sie.

»Bye.« Sie wird die Charity Veranstaltung machen und ich fühle mich gerade wie der Hero. Ich habe über Grace' Mom recherchiert und sie ist eine der Führenden bei solchen Events. Alles, was sie anpackt, wird ein Erfolg. Sie kennt die richtigen Leute und mit Grace an Bord wird es bestimmt grandios.

Wenn Grace vor mir gestanden hätte, hätte ich sie innig umarmt. Aber wahrscheinlich ist es besser, wenn ich das unterlasse.

19 GRACE

In weniger als zwanzig Minuten wird Vince hier sein. Mit ihm die Details zu besprechen, ist leider unumgänglich. Aber ich habe mir Verstärkung geholt. Diese Person betritt gerade mein Büro. Wie gewohnt hat Mom ein schickes Kostüm an.

»Hallo, Grace«, begrüßt mich meine Mutter und stöckelt auf ihren hohen Absätzen auf mich zu. »Was ist mit deinen Haaren passiert?« Sie legt den Kopf schief und scheint zu überlegen, ob ihr gefällt, was sie sieht, oder nicht.

»Ich trage nur meine Haare offen, nichts Besonderes.« Ich erhebe mich und gehe auf sie zu. Wir begrüßen uns mit einem Küsschen rechts und links auf die Wange.

»Ehrlich gesagt habe ich dich schon lange nicht mehr so gesehen, aber es steht dir. Es lässt dich weicher wirken. Bestimmt kein Nachteil, wenn du einen Mann kennenlernen möchtest, oder hast du etwa schon einen an deiner Seite?«

»Mom, das Thema hatten wir doch bereits. Wenn sich ein Mann in mein Leben schleicht, bist du die Erste, die es erfährt.«

Sie verändert ihre Miene, die eine gewisse Enttäuschung widerspiegelt. »Also ich gebe die Hoffnung nicht auf. Vielleicht finden wir bei dieser interessanten Charity Veranstaltung einen Mann für dich. Dort sind immer gut aussehende und reiche Männer zu Gast.«

»Mom!«, sage ich mit Nachdruck und sie zuckt mit den Schultern.

»Ja, okay ich habe schon verstanden. Aber hoffen darf ich schon noch, oder?«

»Mom«, sage ich erneut und verdrehe die Augen.

»Okay, ich hör ja schon auf damit. Erzähl mir lieber, wie du zu dieser Idee gekommen bist.«

»Es war nicht meine, sondern die von Vincent, also Mr. Price. Er hat einen Mitarbeiter namens Bob und seine Frau ist an Leukämie erkrankt. Und nun hat er uns um Hilfe gebeten. Immerhin bist du bekannt für deine Events, um Spenden zu akquirieren.«

Mom nickt zustimmend. »Stimmt. Darauf bin ich auch sehr stolz.«

Ein Klopfen an der Tür unterbricht unser Gespräch. »Ja, bitte?« Meine neue Assistentin Gina steckt den Kopf herein und sofort werde ich daran erinnert, dass ich den Streit mit meiner besten Freundin noch immer nicht geklärt habe. Jeden verdammten Tag denke ich an sie und trotzdem finde ich nicht den Mut, bei ihr vorbeizuschauen, um mich zu entschuldigen.

»Mr. Price wäre hier, soll ich ihn reinbringen?« Die Neue ist noch sehr unbeholfen und merkt sich noch nicht die Kurzwahl zu mir. Irgendwie ist sie nicht die optimale Besetzung. Aber man kann in kurzer Zeit kein Top-Personal finden. Außerdem hoffe ich immer noch, dass Christine zurückkehrt. Dafür müsste ich mich allerdings entschuldigen, das ist mir mehr als bewusst.

»Bitte und bring jedem von uns einen Kaffee. Oder, Mom?«

»Kaffee klingt perfekt«, willigt sie ein.

»Mr. Price, ist für Sie auch ein Kaffee in Ordnung?«, fragt meine Assistentin.

»Ein Wasser reicht, vielen Dank.« Er schreitet auf uns zu, während Gina die Tür schließt.

»Du meine Güte, sind Sie ein attraktiver Mann. Sie sind nicht zufällig single?«

»Mom!« Augenblicklich spüre ich, wie meine Wangen zu glühen beginnen.

»Sie sind also die legendäre Mrs. Middelton. Ich habe über Sie schon vieles gelesen.« Die beiden schütteln sich die Hand.

»Ach, lassen wir doch die Förmlichkeiten, immerhin werden wir an einem wichtigen Projekt arbeiten. Ich heiße Michelle.« Meine Mutter grinst breit.

»Vincent.«

»Gut, da wir das besprochen haben, können wir uns um die Details kümmern?« Nervös trommle ich mit den Fingern auf meinen Schreibtisch.

»Jetzt lass uns doch zuallererst kennenlernen. Immerhin ist es für mich wichtig, welche Persönlichkeit hinter dieser wundervollen Idee steckt.«

Ich gehe zur Sitzlounge und sinke auf die Bank. Mom und Vince folgen mir zum Glück unaufgefordert.

»Also, was machst du beruflich? Bist du Unternehmer oder in der Finanzbranche tätig?«

»Ich arbeite im Familienunternehmen mit.«

»Ach, wie meine Tochter. Und bist du verheiratet oder single?«

»Wofür ist das wichtig, Mom?«, werfe ich ein und ich rutsche neben ihr unruhig auf dem Sofa hin und her.

»Single«, sagt er und sein Blick kreuzt sich mit meinem. Kurz verharrt er bei mir, bis Vince sich wieder meiner Mutter zuwendet.

»Das ist ja großartig«, sagt meine Mutter euphorisch und klatscht tatsächlich in die Hände. Ich hätte ahnen müssen, dass das mit meiner Mutter in einer Katastrophe enden wird. Am liebsten würde ich mir jetzt ein Loch schaufeln und darin versinken.

Meine Assistentin kommt zum Glück gerade zur Tür herein und balanciert das Tablett etwas wackelig zu uns herüber. Aus einem Reflex heraus erhebe ich mich und nehme es ihr ab. »Vielen Dank«, sage ich und verabschiede sie mit einem Nicken.

»Also, wo sind wir stehen geblieben?«, sagt meine Mutter, als sie sich eine Tasse nimmt.

»Bei der Planung des Events. Ich dachte, wir sollten zuerst koordinieren, wer für welchen Bereich zuständig ist.«

»Gute Idee«, sagt Vince.

»Stimmt, aber als Erstes müssen wir klären, was wir alles haben wollen. Musik ist einmal die wichtigste Priorität. Ich kenne ein paar Manager von bekannten Bands, die sich immer wieder für solche Veranstaltungen für einen winzigen Beitrag zur Verfügung stellen.«

Weil sich meine Mutter in diesem Bereich um einiges besser auskennt als ich, lehne ich mich zurück und notiere nur die ganzen Dinge, die sie aufzählt.

»Die Getränke könnten wir kostenlos liefern, immerhin sind wir ein marktführender Getränkelieferant«, sagt Vince und nimmt danach einen Schluck Wasser.

»Großartige Idee. Nun bräuchten wir noch etwas ganz Exklusives zum Versteigern. Habt ihr eine Idee?«

»Grace, du entwirfst ja gerade mit Jenny eine neue Linie mit veganen Handtaschen, wäre das nicht eine wunderbare Möglichkeit, sie dort zu präsentieren?«

Augenblicklich steigt Hitze in mir auf. Mittlerweile schwitze ich an allen erdenklichen Stellen. »Sie sind noch nicht fertig und ...«

»Das ist ja grandios!«, jubelt meine Mutter. »Das kriegst du bestimmt in vier Wochen hin.« Meine Mom wartet nicht einmal auf Zustimmung, sondern spricht gleich über die nächsten Themen weiter. Das heißt, ich habe vier Wochen, um meinem Vater klarzumachen, dass ich eine neue Produktlinie eingeführt habe. Denn auf Moms Veranstaltungen treibt sich immer die Presse herum. Außerdem besteht die Gefahr, dass mein Vater auch anwesend ist. Zwar entschuldigt er sich bei den meisten Events, jedoch kann es diesmal eine Ausnahme sein.

Nach etwa einer Stunde habe ich zwei Seiten notiert, die für die Planung wichtig sind. Es ist wirklich eine Menge, aber was mir am meisten übel aufstößt, ist die Tatsache, dass ich für meine vegane Produktlinie zu wenig Zeit habe. Ich bin noch nicht bereit, meinem Vater davon zu erzählen. Ich wollte zuerst Kunden an Land gezogen haben, um ihm das Interesse am Markt zu zeigen. Vier Wochen sind da eindeutig viel zu kurz.

»Nun geht es um die Aufteilung«, sagt meine Mom und ich lerne heute eine ganz neue Seite an ihr kennen. Mir war gar nicht bewusst, welcher Aufwand hinter so einer Veranstaltung steckt. Ich dachte, es sei einfach ein Zeitvertreib meiner Mom, damit sie nicht nur Ehefrau und Mutter sein muss. Doch es ist vieles mehr. Einige Dinge auf der Liste hätte ich niemals auf dem Schirm gehabt. Zum Beispiel das Thema Marketing für das Event. Sie will Einladungskarten, die aus der Masse der vielen Veranstaltungen herausstechen.

»Ihr beide seid im Berufsleben engagierter als ich, deshalb denke ich, ihr solltet euch als Team etwas einfallen lassen. Es muss aussagekräftig sein und Emotionen bei den Gästen auslösen.«

»Ich kann das doch allein erledigen«, werfe ich ein und nur bei dem Gedanken, mit Vince zusammenzuarbeiten, stellt es mir die Haare auf. Ein kurzes Meeting ist okay und gerade so erträglich, aber mehrere Stunden?

»Nein, hier brauchen wir zwei Köpfe und da dulde ich keine Widerrede.« Mom sieht mich eindringlich an.

»Alles für den guten Zweck«, sagt Vince und erneut begegnen sich unsere Blicke. Das Flattern meines Herzens wird stärker und ich versuche, mich sofort auf Mom zu konzentrieren.

Meine Mutter blickt auf ihre Uhr. »Ich denke, wir haben alles. Ich muss dann auch los.« Sie erhebt sich, ebenso wir.

»Ich komme mit«, sagt Vince.

»Du wärst der perfekte Schwiegersohn«, kommentiert meine Mom, als er ihr die Tür öffnet. Er schenkt ihr ein warmherziges Lächeln. Ich darf mich von seiner netten Fassade nicht täuschen lassen, rufe ich mir in Erinnerung.

Wir marschieren hinaus und eine Traube Frauen hat sich im Flur versammelt. Sie gehen zur Seite, dass sie wie beim Spalierstehen rechts und links aufgefädelt stehen.

»Habt ihr gleich eine Mitarbeiterbesprechung?«, fragt meine Mutter und ahnt nicht einmal, dass dieser Zirkus ausschließlich Vince gilt.

Ich würde gerne kundtun, dass sie alle wegen Vince hier sind, um ihn anzustarren, als wäre er ein Wunder. Doch letztlich sage ich nur: »Sie sind wegen dir hier. Immerhin kommst du uns viel zu selten besuchen.«

»Ach wie nett.« Meine Mutter lächelt.

Beide betreten den Fahrstuhl und ich verharre davor. Die Fahrstuhltür schließt sich und ich wende mich zu den Mitarbeiterinnen.

»Vielleicht zeigt ihr euer Interesse an Mr. Price das nächste Mal etwas unauffälliger?«

Ein paar ziehen den Kopf ein, während sie zu ihren Büros eilen. Eigentlich ist es peinlich, wie sich die Damen hier verhalten. Ja, Vince ist hot, aber muss man deshalb immer wie eine sexhungrige Frau auf ihn warten? Was ist so Besonderes daran, wenn er nur durch den Flur läuft?

Gina kommt auf mich zu. »Der Typ sieht umwerfend aus, findest du nicht?«

»Geschäftliches vermischt man niemals mit Privatem«, sage ich und eile davon. Da sie mich nicht wirklich kennt, wird sie meine Lüge nicht bemerken. Christine hätte es sofort erkannt. Christine, meine beste Freundin. Ich vermisse unsere Gespräche so sehr. Es gab seit Jahren keinen Tag, an dem wir uns nicht entweder gesehen oder telefoniert haben. Ich muss das eindeutig ändern. Seit unserem Streit habe ich einen neuen Blickwinkel darauf. Sie hat recht, wenn sie sagt, man darf seinen Frust nicht an anderen auslassen. Heute Abend werde ich zu ihr fahren. Ich will das aus der Welt schaffen. Immerhin habe ich ziemlichen Bullshit veranstaltet.

Nun stehe ich vor dem Haupteingang von Christines Wohnblock. Mein Zeigefinger kreist vor ihrem Namensschild, als die Tür aufspringt.

Meine Augen werden groß, als ich erkenne, wer heraustritt. »Hallo, Callum«, begrüße ich ihn, der kurz erschrocken zusammenzuckt.

»Grace, du willst sicher zu Christine. Sie ist oben«,

sagt er und fängt die Tür auf, die gerade dabei war, sich zu schließen.

»Danke.«

»Übrigens danke, dass du uns dabei hilfst, die Charity Veranstaltung auf die Beine zu stellen.«

»Das mache ich sehr gerne«, erwidere ich und weiche kurz seinem Blick aus. Ob er von Vince und mir weiß? Ich denke nicht, denn er verabschiedet sich von mir, ohne weiter nachzuhaken.

Ich nehme den Fahrstuhl, weil meine Freundin im elften Stockwerk wohnt. Vor ihrem Apartment angekommen, beginnt meine Hand zu zittern. Mein Herz pumpt schnell und unnachgiebig in meiner Brust. Ja, ich bin aufgeregt und das bestimmt nicht ohne Grund. Wie wird sie reagieren, wenn sie mich vor ihrer Tür antrifft? Ich klingle und wippe mit den Füßen auf und nieder.

Die Tür schwingt auf. »Hast du was vergessen?«, sagt meine Freundin, doch als sie mich entdeckt, erlischt ihr liebevolles Lächeln. »Was willst du hier?« Sie schließt ihren Morgenmantel, der kurz zuvor noch einen Blick auf ihre rote Spitzenunterwäsche preisgab.

»Mich bei dir entschuldigen. Ich habe sogar deinen Lieblingsdonut mit ganz vielen Schokostreuseln dabei.« Ich halte die Papiertüte in die Höhe.

»Du meinst, mit etwas Süßem ist alles wieder gut?« Christines Miene ist ausdruckslos und ich kann nicht genau einordnen, ob ich überhaupt Hoffnung auf eine zweite Chance habe.

Ich setze den schuldbewusstesten Blick auf, den ich

zustande bringe, und es ist keineswegs gespielt. Ich weiß, dass ich einen großen Fehler begangen habe. Und ja ich will es wiedergutmachen. »Es tut mir aufrichtig leid, wie ich dich behandelt habe. Du hattest recht, ich kann meinen Frust nicht ständig an dir auslassen. Außerdem vermisse ich unsere gemeinsamen Gespräche.« Ich halte ihr erneut die Tüte vor die Nase.

Nun erhellt sich Christines Miene. »Du hast ganz schön viel Zeit verstreichen lassen, aber mit diesen Donuts hast du gewonnen.« Sie nimmt mir die Papiertüte aus der Hand und deutet mir, einzutreten.

Ich schlinge meine Arme um sie. »Danke«, hauche ich an ihr Haar, ehe ich Abstand nehme und reingehe.

Noch immer hängt der Duft von Callum in der Luft, als ich ihr Wohnzimmer betrete. »Was läuft da eigentlich zwischen dir und Callum?«

Christine kichert und als ich an ihren Wangen einen rosigen Touch erkenne, weiß ich, da läuft eindeutig mehr. »Er ist ein ausgesprochen guter Liebhaber«, kommentiert sie und setzt sich auf die Couch.

»Das heißt, ihr seht euch öfter?« Ich geselle mich zu ihr.

Sie nickt und ihre Augen bekommen so ein besonderes Glitzern.

»Du musst mir alles erzählen«, sage ich und fasse nach Christines Hand. Es tut so gut, ihr wieder nah zu sein. Wenn man die beste Freundin so lange nicht sieht und hört, könnte man denken, man braucht eine gewisse Zeit, um sich wieder nahe zu fühlen. Doch dem ist nicht so. Sie erzählt von den Treffen mit Callum, trotzdem bekräftigt sie immer wieder, dass es nur eine reine Sexbeziehung ist. Nicht mehr und auch nicht weniger. Ein bisschen Wehmut höre ich aus ihrer Stimme, aber ich werde ihr da bestimmt nicht reinreden. Wenn es für sie so in Ordnung ist und sie sich dabei gut fühlt, passt es genauso für mich. Vielleicht entwickelt sich zwischen den beiden auch mehr, wer weiß das schon.

»Nun habe ich aber genug von mir erzählt. Jetzt bist du dran.« Sie lächelt.

»Die Kurzfassung ist, ich hatte eine Nacht vor unserem Streit einen One-Night-Stand mit Vince und dann hat er mich ohne Vorwarnung aus seiner Wohnung geworfen. Und seit heute werden wir wohl oder übel für eine Charity Veranstaltung zusammenarbeiten.«

»Was?« Ihre Augen weiten sich. »Nochmals bitte langsamer und mit mehr Details.«

Ich erzähle von unseren Treffen und wie es zu unserem wunderschönen Abend kam. Und auch über das Event, das in naher Zukunft stattfinden wird.

»Meinst du nicht, dass da noch mehr dahintersteckt? Sein Verhalten ist doch völlig absurd.«

»Er ist ein Womanizer, der die Frauen eben mit einer üblen Masche in sein Bett lockt.«

»Ich kann mir das beim besten Willen nicht vorstellen. Callum hat mir erzählt, wie er für seine gesamte Belegschaft immer da ist. Ein so hilfsbereiter Mensch kann nicht so hinterhältig sein.«

»Vielleicht aber doch.«

»Sprich noch mal mit ihm darüber.«

Ich schüttle den Kopf. »Sicher nicht. Für mich ist das jetzt abgehakt.«

»Also die Sturheit hast du noch nicht verloren«, erwidert Christine mit einem lauten Lacher.

»Gut möglich, dass ich das auch noch in den Griff bekomme. Aber nun zu einer viel wichtigeren Frage, kommst du wieder zu mir zurück als meine Assistentin? Ich verspreche dir, du wirst nicht mehr mein emotionaler Mülleimer sein.«

»Ehrlich gesagt habe ich vor, mein Studium, das ich damals vorzeitig abgebrochen habe, wieder in Angriff zu nehmen. In den letzten Wochen hatte ich viel Zeit, über mein Leben nachzudenken. Es ist mir zu wenig, nur deine Assistentin zu sein. Ich will mehr von meinem Leben, als nur der Bote zu sein. Ich möchte Entscheidungen treffen dürfen und Verantwortung übernehmen. Jedoch kann ich dich bis zum Studienbeginn zur Überbrückung unterstützen, aber danach bin ich weg.«

»Obwohl ich dich sehr gerne immer bei mir haben möchte, finde ich deine Entscheidung wunderbar. Außerdem bist du eine schlaue und zuverlässige Persönlichkeit, du wirst es bestimmt weit bringen. Aber es wäre wirklich hilfreich, wenn du meine neue Assistentin besser einarbeiten könntest.«

Christine nähert sich mir. »Das mache ich sehr gerne.« Sie zwinkert und stößt mich leicht gegen den Arm.

»Und wirst du wieder den Schwerpunkt in BWL nehmen?«

»Nein, ich dachte eher an Marketing. Das klingt für mich aufregend und würde mir in vielen Bereichen Türen öffnen. Übrigens, wie läuft es mit der neuen Linie mit Jenny? Hast du deinem Vater schon davon erzählt?«

Ein Seufzen entweicht mir und mein Herz beginnt schneller zu schlagen. »Sie arbeitet wirklich eifrig und liefert ein Konzept nach dem anderen, was mir sehr gefällt. Aber nein, mein Vater weiß von dem Projekt noch immer nichts. Ich bekomme jetzt schon Schweiß-ausbrüche bei dem Gedanken daran.«

»Du wirst sehen, er wird es wundervoll finden, davon bin ich überzeugt.«

»Du bist und bleibst eine Optimistin.«

Grace betritt den Besprechungsraum. Christine hat mich zuvor hierhergebracht. Ich will mich gerade von meinem Stuhl erheben, um sie zu begrüßen, als sie die Hand hebt. »Bleib ruhig sitzen. Schön, dass du diesen Termin hast einrichten können.«

»Dein Terminkalender scheint ziemlich voll zu sein.«

Grace setzt sich gegenüber von mir hin. »Na ja, dass du mein neues Projekt für die Veranstaltung vorgeschlagen hast, war wirklich nicht gerade ein leichtes Los.«

»Tut mir leid, ich dachte, deine Mutter weiß davon.«

Grace schüttelt den Kopf und starrt auf den Notizblock vor ihr, ehe sie zu mir aufblickt. »Nicht einmal mein Vater hat eine Ahnung davon.«

»Aber ...«

Sie hebt abwehrend die Hand. »Sag nichts. Ich weiß

selbst, dass es mir ziemliche Schwierigkeiten einhandeln kann, wenn ihm die Idee nicht gefällt.«

»Jenny ist doch bei euch angestellt. Wie kannst du das alles verheimlichen?«

»Der Abteilungsleiter von unserem Personalbüro hat ein gutes Herz und hat sich dazu überreden lassen, es für sich zu behalten. Außerdem arbeitet sie im Homeoffice.«

Ich reibe meine Stirn und sie dürfte meine Sorge in meiner Miene lesen. Denn ich habe ihren Vater nur allzu gut kennengelernt. Hinzu die Dinge, die Grace von ihm erzählt hat – das wird wahrscheinlich in einer Katastrophe enden. »Grace, das ist Wahnsinn.«

Nun ist sie es, die sich die Stirn reibt. »Ich weiß und ich habe jetzt schon Panik davor, wie er reagieren wird. Aber das soll nicht deine Sorge sein. Lass uns lieber über die Einladung sprechen. Hast du vielleicht schon eine Idee?«

»Ja, ich habe mit der Stiftungsleiterin gesprochen und sie würde das in einer Woche hinbekommen. Ich dachte daran, dass jedes Kind Zeichnungen gestaltet und einen Wunsch darauf schreibt. Dann kleben sie ein kleines Foto von sich selbst dazu, damit wir richtige Emotionen bei den Gästen hervorrufen. Hinzu legen wir die Einladung, was meinst du?«

»Die Idee ist grandios, aber ist das denn nicht zu extrem? Beuten wir die Kinder nicht aus?«

»Sie malen Bilder für die Ärzte, Schwestern und nun eben auch für zahlungskräftige Menschen. Die Reichen sind abgestumpft und kriegen unzählige solcher Einladungen. Diese ist persönlich und ganz nah am Geschehen. Diese Leute müssen begreifen, dass es wichtig ist, sich für diese kleinen Wesen einzusetzen.«

»Okay, dann bereiten wir mal die groben Daten für die Einladung vor. Wie läuft die Organisation, damit sich die Menschen vor Ort für die Stammzellenspende registrieren können?«

»Hervorragend. Die Leitung des Weltverbands der Knochenmarksspende fand die Idee grandios. Sie haben sogar ins Auge gefasst, Firmen anzuschreiben, die das ihren Mitarbeitern ermöglichen wollen, um sich auf einem unkomplizierten Weg registrieren zu können. Es muss in der heutigen Zeit für die Leute so leicht wie möglich gemacht werden. Das ist das Ziel und ich bin dabei, meine Kontakte diesbezüglich spielen zu lassen.«

Grace' Augen strahlen. »Wow, du setzt dich wirklich vollends ein.«

»Du dich doch auch. Ich habe von deiner Mutter die Liste der Gäste erhalten. Ihr habt ein riesengroßes Netzwerk.«

»Nicht ich habe das auf die Beine gestellt, sondern meine Mom.« Grace wirkt schon wieder verunsichert und ich kann nicht verstehen, wieso sie ihre Leistung nicht anerkennt. Sie stellt mit Jenny eine neue vegane Handtaschenlinie auf die Beine. Wie Jenny mir erzählte, hat sie bereits Interessenten, jedoch halten die sich noch zurück, weil es keine fertigen Produkte gibt. Das wird sich nach der Charity Veranstaltung bestimmt ändern. Grace ahnt nicht, dass ich es deshalb vorgeschlagen habe. Sie hat Talent, neue Ideen umzusetzen, davon bin ich überzeugt. Sie hat das Herz am rechten Fleck. Das wird sie noch begreifen, sobald die ersten Bestellungen eingehen. Ich würde jetzt gerne meine Hand auf ihre legen und ihr Halt geben. Aber ich kann es einfach nicht. Ich habe mir fest vorgenommen, ihr nicht mehr nur aus Mitgefühl Nähe zu schenken, und genau das muss dieses Gefühl in meinem Herzen sein. Nichts anderes. Das nervöse Kribbeln, als sie den Raum betreten hat, war nur die Aufregung, davon bin ich überzeugt. Nicht ihr makelloses Gesicht, das noch schöner aussieht, seit sie ihre Haare offen trägt.

»Aber ich weiß, was ich kann«, sagt sie plötzlich selbstbewusst, sodass ich sie sprachlos anschaue. »Ich habe sogar überlegt ...« Grace wird unterbrochen, weil die Tür aufspringt.

Mein Blick haftet an der Tür und Mr. Middelton betritt das Besprechungszimmer. »Grace, wir müssen sofort reden.« Seine Stimme ist hart und seine Miene düster.

»Hallo, Dad.« Grace erhebt sich. »Wie du siehst, habe ich gerade einen wichtigen Termin. Mr. Price kennst du?« Grace spricht ruhig. Ich bin überrascht, wie sie die Fassung behält.

»Ich weiß von deiner Mom, dass ihr eine Charity Veranstaltung plant, aber das muss auf später verschoben werden. Du bist in weniger als fünf Minuten in meinem Büro«, knurrt er und verlässt den Raum, ohne sich zu verabschieden.

»Es hat sich nichts verändert, oder?«, kommentiere

ich und Grace reißt den Kopf herum. Ihre Augen sind geweitet.

»Ich denke, wir haben alles besprochen, was wichtig ist. Sonst müssen wir uns eben noch einmal treffen. Ich verspreche dir, es wird dann ein Termin sein, der auch für dich besser passt.« Grace redet so ruhig und sachlich. Was ist mit ihr passiert? Lässt die Arroganz ihres Vaters sie völlig kalt?

»Es ist nicht in Ordnung, wie dein Vater mit dir spricht«, sage ich, als ich vor ihr zum Stehen komme.

Ihre grünen Augen scheinen gerade tief in mein Innerstes zu blicken, denn wie automatisch lege ich meine Hand an ihre Wange. Ja, ich wollte sie nie wieder berühren, dennoch tue ich es, weil mein Körper anscheinend irrationale Handlungen macht. Wie es aussieht, ist mein Verstand gerade auf Tauchstation.

Grace geht einen Schritt zurück. »Ich brauche dein Mitleid nicht. Ich kann mittlerweile sehr gut mit dem Verhalten meines Vaters umgehen. Und ja, ich weiß, dass es nicht in Ordnung ist, welche Tonlage er an den Tag legt.« Diese Distanz zwischen uns gefällt mir nicht. Grace hat sich verändert, das merke ich gerade hautnah. Sie spricht ruhig und trotzdem bestimmt.

»Ich habe das nicht aus …«

»Lass es gut sein. Du hast damals eine Entscheidung getroffen und ich nehme sie zur Kenntnis. Ich bin kein Jo-Jo, was immer wieder zurückkommt, wenn man es zu sich zieht. Wir haben jetzt eine Geschäftsbeziehung, da ist kein Platz für Gefühle.« Sie wendet sich zur Tür und blickt noch einmal über ihre Schulter zu mir. »Vielleicht ist es besser, wenn wir unsere Zusammenarbeit auf E-Mail-Verkehr beschränken. Die wichtigsten Dinge sind nun geklärt, oder?«

»Ja«, sage ich und dann verlässt Grace den Besprechungsraum.

Wieso schmerzt mich gerade ihre Abfuhr, wenn ich nur aus Mitgefühl ihre Nähe suchte? Hat sie sich etwa doch in mein Herz geschlichen und ich habe es falsch interpretiert? Eine Weile stehe ich nur so da, ehe ich auch nach draußen marschiere.

»Hallo, Vince«, begrüßt mich Christine, die auf mich zu kommt.

»Hey«, erwidere ich mit gedämpfter Stimme. Innerlich fühle ich mich durcheinander. Bevor ich mit Grace wieder das Gespräch suche, muss ich mir über meine Gefühle zu ihr im Klaren sein.

»Sag bloß, das Meeting mit Grace hat in einem Desaster geendet? Ist sie etwa wieder ausgeflippt?« Sie zieht eine Braue nach oben und hält einen Ordner vor ihre Brust.

»Nein, sie war völlig entspannt.« Ich blicke über meine Schulter, in der Hoffnung, Grace noch einmal zu sehen, doch der Flur ist wie leer gefegt.

»Echt? Na dann, machs gut.« Überraschung schwingt in ihrer Stimme mit. Sie geht an mir vorbei. »Übrigens halte dich in Zukunft von ihr fern, denn sie hat es nicht verdient, wie ein Spielzeug behandelt zu werden.« Ihr Blick ist steinern. »Du hättest wenigstens wie dein Freund Callum mit offenen Karten spielen sollen.«

»Was hat Callum mit dem Ganzen zu tun?« Augenblicklich spannen sich meine Muskeln an, denn das Gefühl von Eifersucht kriecht in mir empor.

»Besprich das besser mit ihm«, sagt sie und lässt mich mit den offenen Fragen zurück. Mein bester Kumpel macht sich an Grace ran? Gut, er weiß von Grace und mir noch nichts, aber trotzdem hätte er wenigstens ein Wort erwähnen können. Außerdem, er und Grace? Das passt für mich nicht.

Callum und ich sitzen uns bereits seit zwanzig Minuten gegenüber und beide haben wir kein Wort verloren. Jeder starrt auf seine Bierflasche. Überlegt er, mir von Grace zu erzählen?

»Ich glaube, ich habe mich verliebt«, platzt es plötzlich aus seinem Mund. In diesem Moment verkrampft sich jeder einzelne Muskel in mir. Christine wusste bereits davon und deshalb war Grace auch so kühl zu mir. Nun, wo mein bester Freund von Liebe spricht, muss ich mir Grace aus dem Kopf schlagen.

»Echt? Du, der ständig auf Jagdtrieb ist?«

»Ich weiß, klingt völlig absurd, nicht wahr? Ich kann es selbst kaum glauben. Sie hat zuerst einer reinen Sexbeziehung zugestimmt und jetzt begreife ich seit ein paar Tagen, dass ich sie ständig um mich haben will. Nicht nur oberflächlich, verstehst du?« Callum fährt sich durchs Haar.

»Läuft das denn schon länger?«

»Seit vier Wochen etwa. Und ja, es ist noch viel zu

kurz, um von Liebe zu sprechen. Aber bei ihr beginnt mein Herz zu flattern und plötzlich erscheint in ihrer Gegenwart alles in diesem rosaroten Licht.« Verdammt! Callum ist über beide Ohren in sie verliebt.

»Wo hast du sie kennengelernt?« Vielleicht täusche ich mich auch und alles ist nur meiner wilden Fantasie entsprungen.

»Damals, als wir den geilsten Abend verbrachten. Du weißt schon, im Beachclub. Dann habe ich sie vor vier Wochen in einer Bar zufällig wieder getroffen und da hat einfach alles gepasst. Der Alkohol ist in Unmengen geflossen. Die Stimmung zwischen uns war aufgeheizt und dann ist es eben passiert. Wir hatten Sex und ich sage dir, es war der beste, den ich seit Jahren hatte. Wir waren eine Symbiose.« Callum kommt kaum aus dem Schwärmen heraus.

»Danke, ich will keine genauen Details«, wiegle ich ab, denn nun wird es mir tatsächlich zu viel. Grace und ihn gemeinsam im Bett vorzustellen, lässt meinen Puls rasen. Am liebsten würde ich ihm an die Gurgel gehen. Eifersucht nimmt von meinem Körper Besitz.

»Soll ich ihr eine Liebeserklärung machen? Ganz oldschool?«

»Bist du dir zu hundert Prozent sicher? Ich meine, sind deine Gefühle wirklich echt?« Wenn sich das bewahrheitet, was er da vorhin von sich gegeben hat, ist es vorbei mit dem Wunsch nach einer zweiten Chance zwischen Grace und mir. Denn ich würde mich nie zwischen meinen Freund und eine Frau stellen. Obwohl, so abweisend wie sie mir heute gegenüber war, kann es gut sein, dass auch sie für ihn Gefühle hegt.

»Keine Ahnung, deshalb erzähle dir ja gerade von Christine. Sie ist halt eine Granate im Bett.«

»Warte mal. Von wem reden wir jetzt?« Mein Herz setzt ein paar Takte aus.

»Na von Christine, von wem dachtest du?« Callum zieht eine Braue nach oben.

Was bin ich nur für ein Vollidiot. Er hat doch an diesem Abend schon die ganze Zeit von Christine geschwärmt, wieso bin ich nicht sofort draufgekommen?

»Vince? Was dachtest du?«, hakt er nach, weil ich ihn nur dumm anstarre.

Ich atme hörbar aus. »Grace.«

»Wie um alles in der Welt kommst du auf Grace?«

»Weil heute Christine so kryptisch gesprochen hat.«

»Gibt es etwas, was du mir nicht erzählt hast?«

Ich beobachte den Barmann, der zwei rote Cocktails zubereitet. »Ich hatte mit Grace Sex und habe sie danach rausgeworfen, weil sie mich plötzlich an Nora erinnerte. Sie lag nur so da. In meinem Bett, völlig regungslos. Panik hat mich ergriffen und dann habe ich sie von mir gestoßen.«

»Sag bloß, du hast dich in die Kleine verliebt.« Er stößt mir leicht gegen den Arm.

»Ich weiß es nicht«, antworte ich ehrlich. Wann merkt man, dass man wirklich liebt? Dass es die eine Person im Leben ist, die man nie wieder gehen lassen möchte?

»Außerdem dachte ich, du hast die Geschichte mit

Nora hinter dir.« Mein Kumpel versteht mich nicht, aber wie auch. Ich kann mein Handeln selbst nicht genau einordnen. In einem Moment will ich Grace auf Abstand halten und im anderen Augenblick möchte ich sie küssen, berühren und ihren Duft nach Kokosnuss inhalieren.

»Es war ein Flashback, den ich nicht unter Kontrolle hatte.« Ich erzähle ihm von dem Treffen und von der einen Nacht, die wir miteinander verbrachten.

»Deshalb bist du seit Wochen nicht richtig anwesend, oder? Ich hätte es als dein Freund ahnen müssen. Und nun bist du durch mit Grace oder was ist jetzt Sache bei euch?«

»Nach dieser Aktion hatten wir mehrere Wochen überhaupt keinen Kontakt. Erst durch die Charity Veranstaltung wieder. Und nun will ich sie zurück, ist das verrückt?«

»Boah! Alter, du machst echt schräge Sachen. Da ist das mit Christine ein Klacks.«

»Du schenkst mir richtig Hoffnung.«

»Du musst mit ihr reden. Ihr erklären, was deinen Aussetzer an diesem Morgen verursacht hat.«

»Und dann ist alles wieder gut? Nein, ich halte mich jetzt bis zur Veranstaltung zurück. Ich muss mir über meine Gefühle sicher sein, ehe ich ein Wort zu ihr sage. Ich will sie kein weiteres Mal so vor den Kopf stoßen.«

»Wie du meinst. Ich bin der Letzte, der dir in Gefühlsdingen reinredet.«

»Und wie wirst du das mit Christine lösen?«

Callum zuckt mit den Schultern. »Keine Ahnung.

Womöglich ist es auch nur eine Anwandlung von mir, denn eigentlich bin ich nicht so der Gefühlsmensch. Nebenbei scheint es ihr auch nicht wichtig zu sein, ob sich zwischen uns etwas Ernstes entwickeln kann. Vielleicht schreibe ich ihr einen Liebesbrief. Das wäre mal etwas völlig Neues, oder?« Er grinst schief.

»Genau, du der aufstrebende Liebesbrief-Schriftsteller. Da bin ich über deine Gedankenauswürfe mal gespannt.« Wir beide lachen und endlich fühle ich mich ein wenig entspannter. »Womöglich sind deine Gefühle für Christine nur gekränkte Eitelkeit, weil sie dir nicht hinterherläuft?«

»Das könnte wohl sein.«

21 GRACE

Vor Vince habe ich meine Fassung wahren können, aber nun muss ich in Dads Büro. Meine Hände sind feucht und mein Herz schlägt schnell. In meinen Ohren rauscht es und ich kann keinen klaren Gedanken fassen.

In den letzten Wochen, als mein Dad auf Geschäftsreise war, habe ich mich so entspannt wie schon lange nicht mehr gefühlt. Seit er wieder im Haus ist, stehe ich wie gewohnt ständig unter Strom. Das Zittern in meiner Hand wird stärker. Weiß er etwa von meiner neuen Produktlinie?

Seit zwei Tagen ist er zurück und bis vor wenigen Minuten habe ich ihn nicht gesehen. Es ist seltsam, denn normalerweise ist sein erster Weg zu mir, um die Umsatzzahlen und die wichtigsten Neuigkeiten abzuklären. Er hat sich zurückgezogen und erst jetzt zitiert er mich zu sich.

Nach einmal Klopfen trete ich in Dads Büro. »Endlich bist du hier«, sagt er und rennt von rechts nach links und wieder zurück. So aufgebracht habe ich ihn noch nie gesehen. Er wirkt wie ein getriebenes Tier. Schweißperlen erkenne ich auf seiner Stirn. Du meine Güte, wenn er so nervös ist, muss ich auf alles gefasst sein. Am besten ich versuche gleich vorweg, meine innere Mitte zu finden, bevor ich ihm wieder aggressiv kontere. Ich habe mit Lucy ein paar Techniken trainiert, die mir in solchen Situationen helfen sollen.

»Ist etwas passiert?«, frage ich, aber eigentlich ahne ich, was sein Problem sein wird. Er ist aufgelöst, weil ich ihn über Wochen hinweg hintergangen habe. Ja, es ist falsch gewesen, aber wenn er das Endprodukt sieht, wird er hoffentlich Freudensprünge machen. Außer er setzt dem Ganzen einen Riegel vor. Was ich dann tue, ist mir ein Rätsel. Denn diese neue Produktlinie ist mein Traum. Ich will sie unbedingt verwirklichen.

»Setz dich«, fordert er mich auf, während er weiterhin durch das Büro tigert. Es muss diesmal schlimmer ausfallen, als ich mir vorstellen kann. Noch nie habe ich ihn so aufgebracht gesehen.

Meine Finger umklammern die Armlehne, um mein Zittern besser unter Kontrolle zu bringen. Er darf auf keinen Fall mitbekommen, dass ich nervös bin. Ich recke mein Kinn und bin auf alle Wutausbrüche, die er mir bisher geliefert hat, vorbereitet.

»Robert hat Scheiße gebaut«, sagt er mit angespannter Stimmlage.

»Was meinst du damit? Worauf bezogen? Ihr wart

doch in Bangladesch, um die Verträge mit den Inhabern der Fabriken zu unterschreiben.«

»Richtig, was ich auch getan habe.«

»Dann läuft ja alles nach Plan, oder?«

Er hält in der Bewegung inne und senkt den Blick. Ein drückendes Schweigen liegt in der Luft. Er geht zur Fensterfront und starrt nach draußen. »Nach dem Unterzeichnen musste ich auf die Toilette.«

»Okay«, erwidere ich lang gezogen, weil ich nicht verstehe, worauf er hinauswill.

»Ich habe mich verlaufen und bin zu einer anderen Produktionsfläche gestoßen, die wohl nicht dafür gedacht war, dass ich sie sehe.« Seine Stimme ist brüchig. Noch nie habe ich Dad so bedrückt wahrgenommen. Langsam ahne ich Böses, denn ich habe zuvor einiges über dieses Land recherchiert und die wenigsten Firmen haben unserem Anspruch entsprechend ordentliche Arbeitsverhältnisse.

»Dad, was hast du gesehen?«

Er dreht sich langsam zu mir um und seine Augen sind wässrig. »Dort arbeiten Kinder. Die kleinen Wesen waren nicht älter als acht oder neun Jahre.« Er beißt sich auf die Unterlippe und mein Herz zieht sich augenblicklich zusammen. »Sie sollten in die Schule gehen, sich weiterbilden, aber nicht schon in einer Fabrik arbeiten.«

Mein Herz wird von einer unsichtbaren Hand zusammengedrückt. Wie kann man so etwas in der heutigen Zeit überhaupt noch in Erwägung ziehen. »Und jetzt? Was ist dein Plan?«

»Ich habe den Vertrag natürlich sofort storniert, was

sonst. Ich kann doch nicht für Kinderarbeit verantwortlich sein. Ja, ich will mehr Profit, aber nicht um jeden Preis.«

Erleichtert atme ich aus, denn ich hatte tatsächlich die Befürchtung, dass Dad trotzdem dort seine Linie produzieren lassen wird. Wie konnte ich ihn nur so boshaft einschätzen? Was für ein Bild habe ich von meinem eigenen Vater?

»Aber ich werde an ihrer Situation nichts ändern können, denn die Kinder werden trotzdem für irgendwelche Konzerne arbeiten müssen.« Aus Dads Augen entweichen Tränen und ich muss zugeben, so habe ich ihn noch nie gesehen. So verletzlich und traurig. Ich dachte immer, alles um ihn herum sei ihm egal. »Außerdem wusste Robert davon, kannst du dir das vorstellen?« Erneut tigert er im Büro von rechts nach links und ich habe Mühe, ihm mit dem Blick zu folgen.

»Wirklich?« Ich habe Robert einiges zugetraut, aber das? Was geht in einem Menschen vor, der solche Mittel einsetzt? »Und was wirst du tun?«

»Ich habe ihn gestern gefeuert«, sagt er schließlich und mir klappt der Mund auf, doch mir entweicht kein Ton. Mit allem hatte ich gerechnet aber nicht damit.

»Und jetzt? Wie wirst du weiter vorgehen? Immerhin habt ihr den Kunden die neuen Preise bereits angeboten.«

»Zum ersten Mal in meinem Leben habe ich keine Ahnung, was ich tun soll«, antwortet er wahrheitsgemäß und ich bin überrascht über seine Ehrlichkeit. Die

Situation könnte uns in den Ruin treiben, denn unterzeichnete Verträge müssen eingehalten werden.

»Wir finden eine Lösung«, sage ich und gehe auf Dad zu. Ich lege meine Hand auf seinen Arm. »Wir kriegen das hin.« Unsere Blicke begegnen sich.

»Ach, Grace, ich hätte auf dich hören sollen.«

»Entscheidungen kann man nicht rückgängig machen, aber nun gilt es, Schadensbegrenzung zu betreiben. Ich setze mich gleich daran. Möglicherweise kommen uns die bestehenden Hersteller entgegen.«

Dad entweicht ein halbherziges Lächeln. »Vielleicht …« Er schließt für einen langen Moment die Augen.

Vorhin hätte ich Dad meine neue Linie beichten können, aber ich habe es nicht über meine Lippen gebracht. Er hat derzeit genug andere Probleme. Die Telefonate mit den Herstellern waren alles andere als zufriedenstellend. Sie waren ziemlich abweisend. Immerhin haben sie durch ihn große Einbußen erlitten, weil er die Verträge gekündigt hat. Aber ich habe mit den Leuten jeweils einen Termin organisiert. So leicht werfe ich nicht die Flinte ins Korn. Es muss eine Lösung für alle Beteiligten geben. Auch wenn die Hersteller hart geblieben sind. Mit ihrer Preispolitik wird es unumgänglich sein, einen Mittelweg zu finden.

»Grace, hörst du mir überhaupt zu?« Jenny zieht mich aus dem Gedankenkarussell.

»Tut mir leid, aber ich habe momentan ziemlich Probleme.«

»Vielleicht kann ich dir helfen?«

Mir entweicht ein gespielter Lacher. »Kannst du eine Fabrik finden, die kostengünstig ist, aber trotzdem eine gute Firmenphilosophie hat?«

»Für die vegane Linie? Ich dachte, du hättest das schon geklärt.«

»Habe ich auch. Es geht um unsere aktuelle Kollektion. Wir können den Preis nicht halten, weil sich die Fabrik in Bangladesch als Firma mit Kinderarbeitskräften herausgestellt hat.«

»Was? Das ist ja unfassbar.«

»Ja, das sehen mein Vater und ich ebenso, aber er hat schon mit den Kunden die neuen Preise festgelegt. Wenn wir das hier zu den Herstellungskosten verkaufen, fahren wir mindestens ein Minus von zwanzig Prozent ein.«

Jennys Augen weiten sich. »Du meine Güte.« Auch sie kann das Entsetzen in ihrer Miene nicht überspielen. Wahrscheinlich habe ich bei meinem Vater nicht anders dreingeschaut.

Ich blicke zum Fenster und kann meine Sorgen nicht aus dem Kopf verbannen. Dad hat dieses Unternehmen aufgebaut und zu einem der Marktführer in Amerika manövriert. Ich kann nicht so hinnehmen, dass es wegen einer Fehlentscheidung den Bach runtergeht. Obwohl, welche Aussichten habe ich, wenn sogar Dad keinen Lichtblick mehr am Ende des Tunnels sieht?

»Ich kenne eine Fabrik in Mexiko«, wirft Jenny ein und zieht dadurch meine Aufmerksamkeit auf sich.

»Und die können im großen Stil unter menschenwürdigen Verhältnissen produzieren?«

»Na ja. Genau genommen verdienen sie schlecht, aber sie haben zumindest keine Kinder eingestellt.«

»Es muss doch einen anderen Weg geben.«

»Wenn du mich fragst, hast du nur diese eine Wahl. Ich kenne sonst keine Fabrik, die nur ansatzweise die Preispolitik liefert, die ihr euch wahrscheinlich vorstellt.«

»Ich werde mir die Produktionsstätte anschauen, aber nun lass uns über unsere Kollektion sprechen. Hast du schon erste Taschen fertig?«

»Ja.« Jenny beugt sich zum Boden und erst jetzt bemerke ich eine große Schachtel neben ihr. Anscheinend bin ich die ganze Zeit mit meinen Gedanken nicht bei der Sache gewesen.

Sie stellt die erste Tasche auf den Tisch und mir klappt der Mund auf. Mit den Fingerspitzen streiche ich langsam über das weiche Material. Es ist Leder sehr ähnlich. »Und das ist vegan?« Ich ziehe eine Braue nach oben.

»Man nennt es Apfelleder. Es wird aus den Abfällen der Apfelsaftherstellung hergestellt.«

»Wow, davon habe ich noch nie etwas gehört«, sage ich erstaunt.

»Vor ein paar Wochen ist mir sozusagen dieses Material vor die Füße gefallen.«

Nun runzle ich die Stirn.

»Ich war auf dem Weg zur Arbeit, als mir eine Zeitung über vegane alternative Materialien in die Hand gedrückt wurde.«

»Das klingt interessant. Aber wie konntest du daraus so schnell ein fertiges Produkt designen? Immerhin hast du bestimmt keine Ahnung, wie das hergestellt wird, oder?«

»Ich habe eine Firma gefunden, die das Apfelleder produziert und ich habe mir ohne dein Einverständnis die Materialien zuschicken lassen.« Sie zuckt mit den Schultern und eine gewisse Unsicherheit schwappt auf mich über. Dabei bin ich für ihren Einsatz unendlich dankbar. »Ich hoffe, das war in Ordnung?«

»Alles perfekt. Die Tasche sieht grandios aus und ich bin davon überzeugt, dass sie den Markt revolutionieren wird.« Mein Herz macht ein paar Freudensprünge.

Jenny atmet erleichtert aus. »Aus Kork habe ich auch noch eine Tasche.« Sie zieht eine kleine Handtasche heraus, die mit einem Lederband vorne zu verschließen ist.

»Ich nehme an, der Verschluss ist auch aus dem Apfelleder?«

»Richtig und für das Innenleben habe ich einen Hersteller gefunden, der Plastik verwendet, das aus dem Meer gefischt und recycelt wird. Danach wird es für die Verarbeitung genommen.«

»Du hast grandiose Arbeit geleistet«, sage ich anerkennend. »Die Kunden werden es lieben, davon bin ich überzeugt.«

Jennys Wangen färben sich zu einem Zartrosa. »Das freut mich sehr.«

»Dann mach weiter mit deiner Arbeit. Wir brauchen für die Charity Veranstaltung mindestens zwanzig solcher wundervollen Handtaschen. Die Zeit drängt und ich hoffe, du kriegst das hin?«

»Dann lege ich eben Nachtschichten ein, das ist überhaupt kein Problem.«

»Gut dann hätten wir alles besprochen.« Ich erhebe mich.

Jenny räuspert sich und zwirbelt an ihrer Haarsträhne herum.

»Ist noch etwas?« Ich umrunde den Schreibtisch und nun erhebt auch sie sich.

»Ehrlich gesagt weiß ich nicht genau, ob wir auch über persönliche Dinge reden können.« Sie beißt sich auf die Lippe. Ich bin es von ihr überhaupt nicht gewöhnt, dass sie zögert.

»Natürlich. Worüber möchtest du sprechen?«

»Über dich und Vince«, sagt sie und mein Herz setzt für einen Schlag aus.

Ich schüttle den Kopf, aber verliere keinen Ton.

»Zwischen euch war etwas, oder? Ich meine auf der Gefühlsebene.«

»Nein, wir sind reine Geschäftspartner beziehungsweise für diese Veranstaltung arbeiten wir zusammen.« Meine Stimme vibriert, aber ich hoffe, sie bekommt davon nichts mit. Ja, Vince kreist weiterhin in meinem Kopf herum. Ja, ich finde ihn noch immer heiß aber das, was er mir angetan hat, kann ich ihm nicht verzeihen. Außerdem hat er seit damals nie wieder den Kontakt zu mir gesucht. Also worauf will Jenny hinaus?

»Ich glaube, er liebt dich«, sagt sie und meine Augen weiten sich.

Ein kehliger Lacher entweicht mir. »Deine Fantasie geht gerade mit dir voll durch. Vince liebt mich definitiv nicht. Er hat mich nämlich vor ein paar Wochen rausgeworfen.« Keine Ahnung, warum ich ihr das jetzt unter die Nase reibe, aber ihre Aussage hat mich durcheinandergebracht. So sehr ich mir das auch gewünscht hatte, liegt sie damit völlig falsch.

»Ich kenne ihn schon viele Jahre und du bist die erste Frau, die er wirklich an sich rangelassen hat.«

»Woher willst du das wissen? Du warst bei unseren Treffen nie dabei. Du weißt nicht, wie er zu mir war.« Ich mache einen Schritt zurück, um Abstand zu gewinnen.

»Er hat vor zwei Tagen das erste Mal von euch erzählt.« Jenny folgt mir und blickt mich aus mitfühlenden Augen an.

»Ach, hat er dir auch erzählt, wie er mich nach unserer gemeinsamen Nacht rausgeworfen hat? Habt ihr euch darüber lustig gemacht und nun will er sein Spiel wieder fortführen?« Meine Stimme ist hart und in meinen Augenwinkeln sammeln sich Tränen. Denn die Bilder von damals drängen sich in meine Gedanken. Wie erniedrigt ich mich gefühlt habe. Kein Mann zuvor hat mir so ein grauenvolles Gefühl nach einem One-Night-Stand vermittelt. Dieses Heiß und Kalt zugleich zu spüren, macht mich wahnsinnig.

»Er hat seither nie ein Wort mit dir darüber gesprochen? Du weißt gar nicht, warum er das getan hat?« Jennys Stimme ist weiterhin ruhig, obwohl ich alles andere als entspannt reagiere.

Ich schließe für einen langen Moment die Augen

und versuche, mich auf meinen Atem zu konzentrieren. Ich will nicht wieder die alte Grace sein, die unbedacht anderen Dinge an den Kopf wirft. Aber in diesem Augenblick finde ich gerade nicht in meine innere Mitte. Mein Herz rast und meine Hand beginnt zu zittern. Ich balle sie zur Faust, ehe ich die Augen aufmache. »Es gibt darüber nichts mehr zu reden. Ich weiß den Grund. Er möchte keine Beziehung und das ist völlig in Ordnung.«

»Du musst mit ihm sprechen.« Jenny legt ihre Hand auf meinen Arm. »Er liebt dich, davon bin ich überzeugt.«

Ich wende mich von ihr ab und marschiere zur Tür. »Es ist besser, wenn du jetzt gehst. Und in Zukunft möchte ich über Vince kein Wort mehr hören.«

»Bitte entschuldige«, sagt sie und blickt mich für einen langen Moment an, ehe sie mein Büro verlässt. Ich schließe hinter ihr die Tür und gehe geistesabwesend zum Fenster. Ich atme tief in meine Lunge, um meinen Körper zu entspannen. Natürlich hallen Jennys Worte in mir nach. Wieso soll ich mit ihm nochmals darüber reden? Wenn jemand beginnen sollte, dann ist er es, davon bin ich überzeugt. Immerhin hat er den Mist gebaut und nicht ich. Ein Mann kämpft um eine Frau, wenn er sie wirklich wieder zurückhaben möchte. Ich habe ihm mein Herz geöffnet, ihm von meinen tiefsten Träumen erzählt und er soll vor mir etwas verbergen? Er hatte in dieser Nacht die Möglichkeit. Er hätte sogar danach jederzeit zu mir kommen können, aber er hat es nie getan. Er suchte den Abstand, nicht ich.

22 GRACE

Es gibt unzählige Möglichkeiten, wie der Abend verlaufen wird. Heute früh habe ich meinen Vater nochmals gefragt, ob er zu der Charity Veranstaltung kommen wird, und er hat wie gewohnt verneint. Erleichterung hat sich im selben Moment ausgebreitet, denn ich habe in den letzten Wochen nicht den Mut gefunden, ihm von der neuen Linie zu berichten. Ich suche noch immer nach dem einem passenden Augenblick. Für die Produktion der bestehenden Kollektion haben wir bisher keine Alternative finden können. Die Fabrik in Mexiko wäre nur ein schlechter Kompromiss zu der Kinderarbeit. Ich bin für zwei Tage dorthin gefahren und ich täusche mich nie, wenn ich mir eine Fabrik anschaue. Die Mitarbeiter hatten vorgefertigte Antworten, dessen war ich mir bewusst. Wenn sie als Erstes sagen, wie sehr sie für dieses Unternehmen brennen, wie glücklich sie hier sind, aber ihre Augen dabei nicht strahlen, ist es gelogen. Das Lächeln war aufgesetzt und krampfhaft. Niemals können wir dort die Kollektionen herstellen. Uns wird nichts anders übrig bleiben, als unsere derzeitigen Fabriken zu ihrem gewünschten Preis auszuwählen. Wir werden ein ziemliches Minus einfahren und womöglich können wir nicht alle Mitarbeiter halten. Doch die Kaufhausketten wollen termingerecht ihre Ware, sonst müssen wir auch noch eine immense Strafe zahlen. Weitere Kosten, die wir uns nicht leisten können. Wir haben unseren üblichen Fabriken den Auftrag gegeben, aber zugleich haben wir am Montag einen Banktermin. Denn dies gehört finanziert. Leider haben wir bisher keine wirklichen Ideen, was wir der Bank sagen können, um dieses Budget zu bekommen. Dad hat noch jede schwierige Situation gemeistert und er wird bestimmt auch dafür eine Lösung finden. Das muss er, denn das Unternehmen bedeutet ihm alles.

»Hallo, Grace«, begrüßt mich Rose, die Stiftungsleiterin. »Du bist früh da.«

»Ich wollte mir vorher noch alles in Ruhe anschauen.« Genau genommen war mein Plan, mich ohne großes Aufsehen für die Stammzellenspende zu registrieren. Ja, ich hätte es auch an einem anderen Tag erledigen können, aber ich war wie gewohnt zu beschäftigt. Die Krise in der Firma, dazu der Endspurt meiner neuen veganen Linie waren einfach zu viel. Tatsächlich freue ich mich auf ruhigere Zeiten. Ich habe sogar überlegt, einmal wieder eine Woche Urlaub zu machen, sobald der Stress vorüber ist.

»Ich bin schon ganz hibbelig auf die Versteigerung. Ihr habt ein ziemliches Geheimnis daraus gemacht.«

»Na dann hoffen wir, dass wir dich überzeugen können.«

»Bestimmt. Ihr habt etwas Grandioses auf die Beine gestellt. Wisst ihr schon, wie viele Leute kommen werden?«

»Ehrlich gesagt haben wir keine Ahnung. Es sind ein paar Hunderte Einladungen rausgegangen. Die Kinder haben so großartige Arbeit geleistet. Auch für unsere Fotowand dort drüben.« Ich deute mit der Hand in die andere Richtung.

»Die Kinder haben mit so einer Begeisterung mitgemacht.« Sie lächelt und ihre Augen werden glasig. Und auch ich kann sie kaum zurückhalten, wenn ich auf die Zeichnungen der Kinder blicke. Jede für sich wurde mit so viel Liebe gestaltet. Dazu wurde von jedem Kind ein Foto gehängt.

»Weißt du eigentlich, dass wir auch diese Bilder versteigern wollen?«

»Du meinst, die Leute geben dafür Geld aus?«

»Wir hoffen es. Es sind wohlhabende Leute dabei, vielleicht erkennt ja einer der Gäste den nächsten Picasso darin?«

»Ja, wer weiß das schon. Ich muss noch meine Jacke an der Garderobe abgeben. Wir sehen uns später?«

»Natürlich.« Sie lässt mich zurück und ich visiere den Raum an, in dem man sich für die Stammzellenspende registrieren kann. Ich weiß, es wird nur mit einem Wattestäbchen ein Wangenabstrich gemacht, trotzdem bin ich nervös. Vielleicht liegt es auch daran, weil wir keine Ahnung haben, wie viele Gäste kommen werden. Zwar haben wir ein paar Zusagen erhalten, aber das wäre eindeutig zu wenig.

»Guten Tag«, begrüßt mich ein Mann im Arztkittel. »Ich nehme an, Sie möchten sich registrieren?«

Ich nicke.

»Dann nehmen Sie doch Platz.«

Nachdem er meine Daten aufgenommen hat, reicht er mir das Wattestäbchen. Das ganze Prozedere ist in weniger als zehn Minuten erledigt.

Nun stehe ich hier mitten in dem großen Raum, der für mehrere Hundert Personen Platz bietet. Unzählige runde Tische sind mit weißen Tischdecken und bunten Blumenarrangements geschmückt. Die Stühle sind mit weißen Hussen und verschiedenfarbigen Bändern geschmückt. Bunte Luftballons zieren die Decke und wenn man es nicht besser wüsste, würde man denken, man wäre auf einer Kinderparty. Meine Mutter hat die Dekoration perfekt gewählt. Kurz halte ich an einem Tisch und entdecke Tischkärtchen. Nun runzle ich die Stirn. Hat meine Mutter etwa mehr Informationen, wer überhaupt kommen wird? Oder hat sie die auf gut Glück gemacht? Ich kann nur hoffen, dass alle Stühle besetzt sind, denn sonst wird es eine trostlose Veranstaltung. Nervosität breitet sich in mir aus. Das Zittern in meinem Fingern verstärkt sich und ich balle meine Hand schnell zur Faust, weil ich hinter mir jemanden höre. Ich drehe mich um und blicke in ein Augenpaar, das nicht so nah vor mir stehen sollte. Mein Herzschlag beschleunigt sich, als ich in Vince' braune Augen schaue.

»Hallo, Grace«, sagt er und lässt kurz den Blick über mich gleiten. Dabei spüre ich feine Stromschläge an jeder einzelnen Stelle auf meiner Haut. »Du siehst umwerfend aus«, fährt er fort.

»Danke, du siehst auch gut aus«, erwidere ich und irgendwie fühlt sich unser Gespräch verkrampft an.

»Na, ihr zwei Turteltäubchen, seid ihr bereit für dieses spektakuläre Event?« Mom stöckelt auf ihren schmalen Absätzen zu uns. Sie hat sogar passend zu der Dekoration ein buntes Tuch um den Hals.

»Du bist ziemlich optimistisch, dass all diese Leute kommen werden«, sage ich und richte den Blick auf Mom. Ich kann nicht länger in Vincents Augen schauen und gleichzeitig das unbändige Flattern meines Herzens ignorieren. Wieso muss ein Mann nur so eine Aura haben? Er tut rein gar nichts. Er steht nur da und lächelt schief. Ja, er hat einen schicken Maßanzug an, der ihn nochmals heißer wirken lässt.

Mom stemmt die Hände in die Taille. »Kindchen, hast du meine E-Mail nicht gelesen?«

»Nein? Ich habe definitiv keine Nachricht von dir erhalten.« Das ist nicht gut. Bestimmt richtig mies.

»Es hat jeder einzelne Gast zugesagt. Die Presse war hin und weg von dieser Charity, die mit einer Gästeliste aufwartet, dass sich ganz Hollywood verstecken kann. Wir haben fast jeden hier, der in New York Rang und Namen hat.«

»Ich wusste, du bist die Beste«, sagt Vince und streckt meiner Mutter die Hand hin.

»Du gehörst ja jetzt fast zur Familie, da gibt man sich ein Küsschen«, säuselt meine Mutter und zieht Vince zu sich. »Übrigens habe ich noch eine weitere Überraschung.« Meine Mutter blickt sich suchend um. Und als mein Vater in seinem dunkelblauen Maßanzug über die Türschwelle tritt, kann ich das Zittern meiner Hand nicht mehr unterdrücken.

»Dad kommt doch nie«, werfe ich mit bebender Stimme ein.

»Ich habe ihm erzählt, dass du uns heute eine eigene Kollektion zur Verfügung gestellt hast, die wir versteigern können. Du hast ihm nichts davon erzählt, oder?«

Ich schüttle den Kopf und meine Knie fühlen sich butterweich an.

»Aber mach dir keine Sorgen, er wird sie lieben.« Mom streichelt meinen Arm.

Nein, das wird er nicht. Weil ich ihn übergangen habe. Er wird mich hassen. Mich vor allen hier demütigen, davon bin ich überzeugt.

»Guten Abend«, begrüßt Dad uns. Für einen langen Moment ruht sein Blick auf mir. Nacheinander begrüßen wir ihn, aber meine Worte kann man kaum hören, denn in meinem Hals sitzt ein hartnäckiger Kloß, der von Sekunde zu Sekunde größer wird. Ich will mir gar nicht ausmalen, wie er mich vor all den wichtigen Persönlichkeiten niedermachen wird. Mein Puls rast und in meinen Ohren rauscht es unbändig laut. Und plötzlich ist da Vince, ganz nah neben mir. Seine Fingerspitzen berühren fast unscheinbar meine. Obwohl ich in seiner Nähe das Herzflattern nicht unter Kontrolle bekomme, verspüre ich in diesem Augenblick wieder eine besondere Ruhe. So wie damals bei unserer ersten gemeinsamen Meditation. Sein angenehmer männlicher Duft weht in meine Nase.

»Wo ist unser Sitzplatz?«, fragt Dad Mom.

»Ganz vorne der erste Tisch. Möchtest du nicht mit uns die Gäste begrüßen?«

Dad blickt Mom mit diesem liebevollen Ausdruck an und sogar ein zartes Lächeln gleitet über seine Lippen. Er legt beschützend seine Hand um ihre Taille. »Liebes, du weißt, ich mag diese Aufmerksamkeit nicht.« Er gibt ihr einen innigen Kuss.

Sie lächelt und zupft ihre Haare zurecht, als er von ihr ablässt. »Wir sehen uns dann am Tisch«, sagt er und erneut heftet sein Blick an mir. Doch er verliert kein Wort. Vielleicht sollte ich jetzt die Chance ergreifen und ihm folgen? Genau das werde ich tun. Ich muss versuchen, Schadensbegrenzung zu unternehmen, sonst endet das Ganze in einer großen Katastrophe.

»Wo willst du hin?« Mom hält mich am Arm fest. »Wir müssen doch die Gäste empfangen.«

»Natürlich.« Kurz beobachte ich, wie Dad zu unserem Tisch marschiert. Das war meine einzige Möglichkeit, heute mit ihm allein darüber zu sprechen. Mom geht schon voraus und auch ich will ihr folgen, doch dann spüre ich erneut Vince' Hand neben meinen Fingern. Aber diesmal fasst er nach meiner Hand und drückt sie sanft. Mein Mund fühlt sich staubtrocken an,

mein Körper fährt gerade mit seinen unterschiedlichsten Emotionen Achterbahn. Rauf, runter, schnell
langsam. Alles Dinge, die mich in vielerlei Hinsicht
durcheinanderbringen. Mein Körper zittert, mein Herz
rast und ich glaube, ich beginne an den Händen zu
schwitzen.

Vincent senkt den Kopf, sodass seine Lippen neben
meinem Ohr innehalten. Sein Atem streift meine
empfindliche Stelle am Hals. »Er wird es lieben, davon
bin ich überzeugt«, flüstert er mit rauer Stimme, die mir
sofort ein paar wilde Stromschläge zwischen die Beine
jagt. Verdammt, wieso kann ich meinen Körper nicht so
kontrollieren wie meinen Verstand? Unsere Blicke
begegnen sich und in seiner Miene ist wieder dieser
warmherzige Ausdruck, den ich damals schon so sehr
an ihm geliebt habe. Wieso tut er das? Zuerst stößt er
mich knallhart von sich und nun sucht er wieder die
Nähe zu mir? Ich verstehe ihn nicht. Sein Gesicht ist
meinem so nah, weshalb sich unsere Lippen nur einen
Hauch voneinander trennen. Langsam öffne ich meinen
Mund. Nicht um ihm zu antworten, auch nicht, um ihn
zu küssen, sondern um Luft zu bekommen. Mein Brust-
korb hebt und senkt sich schnell. Ich habe Mühe,
meinen Körper unter Kontrolle zu halten, während er
mich weiterhin fixiert und nicht aus den Augen lässt.
Ich spüre diese besondere Magie zwischen uns. Sein
Hemd hat oben zwei Knöpfe offen und ich erhasche
einen Blick auf seine leicht gebräunte Haut.

»Kommt ihr zwei endlich?« Mom blickt nervös auf
ihre Uhr und ich mache wie automatisch einen Satz

zurück. Ich erwache aus dem Trancezustand. Er muss ein Parfüm tragen, das meine Sinne komplett vernebelt, sonst kann ich mir mein Verhalten nicht erklären. Vielleicht liegt es auch nur daran, weil ich mich in einem Gefühlskarussell befinde.

»Du hältst bitte Abstand, okay?«, warne ich Vince, während wir Mom folgen.

»Ist es das, was dein Herz will oder der Verstand?« Ich schiele zu ihm und seine Mundwinkel zucken nach oben.

»Das hier ist kein Spiel, wir wollen deinem Mitarbeiter und den vielen Kindern helfen. Wir sind nicht hier, um über uns zu sprechen.«

»Was ist dagegen einzuwenden, wenn ich deine Nähe suche? Vielleicht habe ich damals einen Fehler gemacht?« Vince spricht so leise, dass nur ich es hören kann. Ich bleibe abrupt stehen.

»Nicht hier und nicht jetzt oder irgendwann will ich mit dir darüber sprechen, okay? Wir sind geschäftlich hier.« Meine Augen verengen sich.

»Schon seit unserem ersten Aufeinandertreffen habe ich mich über deinen finsteren Blick amüsiert. Und auch heute sage ich dir, ein bisschen Lächeln und Gelassenheit wird dir guttun. Ich werde dich schon nicht vor allen in Bedrängnis oder zu einer Diskussion bringen. Was hältst du von mir?«

»Du tust es aber bereits die ganze Zeit.«

Er grinst schief und sein Blick bohrt sich förmlich in mein Innerstes. »Ich wollte dir nur Mut machen und dir beistehen, so wie das Freunde eben machen.«

Freunde. Er hat tatsächlich gerade das zwischen uns mit einer Freundschaft verglichen? Ist das sein Ernst? Ich schüttle den Kopf. »Wir sind schon lange keine Freunde mehr«, sage ich und eile davon. Obwohl der Raum riesig ist, habe ich keine Möglichkeit, zu flüchten. Wohin auch. Auf der einen Seite sitzt Dad an unserem Tisch und auf der anderen steht Vince und begrüßt mit uns die Gäste, die nacheinander auf uns zukommen.

Ich habe keine Ahnung, wie ich den heutigen Abend überlebe, aber ich höre schon Lucys Stimme in meinem Ohr: »Nach jeder stürmischen Nacht kommt ein heller, ruhiger Tag.« Ich hoffe und bete sogar insgeheim, dass sie damit recht hat.

23 VINCENT

Grace und ich sind damit beschäftigt, die
herannahenden Gäste zu begrüßen. Vorhin habe
ich meine Nähe zu ihr als freundschaftlich abgetan, was
definitiv nicht der Wahrheit entspricht. Als ich sie da
stehen sah, war ich von ihrer Schönheit überwältigt. Sie
sieht in ihrem schwarzen, bodenlangen Kleid einfach
umwerfend aus. Ihre schmale Silhouette, ihr langes
braunes Haar, das sie heute zu einer bezaubernden
Hochsteckfrisur zusammengefasst hat. Ein paar lose
Haarsträhnen fallen immer wieder in ihr Gesicht, wenn
sie sich bei der Begrüßung etwas nach vorne zu den
Gästen beugt. Vorhin habe ich ihre Fingerspitzen
berührt und es war, als würde ich zu ihr eine ungewöhn-
liche Verbindung aufbauen. Ich konnte meine Hand
nicht kontrollieren. Sie tat es aus Reflex heraus. Grace
hat mir zwar klar und deutlich gesagt, dass sie Abstand
zwischen uns will, aber ich habe das Verlangen in ihren

Augen aufblitzen sehen, als ich kurz an ihrem Ohr verharrte. Ihr Körper ging auf Spannung, das war unverkennbar. Doch ich verstehe auch ihr Verhalten.

Langsam lichtet sich die Menschentraube. Heute ist wirklich jeder hier, der in New York Rang und Namen hat. Ich habe sogar ein paar bekannte Superstars aus der Film- und Musikszene die Hand geschüttelt. Die Reporter schießen ständig Fotos und das Blitzlichtgewitter erhellt den Raum.

»Das war eine ganze Menge an Leuten«, stelle ich fest, während wir zu unserem Tisch nach vorne gehen.

Michelle hakt sich unter meinen Arm ein. »Es ist in New York sehr angesehen, wenn man sich für Kinder einsetzt. Es war leicht, die Leute dazu zu animieren. Eure Idee mit den Einladungen hat sie im Herzen berührt. Ich habe unzählige Anrufe und Nachrichten diesbezüglich erhalten.« Michelle zieht ihre Tochter zu sich und hakt sich auch bei ihr unter. »Ihr zwei seid ein sehr gutes Team. Ihr solltet unbedingt einmal gemeinsam ausgehen.«

Grace starrt nach vorne. »Mom, ich habe viel zu tun.«

»Immer deine Arbeit. Privatleben ist auch wichtig. Was ist ein Leben ohne Liebe? Stell dir nur vor, wenn es das Herz in uns nicht geben würde? Die Schmetterlinge, die beim ersten Aufeinandertreffen den Körper zum Kribbeln bringen? Die Menschen würden mit der Zeit depressiv und melancholisch werden. Die Welt würde in einem tiefen Grau versinken. Wir brauchen Gefühle, um zu existieren. Die Guten wie die Schlechten.«

»Können wir bitte über etwas anders sprechen?« Grace ballt ihre Hand zur Faust. Mittlerweile kenne ich diese Reaktion nur allzu gut. Sie versucht, ihre Nervosität damit zu kompensieren.

Kurz schweift mein Blick zu der Tür, hinter der sich die Gäste als Stammzellenspender registrieren können. »Vielleicht sollten wir bei der Ansprache erwähnen, dass sie heute auch die Möglichkeit haben, sich dort für die Stammzellenspende anzumelden?«

Michelle klopft mir leicht auf den Arm, als wir unseren Tisch erreichen. »Das habe ich bereits alles im Kopf.« Sie lächelt. »Die Kinder werden nach diesem Abend wieder ein strahlendes Licht am Horizont erkennen. Du wirst sehen.«

Ihre Worte sind so voller Zuversicht und Liebe. Grace' Mom hat das Herz am rechten Fleck.

»Da hast du ja einiges auf die Beine gestellt«, sagt Grace' Dad Brendon.

»Würdest du öfters mitkommen, dann wüsstest du, wie viel Geld ich in den letzten Jahren schon für hilfsbedürftige Menschen gesammelt habe.« Michelle setzt sich neben ihren Mann. Die Leiterin der Krebsstiftung hat sich auch bereits eingefunden und zwei andere Pärchen sitzen noch am Tisch. Grace muss sich laut Namenskärtchen neben ihren Vater setzen. Sie zögert für einen kurzen Moment, ehe sie Platz nimmt. Michelle hat wohl ihren Plan, uns zu verkuppeln vollends durchdacht, denn ich lasse mich auf den Stuhl neben Grace sinken.

»Ich habe deine Arbeit eindeutig unterschätzt«, sagt

Brendon und ich bin tatsächlich erleichtert, dass er sich nicht wie ein wild gewordener Stier benimmt. Ich kann nur hoffen, dass er auch dann noch so entspannt ist, wenn er die neue Kollektion von Grace und Jenny sieht. Wo ist sie eigentlich? Ich blicke mich um, doch ich finde sie nirgends. Sie war auch bei der Begrüßungsrunde der Gäste nicht dabei, fällt mir gerade auf. Dabei meinte sie, dass wir uns heute hier treffen werden.

»Suchst du jemanden?«, fragt Grace und nippt an ihrem Wasser.

Ich nähere mich ihrem Ohr. »Jenny. Sollte sie nicht auch hier sein?«, flüstere ich.

»Ja, genau. Sie ist dafür verantwortlich, dass die komplette Kollektion hier ist.«

»Ich versuche, sie gleich anzurufen.« Nach unzähligem Klingeln kommt schlussendlich die Mobilbox. »Sie geht nicht ran.«

Grace zieht ihr Handy aus der Handtasche und versucht, sie ebenfalls zu erreichen, aber erfolglos. »Das endet in einer Katastrophe, wenn wir nichts zu versteigern haben.« Grace reibt ihre Stirn. »Ich schaue, ob sie vielleicht hinter der Bühne ist.« Wir beide erheben uns, denn in dieser Situation lasse ich sie bestimmt nicht allein.

»Wohin geht ihr? Ich halte gleich meine Ansprache.«

»Wir suchen ...« Grace kommt ins Stocken, als sie ihren Vater anblickt.

»Ein Mitarbeiter von mir hätte schon längst den Champagner liefern sollen und er steckt jetzt in der

Tiefgarage fest, weil er ein anderes Auto angefahren hat. Grace hilft mir schnell.«

»Na gut, aber beeilt euch. In weniger als dreißig Minuten seid ihr zurück.«

»Das schaffen wir«, sage ich und wir beide gehen nach draußen.

Grace bleibt abrupt im Flur stehen. »Danke.«

»Wofür?«

»Weil du mir noch eine kleine Schonfrist verschafft hast, ehe ich Dad meine Lüge präsentieren muss.«

»Er wird die Kollektion lieben, davon bin ich überzeugt.«

»Das denke ich eher nicht, denn ich habe ihn übergangen. Ich habe ihn betrogen und belogen und zu welchem Preis?«

»Wenn heute genügend Menschen deine Taschen ersteigern, wirst du deine Bestätigung finden.« Ich nähere mich ihr und lege die Hände an ihre Wangen. »Du hast mit deiner Mutter hier etwas Großartiges erschaffen. Du wirst sehen, die Leute werden die Taschen lieben.«

Sie lässt die Berührung zu und ich will sie endlich wieder küssen. Viel zu viel Zeit ist vergangen, seit ich meine Lippen das letzte Mal auf ihre legte. Ihr bezaubernder Mund ist leicht geöffnet.

»Du schaffst alles, was du dir in den Kopf setzt. Auch das wirst du meistern wie die Königin, die du eben bist.«

»Ich bin keine Königin. Ich bin ein kleiner Wicht, der lügt und betrügt, um seinen Kopf durchzusetzen.«

Meine Lippen sind ihren verboten nahe und unsere

Blicke verheddern sich. Plötzlich sind da nur sie und ich. In diesem Augenblick verspüre ich nicht das Mitgefühl, sondern die Schmetterlinge in meinem Bauch. Es kribbelt und ich will die Distanz zwischen uns nicht mehr ertragen. Viel zu lange habe ich gezögert und dann ist es um mich geschehen. Ich presse meine Lippen auf ihre. Sie gewährt meiner Zunge Einlass. Ich erobere ihr Innerstes, so wie sie mein Herz wie im Sturm vereinnahmt. Ich gebe mich ihr hin und diesmal nicht aus Mitleid. Ich fühle es genau, den Konfettiregen, das Feuerwerk, das in mir explodiert. Kribbeln wechselt sich ab mit dem Drang, sie überall anzufassen, doch dann drückt sie mich plötzlich von sich weg.

Sie fasst sich an die Lippe, als hätten wir etwas Verbotenes getan. »Das war ein Fehler. Wir müssen Jenny suchen«, sagt sie und als sie sich abwenden möchte, fasse ich nach ihrem Arm und ziehe sie zu mir zurück.

»Ein Fehler war, dass ich dich damals fortgeschickt habe«, sage ich und will sie wieder zu mir zurückziehen, doch sie entreißt sich mir.

»Vince, bitte. Wir beide hatten nie eine Zukunft. Du bist der Frauenheld von New York und ich diejenige, deren ganzes Leben sich um die Arbeit dreht, die keine Zeit für Beziehungen hat. Es hat sich seit damals nichts geändert. Wir beide sind wie Schwarz und Weiß, zwei völlig verschiedene Menschen. Was verbindet uns schon?«

»Man könnte es auch wie Yin und Yang nennen, oder? Alles eine Sache der Perspektive.« Grace muss doch erkennen, dass meine Gefühle zu ihr aufrichtig sind. Ich habe ihre Zuneigung zu mir gespürt. Ich weiß es und ich lasse jetzt bestimmt nicht locker.

»In diesem Augenblick haben wir ganz andere Probleme. Wir müssen Jenny finden, denn sonst ist die Charity Veranstaltung ein völliger Reinfall.«

»Was ist ein Reinfall?« Jenny kommt mit einer Sackkarre voller Kartons auf uns zu.

»Da bist du ja«, sagt Grace und lässt mich, ohne ein weiteres Wort zu verlieren, zurück. »Wir haben dich gesucht.«

»Hier im Flur?« Sie blickt abwechselnd von Grace zu mir.

»Lass uns schnell die Kartons zur Bühne bringen, denn in wenigen Minuten beginnt die Rede meiner Mutter.« Grace geht auf Jennys Frage nicht ein, aber bestimmt ahnt sie etwas.

»Ich mach das mit Jenny. Geh du lieber zu deiner Familie.«

Kurz begegnen sich unsere Blicke und die Spannung zwischen uns kann ich förmlich spüren.

»Okay, dann sehen wir uns später.« Ich beobachte, wie Grace den Veranstaltungsraum betritt und dann hinter sich die Tür zuzieht. Sie hat mir keinen weiteren Blick geschenkt. Habe ich jetzt alles verspielt? Kann sie mir diese eine Fehlentscheidung nicht verzeihen?

»Willst du darüber reden?«

Ich schließe für einen langen Moment meine Augen. »Es ist endgültig vorbei. Zwischen Grace und mir gibt es keine weitere Möglichkeit für eine gemeinsame Zukunft.«

»Liebst du sie?«, fragt Jenny und mustert mein Gesicht.

»Ich denke ja.«

»Du denkst oder du fühlst?«

»Was macht das für einen Unterschied?«

»Fühlst du es tief in deinem Herzen, dass du sie um jeden Preis willst, oder ist es eine Entscheidung aus dem Kopf, weil sie nett ist?«

»Das ist doch jetzt egal, sie möchte mir keine zweite Chance einräumen, das hat sie mir gerade deutlich zu verstehen gegeben.«

»Kannst du mir eine klare Antwort auf meine Frage geben?« Jenny wirkt etwas genervt.

»Ja, ich fühle es in meinem Herzen. Hier drinnen, verstehst du? Ich denke jeden verdammten Tag an sie. An die gemeinsame Zeit, die wir hatten. An die Nacht, als sie neben mir lag und ihr gleichmäßiger Atem mein Gesicht streichelte.«

»Na, dann weißt du, dass du dich nicht mit einer Abfuhr abfinden darfst«, sagt sie jetzt gelassen und schiebt die Karre ein Stück.

»Warte, ich nehme sie dir ab.« Jenny stellt die Sackkarre ab und ich schiebe sie vor mir her zum Bühneneingang. »Ich bin kein Typ, der einer Frau hinterherläuft.«

»Hast du Scheiße gebaut oder sie?« Sie zieht eine Braue nach oben.

»Sie will es nicht, das hat sie mir vorhin klar zu

verstehen gegeben«, wiederhole ich, weil sie mir anscheinend nicht richtig zugehört hat.

»Genau und deshalb habt ihr euch geküsst.«

Nun halte ich in der Bewegung inne. »Du hast es gesehen?«

»Klar, sogar deine superschlauen Aussagen gehört. Dass du den Fehler bereust, sie rausgeworfen zu haben. Du musst um sie kämpfen. Ihr beweisen, dass es diesmal nicht aus einer Laune heraus passiert ist, weil dein Schwanz dich getrieben hat.«

»Und wie? Sie vertraut meinen Worten nicht.«

»Lass dir etwas einfallen. Niemand hat jemals behauptet, dass Liebe einfach ist.«

»Hast du keinen Tipp für mich? Ich bin nicht so gut in Beziehungsdingen.«

»Wie gesagt, lass dir was einfallen.« Mit diesen Worten lässt sie mich zurück und öffnet die Eingangstür zum hinteren Bühnenbereich.

24 GRACE

Moms Rede auf der Bühne ist grandios, das bestätigen die unzähligen Jubelrufe der Gäste. Nacheinander erheben sich die Leute und applaudieren. Ehrlich gesagt habe ich den Aufwand einer Charity Verantsaltung unterschätzt. Ich dachte, es ist ein bisschen Gerede und dann zahlen die Gäste, um ihrer Seele wieder ein gutes Gefühl zu geben. Dabei steckt so viel mehr dahinter. Leider habe ich die meiste Zeit nicht einmal richtig hingehört, was ihr gegenüber völlig ungerecht ist. Doch ständig kreisen Vince' Lippen, sein verführerischer Duft und seine letzten Worte in meinem Kopf herum. Meinte er das wirklich ernst? Oder ist es nur wieder eines seiner Spielchen? Ich werde es wohl nie herausfinden, denn nach meiner letzten Abfuhr wird er aufgeben, davon bin ich überzeugt.

Der Applaus beruhigt sich und meine Mutter erhebt

erneut ihre Stimme. »Meine Damen und Herren, wir werden die ersten Teile vor dem Dinner versteigern und eines soll euch gesagt sein: Diese Kollektion wird den Markt in Windeseile erobern. Sie steht für Nachhaltigkeit, Naturbewusstsein und ist das Verbindungsstück zu unserer Mutter Erde.« Ich blicke zu Mom und in meinen Augenwinkeln sammeln sich Tränen, denn ich bin von den liebevollen Worten völlig überwältigt. »Nun rufe ich zwei Personen auf die Bühne, die Designerin und die Chefin, die uns netterweise einige bezaubernde Stücke für die Auktion zur Verfügung gestellt haben. Jenny White und meine wundervolle Tochter Grace Middelton.« Die Leute applaudieren, während ich mich von meinem Stuhl erhebe und zur Bühne marschiere. Kurz begegnen sich Dads und mein Blick und es macht einen wilden Stich in meiner Brust. Nun wird er die Wahrheit erfahren und leider über einen Weg, den ich selbst zu verantworten habe. Ich hatte wochenlang die Chance, ihm davon zu erzählen, aber aus Angst habe ich geschwiegen. Seine Miene ist ausdruckslos und ich kann überhaupt nicht einschätzen, wie er darüber denkt. Das erste Mal seit Langem regt sich in seinem Gesicht nichts. Weder Wut noch ein Lächeln gleiten über seine Lippen. Einfach nichts. Mit weichen Knien schreite ich auf die Bühne und Jenny steht bereits neben mir.

»Möchtet ihr den Gästen ein paar Worte darüber erzählen? Wie diese Linie zustande kam? Und was euch bewegt hat, eure Linie für den guten Zweck zur Verfügung zu stellen?« Mom reicht uns beiden ein Mikrofon und meine Hand beginnt schlagartig, vor Nervosität zu zittern. Ich umklammere das Mikro fest, sodass sich meine Nägel in meine Haut bohren. Dadurch kann ich die Energie, die wie ein reißerischer Fluss durch mich hindurchfegt, etwas kompensieren.

»Vielen lieben Dank, Mom, für deine wundervollen Worte, die du zu dieser Charity Veranstaltung gesagt hast. Wie wir alle wissen, kann Krebs jeden treffen. Trotzdem glauben heute noch viele Menschen, sie würden nie damit in Berührung kommen. Ja und ich hoffe, selbst nie mit so einer Situation konfrontiert zu werden, wie diese Kinder es müssen.« Ich atme tief durch, weil ich gerade merke, dass die Bilder, die ich im Krankenhaus gesehen habe, wieder an die Oberfläche dringen. »Als ich im Krankenhaus war und die vielen Schicksale gesehen habe, wusste ich, wir müssen unbedingt helfen. Und als ich von der Stammzellenspende erfuhr, habe ich gewusst, Geld allein reicht nicht aus, um diese Kinder, aber auch Erwachsene zu retten. Ist es nicht ein Wunder der Medizin, dass wir Menschen uns gegenseitig helfen können? Heute, so wie an einem anderen Tag können Sie, verehrte Gäste, sich als Stammzellenspender registrieren lassen. Sie haben mit einem einfachen Wangenabstrich die Möglichkeit, vielleicht ein Menschenleben zu retten. Ist das nicht ein wundervolles Gefühl, zu wissen, man hilft jemandem? Kurz halte ich inne und im ganzen Saal ist es völlig still. Mein Blick verharrt an Vince, der sich an unserem Tisch eingefunden hat. »Mr. Price hat mich vor ein paar Wochen gefragt, ob ich ihn bei dieser Veranstaltung unterstützen möchte. Anfangs war ich skeptisch, ob es für mich der richtige Weg ist. Doch dann habe ich die Kinder im Krankenhaus besucht. Der Mut und die Freude, die sie in sich tragen, trotz Chemotherapie und Isolation von der Außenwelt, hat mich tief in meinem Herzen berührt. Sie, liebe Gäste, sind gekommen, weil Sie helfen wollen. Ich bin davon überzeugt, dass wir heute ein Stück weit die Welt verändern werden. Lassen Sie Ihre Herzen sprechen und treffen Sie die richtige Entscheidung für die Stammzellenspende. Ich denke, auch Mr. Price sollte ein großer Applaus gelten, denn ohne ihn würden wir hier alle nicht sitzen.« Die Gäste erheben sich und klatschen. Auch wenn ich meine Gefühle für Vince nicht genau einordnen kann, winke ich ihn zu mir auf die Bühne. Denn wenn er nicht diese Schritte in die Wege geleitet hätte, wären wir heute niemals alle hier. Er kommt zu uns und ich reiche ihm das Mikrofon.

»Eigentlich hat Ms. Middelton schon alles gesagt. Ihr habt es heute in der Hand, Menschen zu retten.« Wieder schallt lauter Applaus durch den Raum. »Da wir aber auch etwas zu versteigern haben, möchten wir euch die begabte Designerin der neuen Kollektion der Middelton Group vorstellen. Jenny Winter, bitte erzähl uns ein bisschen von deinen Taschen.«

Augenblicklich spannen sich meine Muskeln an. Vince hat es einfach gesagt, als wäre es selbstverständlich. Ich wage es kaum, Dad anzuschauen, tue es aber dann trotzdem. Wieder spiegelt sich in seiner Miene nichts, das nur erahnen lassen könnte, wie er das hier findet.

Jenny erhebt ihre Stimme und erzählt von den vielen Vorteilen der Herstellung. Wie wertvoll die vegane Linie für unsere Zukunft ist. Als sie zum Schluss kommt, werden meine Beine weich und mein Herz schwer. »Liebe Grace, ich danke dir, dass du eine so große Visionärin bist und dein Vertrauen in meine Arbeit gesetzt hast. Ich danke für diese Chance, mit dieser Linie ein Stück weit die Welt zu verändern.« Die Menschen klatschen und mein Herz schlägt schnell und unnachgiebig.

»Dann kann der erste Abschnitt der Versteigerung ja beginnen!«, sagt meine Mutter. Ein Mann im dunklen Anzug kommt zu uns auf die Bühne. Wir begeben uns an unsere Plätze zurück und beobachten das Schauspiel.

Zwei Frauen, die wir für diese Auktion buchen wollten, um die Taschen zu präsentieren, haben sich gratis zur Verfügung gestellt. So viele Menschen haben einen wichtigen Teil dazu beigetragen, die Kosten für dieses Event zu minimieren. Die erste Tasche wird auf die Bühne gebracht und das Startgebot liegt bei hundert Dollar. Schnell schießen die Geldbeträge nach oben, als jemand laut ausruft: »Hunderttausend Dollar.«

Augenblicklich ist es still und ich traue meinen Ohren kaum. Denn es war mein Dad, der dieses Gebot abgegeben hat. Mein Vater, der immer kühl und distanziert war, will so viel Geld dafür bezahlen?

Der Auktionator zählt von drei abwärts, ehe er ausruft: »Für hunderttausend Dollar an Mr. Middelton verkauft!« Mein Herz setzt einen Moment aus, denn damit habe ich überhaupt nicht gerechnet. Unsere Blicke begegnen sich und Tränen kullern über meine Wange. Hastig wische ich sie mit dem Handrücken weg. Plötzlich spüre ich unterm Tisch Vince' Hand auf meiner, die er sanft drückt. Er nickt mir zu und auch wenn ich seine Gefühle zu mir nicht richtig einschätzen kann, lächle ich ihn an.

Mom gibt meinem Vater einen innigen Kuss und ich bin mir nicht sicher, ob er das wegen mir, meiner Mutter oder für die Kinder getan hat. Jedenfalls bin ich von der Geste überwältigt, denn sie gibt mir Hoffnung, dass in meinem Vater doch eine gute Seele wohnt. Die nächsten Taschen werden zwischen zwanzigtausend und siebzigtausend Dollar versteigert. Wir bekommen Unsummen an Spendengeldern zusammen. Kurz blicke ich zu Vince' Mitarbeiter, der einen Tisch weiter mit seiner Frau sitzt. Beiden ist die Überraschung ins Gesicht geschrieben. Auch ich kann nicht fassen, wie viel Geld die Gäste heute hier für diesen guten Zweck freigeben.

Das Dinner wird eröffnet und immer wieder blicke ich zu der Tür, hinter der sich die Gäste für eine Stammzellenspende registrieren lassen können. Wir haben zuvor die Kriterien für eine Stammzellenspende in einer Broschüre, die auf jedem Tisch ausliegt, zusammengefasst. Eigentlich dachte ich, dass wir unter den Gästen in erster Linie alte Menschen haben werden, die dafür überhaupt nicht infrage kommen. Aber anscheinend hat meine Mutter auch darauf geachtet, denn es ist in erster Linie der Nachwuchs der Superreichen anwesend. Immer wieder beobachte ich, wie sich jemand registrieren lässt. Mein Herz fühlt sich so beflügelt an. In meinem ganzen Leben habe ich mich nicht so gut gefühlt wie heute. Das Einzige, was mir noch immer im Magen übel aufstößt, ist der Gedanke, dass ich mit meinem Vater ein klärendes Gespräch führen muss. Auch wenn er gerade eine Menge Geld für meine Tasche bezahlt hat, bedeutet es nicht, dass er mit meiner Arbeit zufrieden ist. Doch jetzt ist nicht der passende Moment, darüber nachzudenken.

Der erste Gang des Essens wird serviert. Es ist eine Kürbis-Trüffelsuppe. »Also, Mr. Price, Sie sind der Initiator dieser Aktion? Wie stehen Sie zu meiner Tochter?« Das Gemurmel, welches vorhin noch an unserem Tisch herrschte, verstummt.

»Genau genommen hatte mein Freund und Mitarbeiter Callum die Idee und ich habe mich dann an Ihre Tochter gewandt.«

Mein Dad verschränkt seine Hände wie bei einem Gebet. »Okay, aber wie stehen sie zu meiner Tochter? Immerhin haben Sie sich vorhin draußen im Flur geküsst und so, wie Sie meine Tochter ständig ansehen, muss da mehr sein, oder?« Augenblicklich werde ich immer kleiner. Mein Vater war immer schon direkt, aber heute passt es mir überhaupt nicht. Denn ich selbst bin mir nicht im Klaren, was ich für Vince empfinde, geschweige denn, er für mich.

»Ich habe mich in Ihre Tochter verliebt«, sagt er selbstbewusst. Augenblicklich spucke ich die Suppe, die ich gerade noch in mich hineinlöffelte, heraus.

»Aha, und wie sehen Ihre weiteren Pläne mit ihr aus?« Dads Blick ist eindringlich, doch anscheinend lässt sich Vince nicht aus der Ruhe bringen.

»Ich werde versuchen, Grace' Herz für mich zu gewinnen. Vor einiger Zeit habe ich einen großen Fehler begangen, weil ich in meiner Angst gefangen war. Kennen Sie das?« Vince spricht mit meinem Dad ganz entspannt, während meine Hand wieder zu zittern beginnt. Mein Dad hatte nie Angst, davon bin ich überzeugt. Er ist ein Mann, der jemanden mit seinem Blick in die Schranken weisen kann.

Doch Dads Augen sind diesmal nicht von Wut gezeichnet, sondern etwas wie Demut flackert in ihnen auf. »Ja, das kenne ich. Ich habe in der Vergangenheit auch aus Angst einige Fehler gemacht.« Nun heftet sich mein Blick an Dad. Er hatte Angst? Vor was? Wieso geht dieses Gespräch in so eine komische Richtung? Auf alles war ich vorbereitet. Einen lauten Streit, Demütigungen und vor allem Aggressionen mir gegenüber. Aber nichts davon trifft gerade zu. Hatte Lucy recht mit ihrer Annahme, dass ich meine Welt verändere, wenn ich selbstlos anderen Menschen helfe? Kann alles tatsächlich so schnell passieren? Jetzt würde ich definitiv mit Ja antworten, denn mein Vater ist ein neuer Mensch. Aber vielleicht ist das nur Show und Montag früh wird in der Firma alles wieder der gewohnten Routine nach gehen.

»Manchmal reicht eine aufrichtige Entschuldigung aus, um wieder zueinanderzufinden«, wirft meine Mom ein und schaut direkt zu mir. Würde ich mich mit einer Entschuldigung einfach so zufriedengeben? Oder bin ich wieder mal zu stur, um nachzugeben? Wenn ich mir Vince' Aussagen in Erinnerung rufe, habe ich ihm keine zweite Chance gegeben. Nein, ich bin hart geblieben, weil ich große Angst in mir trage, erneut verletzt zu werden.

»Manchmal ist eben eine Entschuldigung zu wenig. Man muss beweisen, dass man es wirklich ehrlich meint und sich geändert hat«, sagt Vince und schaut zu mir. Augenblicklich überrollen mich unzählige Emotionen, die ich nicht einordnen kann. Mein Dad so freundlich, Vince' Liebeserklärung vor meiner ganzen Familie.

»Bitte entschuldigt mich«, krächze ich, weil ein dicker Kloß in meinem Hals meine Stimme verdrängt. Ich eile hinaus in den Flur. Suchend sehe ich mich um und entdecke die Damentoilette. Ich brauche dringend Abstand. Zu viel ist in den wenigen Stunden hier mit meiner Familie und mit Vince passiert. Die Ereignisse haben sich so sehr überschlagen, dass ich das alles nicht einordnen kann.

Ich trete ein und es ist niemand zu sehen. Ich bin allein mit meinen Gefühlen, mit meinem Gedankenkarussell. Mein Spiegelbild ist nicht strahlend, obwohl ich das wohl sein sollte nach der Liebeserklärung vor meinen Eltern und den Worten meines Dads. Aber warum verspüre ich nicht das Glück in meinem Herzen? Was läuft bei mir gerade schief? Eigentlich gibt es keinen Grund zu weinen und trotzdem rinnen die Tränen heraus. Sie gleiten über meine Wange und treten an meinem Kinn den Sturzflug in die Tiefe des Waschbeckens an. Meine Hände umklammern den Rand des Waschtisches.

Die Tür springt auf und ich reiße den Kopf herum. Aus meinen verschleierten Augen erkenne ich Mom. Sie kommt, ohne ein Wort zu verlieren, auf mich zu und schließt mich in ihre Arme. »Grace, warum bist du so traurig? Es lief doch alles bestens, oder?« Sie streichelt sanft über meinen Rücken. Wie lange ist es her, dass ich ihre tröstende Umarmung spürte? Auch wenn ich schon erwachsen bin, brauche ich die Nähe meiner Eltern, das wird mir in diesem Moment bewusst. Meine Muskeln entspannen sich langsam, obwohl die Traurigkeit in meinem Herzen noch immer drückend schwer liegt.

»Du hast Gefühle für Vincent, oder?« Mom nimmt etwas Abstand und mustert mein Gesicht. »Aber du kannst ihm nicht mehr vertrauen, weil er dich enttäuscht hat, oder?«

Meine Augen weiten sich, weil ich überrascht bin, wie meine Mutter alles sofort erkennt, obwohl ich ihr nichts erzählt habe. Ich nicke.

»Vertrauen ist die Basis einer jeden großen Liebe, aber sie wächst. Sie kommt nicht sofort und man geht jedes Mal ein Risiko ein, erneut verletzt zu werden. Aber die Liebe ist es wert. All die unzähligen Schmetterlinge im Bauch möchte ich niemals missen, auch wenn das mit den Jahren vergeht. Was bleibt, ist die tiefe Liebe, die mit den Jahren in eine andere Dimension wächst.

Wenn ihr füreinander bestimmt seid, gibt es kein Entrinnen. Die Liebe findet immer ihren Weg. Man muss nur den Schutzpanzer fallen lassen und sich darauf einlassen.«

»Das sagst du so leicht. Du und Dad seid so viele Jahre schon glücklich zusammen.«

»Denkst du, wir hatten keine Startschwierigkeiten? Das ist die erste Prüfung, die ihr überstehen müsst. Und es werden viele solcher Prüfungen auf euch zukommen, die ihr gemeinsam bewältigen könnt, wenn ihr die Liebe zueinander nie aus den Augen verliert. Verzeihen ist der erste wichtige Grundsatz in einer jeden Beziehung, denn kein Mensch auf der Welt ist fehlerfrei. Auch du machst Fehler und würdest du dir dann nicht auch ein gewisses Verständnis wünschen? Zum Beispiel, dass du deinem Vater dein Projekt verheimlicht hast? War das in Ordnung? Genau genommen nein. Aber dein Vater hat dir, wie mir scheint, bereits verziehen. Weil er dich liebt.«

Erneut dringen Tränen an die Oberfläche. »Dad liebt mich nicht, er hasst mich und denkt, ich bringe nichts auf die Reihe.«

»Ach Kindchen, dein Vater liebt dich mehr als alles andere auf der Welt. Er kann es nur oft nicht so zeigen, weil er auch von der Angst geleitet wird. Dein Vater hat die Sorge, dass du durch die Arbeit in der Firma den Fokus verlierst, ein glückliches Leben mit einem Partner an deiner Seite zu führen. Er ist der Überzeugung, dass er es damals besser hätte machen sollen. Dein Vater plagt das schlechte Gewissen, nie Zeit für dich gehabt zu haben. Er will, dass es dir einmal anders ergeht.« Mom atmet nach ihrer langen Ansprache hörbar aus. Ehrlich gesagt habe ich immer gedacht, dass sie mich nur als Gebärmaschine sehen und nicht als selbstständiges Individuum. Diesen Blickwinkel hatte ich niemals im Sinn.

»Aber ich bin doch glücklich«, sage ich und ich fange mich langsam.

»Ach und deshalb stehst du heulend auf der Damentoilette? Dein Vater hat schon seit Längerem bemerkt, dass es dir nicht gut geht. Er hat seine eigene Art, dir den Weg zu weisen, damit du vielleicht eine neue Richtung einschlagen solltest.«

»Deshalb terrorisiert er mich auf der Arbeit?« Nun keimt Wut in mir auf, das kann doch jetzt nicht Mutters Ernst sein.

»Er war schon immer etwas unbeholfen, jemanden auf den richtigen Weg zu leiten. Aber er hat jetzt begriffen, dass du mit dieser neuen Kollektion deinen Weg gefunden hast. Merkst du das denn nicht? Er ist unsagbar stolz auf dich. Und wenn du genauer darüber nachdenkst, hättest du es wohl nie dorthin gebracht, wenn er dir das Leben immer so einfach gestaltet hätte, oder?«

»Ich weiß es nicht.«

»Ich muss jetzt wieder rein, aber denk über alles in Ruhe nach. Auch über Vincent, denn wie mir scheint, hegt er ernsthafte Gefühle für dich. Immerhin hat er einen Seelenstriptease vor uns allen gemacht und das ist schon ein ziemlicher Liebesbeweis.« Sie verlässt die

Toilette und ich blicke in den Spiegel. Vince und Dad hatten anscheinend ihre eigenen Beweggründe, mich so zu verletzen. Welche wohl Vince hatte? Will ich es wirklich wissen? Bin ich bereit, die ganze Wahrheit zu erfahren?

25 GRACE

Auch wenn sich Vince vor meiner Familie geöffnet hat, bin ich ihm den restlichen Abend aus dem Weg gegangen. Das gesamte Wochenende habe ich gegrübelt und mich in meiner Wohnung verschanzt. Mein Handy habe ich ausgeschaltet, weil ich nicht einmal meine Freundin hören wollte. Ebenso den Fernseher, weil ich nur Stille um mich herum suchte. Nach diesem ereignisreichen Event musste ich meine Gedanken sortieren, herausfinden, was ich wirklich will, und irgendwie bin ich nicht viel weitergekommen. Erst jetzt, als ich das Firmengebäude betrete, ziehe ich mein Handy aus der Handtasche und schalte es ein. Unzählige Anrufe in Abwesenheit habe ich erhalten. Weil meine Lider sich noch schwer anfühlen, stecke ich das Telefon zurück in meine Tasche. Das muss warten, immerhin habe ich heute den ersten Termin mit meinem Vater, davon bin ich überzeugt. Ich habe keine Ahnung, wie er mir gegenübertreten wird.

Die Fahrstuhltür öffnet sich und ich gehe nach draußen. Eine Traube Leute hat sich im Flur versammelt und ich ahne, dass Vince wieder seine Getränke liefert. Nur das kann der Grund sein, weshalb hier so ein Auflauf ist.

»Ms. Middelton ist hier!«, ruft jemand und die Leute gehen auseinander und beginnen zu klatschen.

Ich blicke mich verwundert um, denn ich verstehe nicht, welchen Anlass ich verpasst habe. Und ja, ich habe definitiv keinen Geburtstag, der diesen Auflauf hier rechtfertigen würde.

»Grace, da bist du ja endlich. Ich habe dich schon mehrmals zu erreichen versucht.« Meine Freundin Christine stürmt auf mich zu.

»Kannst du mir bitte erklären, was hier los ist?«

Christine runzelt die Stirn. »Hast du das ganze Wochenende keine Zeitung gelesen oder den Fernseher angemacht?«

»Nein? Wieso?«

»Es läuft auf allen Kanälen. Sie sind geflasht von der Kollektion und seit heute früh laufen unsere Telefone heiß. Jeder will unbedingt mit uns zusammenarbeiten.«

Ich stehe nur da. Zwar habe ich jedes einzelne Wort gehört, aber mein Verstand kann das nicht ganz aufnehmen.

»Freust du dich denn nicht? Das ist ein grandioser Erfolg.«

»Ja, das ist es«, sage ich etwas geistesabwesend.

Nacheinander kommen Mitarbeiter auf mich zu und gratulieren mir zu dem Erfolg.

»Übrigens möchte dich dein Vater sehen«, wirft Christine zwischen den unzähligen Glückwünschen ein.

Mein Vater. Wie wird er wohl darauf reagieren? Bestimmt sieht er bereits die Dollarscheine aufleuchten. Aber wieso empfinde ich keine Freude? Ich müsste doch ein Fünkchen Glück spüren, oder? Was ist mit mir los? Ganz Amerika interessiert sich für diese Kollektion und ich fühle rein gar nichts. Vielleicht habe ich noch nicht realisiert, was das für unser Unternehmen bedeutet oder bin ich ein kaltherziges Biest geworden?

Nachdem sich die Leute wieder an ihren Arbeitsplatz verzogen haben, visiere ich Dads Büro an. Wir haben das geschafft, von dem ich nicht einmal zu träumen gewagt habe. Nun ist es einfach so da. Niemals hätte ich mit diesem Zuspruch dafür gerechnet und genau deshalb sollte ich doch Freude verspüren, oder etwa nicht?

»Guten Morgen, kann ich zu meinem Vater?« Ich ziehe die Aufmerksamkeit seiner Assistentin auf mich.

»Guten Morgen, Ms. Middelton, und herzlichen Glückwunsch. Ihr Vater ist sicher mächtig stolz auf Sie.«

»Danke.« Ich würde gerne noch hinzufügen: Hoffentlich, denn sonst erscheint die Hölle auf Erden.

»Sie können schon reingehen. Er erwartet Sie bereits.« Sie lächelt breit und es könnte ein Anzeichen sein, dass mein Vater gut gelaunt ist. Ich klopfe einmal an seine Tür, ehe ich eintrete.

»Guten Morgen, Dad«, sage ich mit leiser Stimme. Er

steht vor seinem Bücherregal und dreht sich langsam zu mir um.

»Guten Morgen, Grace, setz dich doch.« Für eine Millisekunde huscht ein sanftes Lächeln über seine Lippen, ehe er wieder zur Geschäftsmimik zurückkehrt.

Ich lasse mich auf die Lounge sinken. Am besten gleich in die Offensive gehen und mit der Wahrheit herausrücken. »Dad, es tut mir leid, dass ...«

»Grace, nun spreche ich zuerst, denn ich spüre deine Anspannung in meiner Gegenwart.« Er setzt sich neben mich und nimmt meine Hand. »Erst mal möchte ich mich bei dir entschuldigen, dass ich dir nicht das Vertrauen geschenkt habe, das du eigentlich als meine Tochter verdient hast.« Er senkt den Blick und ich erkenne meinen Vater kaum wieder.

»Ich wollte dich nicht anlügen«, werfe ich ein, weil mein Puls in ungeahnte Höhen schnellt. Angst kriecht aus den Untiefen hervor, die ich in den letzten Tagen sehr gut verdrängt habe. Obwohl wir einen grandiosen Erfolg feiern, habe ich Angst, dass mich mein Vater für mein Handeln hasst.

»Grace, bitte lass mich ausreden.« Er spricht so ruhig, dass es mich nervös hin und her rutschen lässt. Anscheinend merkt mein Vater das, denn er fragt plötzlich: »Hast du Angst vor mir?« Unsere Blicke begegnen sich und ich weiß nicht, was ich darauf antworten soll. Genau genommen ja, wenn ich meine Emotionen gerade richtig einordne. Viel zu oft hat er mich in den letzten Jahren niedergemacht. Er hat mich ignoriert, mich übergangen und trotzdem sehne ich mich nach seiner Nähe. Wie absurd das doch alles ist. Aber egal, was er getan hat, er bleibt mein Vater. Und so skurril das klingt, ich liebe ihn. Ich will wieder diese Bindung zu ihm fühlen wie vor ein paar Jahren, als noch nicht das Geschäft zwischen uns stand.

»Du brauchst nicht zu antworten, ich kann es in deinen Augen lesen und erst vergangenes Wochenende habe ich begriffen, was ich die letzten Jahre zwischen uns zerstört habe.« Er streichelt über meine Wange und eine Träne löst sich aus meinem Auge, die ich aber schnell wegwische. »Du solltest heute in mein Büro stürmen und für deinen grandiosen Erfolg mit Jenny zusammen Freudensprünge machen. Stattdessen kommst du mit einem ängstlichen Ausdruck in mein Büro. Bin ich so ein schrecklicher und boshafter Mensch gewesen?«

»Nein«, sage ich schnell, obwohl es nicht ganz der Wahrheit entspricht. Wie oft habe ich zu Hause darum gebetet, dass er endlich sieht, was ich leiste. Wie sehr ich mich bemühe, ihm zu gefallen.

»Ach, Grace, ich weiß doch selbst, dass es gelogen ist. Und es ist traurig genug, dass ich es erst dann merke, wenn du unsere Firma rettest und nicht einmal ein wunderschönes Lächeln über deine Lippen bringst. Und genau vor dem wollte ich dich schützen. Ich wollte nicht, dass du einmal so wirst wie ich. Du siehst ja, was aus mir geworden ist. Ein kaltherziger Boss, der seine Mitarbeiter herumkommandiert. Du bist so eine gute Seele. Verkaufe sie nicht wie ich an den Teufel für Macht und Ruhm. Denn nichts anders habe ich getan.

Ich hätte für dich und deine Mom viel mehr da sein sollen und nicht nächtelang arbeiten.«

»Du warst immer ein Vorbild für mich bis ...«

»Bis du mein wahres Ich kennengelernt hast?«, beendet er meinen Satz, den ich selbst wohl etwas anders formuliert hätte. »Weißt du eigentlich, wie oft ich mich dafür gehasst habe, wenn ich wieder so hart zu dir war? Aber ich habe nie den Mut gefunden, es dir zu sagen, weil ich andererseits hoffte, du ergreifst die Flucht. Doch du warst hartnäckig, hast für deine Ziele und Träume gekämpft.«

»So wie du eben«, sage ich und ein Lächeln entweicht mir.

»Wie lange habe ich dich nicht mehr lachen gesehen. Jedes Mal, wenn ich in dein Büro gekommen bin, habe ich gehofft, die entspannte Grace zu sehen. Das kleine Mädchen, das alles in einem rosaroten Licht sah. Nicht die harte Geschäftsfrau. Und es hat ziemlich lange gedauert, bis ich begriff, dass ich allein dafür verantwortlich war. Genau genommen bis zum letzten Wochenende, als deine Mutter mir von deiner geheimen Kollektion erzählte. Erst da wurde mir klar, dass du vor mir so große Angst hast, dass du kein Wort darüber verloren hast. Die eigene Tochter soll niemals vor ihrem Vater Furcht empfinden. Vielmehr sollte sie ihren Eltern vertrauen können. Ich werde alles verändern, ich habe zwar keine Ahnung wie, aber ich werde meine Emotionen unter Kontrolle bringen. Ich will nie wieder erleben, dass du vor mir Angst hast. Denn du bist das wundervollste Geschenk, das wir bekommen haben.«

Weil ich von Dads Worten so gerührt bin, falle ich ihm um den Hals. Er schließt seine Arme um mich und diese Umarmung ist das, was ich viele Jahre herbeisehnte und nun endlich wiederhabe. »Ich habe dich lieb, Dad«, sage ich mit brüchiger Stimme, aber nicht aus Trauer, sondern aus Freude. Keine Ahnung, wie der Sinneswandel bei meinem Vater vonstattengegangen ist, aber es ist einfach nur ein Traum.

»Ich liebe dich auch«, sagt Dad. Seine Worte berühren mich tief in meinem Herzen. Irgendwas passiert in mir, denn all meine Muskeln beginnen sich zu entspannen. Das klärende Gespräch lässt sogar ein breites Grinsen über meine Lippen ziehen. Zugleich rinnen Freudentränen über meine Wangen. Ich habe die Bestätigung im Erfolg gesucht und in der Liebe meines Vaters gefunden. Ich genieße unsere Umarmung und will sie für immer in meinen Erinnerungen verankern.

Manchmal muss man aufrichtig miteinander reden, sich offen eingestehen, was man wirklich braucht. Denn all der Hass kann verschwinden, wenn man sich der Liebe öffnet.

Dad schiebt mich ein Stück zurück und mustert mein Gesicht. »Ich möchte, dass heute im ganzen Haus dein Erfolg gefeiert wird, denn mit dieser Auftragslage können wir die alte Linie ohne Probleme hier produzieren, egal welches Minus wir dadurch einfahren.«

»Aber, Dad, wir sollten uns gleich ...«

»Nein, dieser Tag soll ausschließlich dir gehören. Außerdem soll ich dir von deiner Mutter ausrichten lassen, dass die Charity Veranstaltung ein großer Erfolg war. Sie hat alle ihre Erwartungen gesprengt. Sie wird dir die nächsten Tage die Summe der Spendengelder zuschicken.«

»Dafür warst auch du verantwortlich. War es wirklich notwendig, für die Tasche so viel zu bezahlen?«

»Ich hätte noch mehr bezahlt, denn es ist das erste vegane Stück, das unser Haus verlassen hat. Und das nur aufgrund deines Mutes.« Er streichelt über meine Wange. »Außerdem finde ich es wichtig, dass wir uns als Unternehmen in Zukunft immer wieder solche Projekte suchen, denn ich habe mich an diesem Abend so gut gefühlt wie noch nie.« Dads Augen leuchten. Er wirkt tatsächlich so entspannt wie schon lange nicht mehr. »Und jetzt ab und lass uns feiern.«

»Du feierst mit?« Überrascht blicke ich ihn an.

»Dachtest du etwa, dass ich Greis nicht noch gerne Partys habe? Und in diesem Fall ist es ein wichtiger Schritt für deine Zukunft.«

26 VINCENT

Ich habe keine andere Wahl, als mich völlig zum Affen zu machen. Denn Grace ist mir nach unserem Kuss aus dem Weg gegangen. Ich werde nicht aufgeben, denn ich habe es in ihren Augen gesehen und in meinem Herzen gefühlt. Sie empfindet auch etwas für mich. Dennoch hat sie auf meine Anrufe nicht reagiert. Wenn ich einen Schritt weiterkommen möchte, um sie für mich zu gewinnen, muss ich mich mehr anstrengen. Das ganze Wochenende habe ich darüber nachgedacht, was ich tun kann. Mir bleibt nur eine Möglichkeit und die ist nur noch zwei Stockwerke entfernt.

Die Fahrstuhltür öffnet sich und ich gehe nach draußen. In meinem Kostüm ist es heiß. Dieses Affenkostüm hätte ich besser nicht wählen sollen. Immerhin ist es Hochsommer. Doch es spiegelt mein dummes Verhalten wider und vielleicht kann ich Grace ja mit einem Lächeln auf dem Gesicht umstimmen. Aber als ich eine

Gruppe an Menschen im Flur sehe, halte ich in der Bewegung inne. Ich hätte mir doch denken können, dass sie den Erfolg, den sie mit ihrer Kollektion errungen haben, feiern. Aber jetzt bin ich da und ich werde es durchziehen. Obwohl ich an allen erdenklichen Stellen schwitze, setze ich einen Schritt vor den anderen.

»Guten Tag«, sagt eine Frauenstimme, und ich muss etwas den Kopf heben, damit ich sie erkennen kann. »Hallo, Christine, hast du vielleicht Grace gesehen?«

»Kennen wir uns?« Sie legt den Kopf schief.

»Ich bin es, Vince.«

Ein lauter Lacher dringt aus ihrer Kehle. »Vince? Was tust du in diesem Aufzug?« Sie lacht so sehr, dass sie sich sogar an den Bauch fasst und krümmt.

»Könntest du mir bitte sagen, wo ich Grace finde?«

»Sie steht ganz vorne bei ihrem Vater. Komm, ich bring dich zu ihr.« Sie nimmt meine Hand und führt mich netterweise durch die Menschentraube. Durch dieses breite Kostüm habe ich nicht das richtige Körpergefühl. Deshalb stoße ich ab und zu die Leute an. Eigentlich wollte ich mit Grace allein sprechen und nun ist die ganze Belegschaft hier. Aber ich halte das aus. Alles für den Zweck, Grace für mich zu gewinnen.

»Grace, du hast Besuch. Da will dir jemand wohl gratulieren.«

Sie dreht sich langsam zu mir um und kann sich ein Lächeln nicht verkneifen. »Guten Tag, was kann ich für Sie tun?«, sagt sie geschäftlich, aber ihre Lippen umspielt ein Schmunzeln. Sie hat mich bestimmt noch nicht erkannt, was ja auch fast unmöglich ist mit diesem Affenkostüm.

Grace' Dad bemerkt mich und dreht sich zu mir. Er runzelt etwas die Stirn, wahrscheinlich findet er das überhaupt nicht komisch.

»Wäre es möglich, dass wir unter vier Augen sprechen könnten?«

»Wir wollen schon wissen, was du Grace zu sagen hast«, wirft Christine ein. Grace stupst sie in den Arm und kommt dann auf mich zu.

»Was tust du hier in diesem Aufzug? Du musst voll schwitzen.«

Weil ich sie durch das Kostüm nicht richtig anschauen kann, ziehe ich den Affenkopf von mir herunter. Augenblicklich wird es um mich herum still. Das Getratsche verstummt und alle Blicke sind nun auf mich gerichtet. Die Worte, die ich mir zurechtgelegt hatte, sind verloren gegangen. Nun stehe ich vor ihr und bringe keinen Ton heraus.

»Jetzt wäre der Zeitpunkt, an dem du etwas sagen solltest«, wirft Brendon ein. Seine Augen wirken heute weicher.

Ich reibe meine Stirn. »Eigentlich wollte ich dir zeigen, dass ich mich für dich jederzeit zum Affen machen will, damit du ein Lächeln auf den Lippen trägst. Und wenn du einmal Wärme brauchst, dich an mich kuscheln kannst. Außerdem wollte ich dir zeigen, dass ich begriffen habe, wie dumm ich doch war. Ich kann nicht wiedergutmachen, was ich dir vor wenigen Wochen angetan habe, aber ich wünsche mir, dass du uns eine zweite Chance gibst.« Ich nehme Grace' Hand. »Ich habe einen fatalen Fehler gemacht und bitte dich nun hier vor all deinen Mitarbeitern und deinem Vater um Verzeihung. Du und ich könnten doch ein wundervolles Wir werden, oder?« Ich mache einen Schritt auf sie zu. Die Distanz zwischen uns ist unerträglich und ich lege meine Hand an ihre Wange, obwohl sie mir noch nicht einmal zugestimmt hat.

Sie blickt mir direkt in die Augen. »Ein Wir«, haucht sie kaum hörbar.

Ich nähere mich ihren Lippen und antworte knapp davor: »Ich liebe dich, Grace. Wenn ich dich sehe, beginnen sogar die Sterne am Tag zu leuchten. Wenn du bei mir bist, flattert mein Herz und du gibst mir das Gefühl, dass ich schwebe.« Unsere Münder trennt nicht einmal ein Blatt Papier mehr und dann verschmelzen wir miteinander. Sie öffnet ihre Lippen und ich lasse meine Zunge in sie hineingleiten. Um uns beginnt ein lauter Applaus und es ist wie in einem kitschigen Film. Sie diskutiert nicht mit mir darüber, sondern lässt ihre Gefühle einfach zu. Wir haben einen neuen Anfang zwischen uns geschaffen und werden uns nun auf ein Abenteuer einlassen. Sie und ich sind ein Wir, wie seltsam das für mich doch klingt.

»Na endlich«, höre ich Christine sagen, während ich mich dem Kuss mit Grace hingebe. Ich ziehe sie fester in meine Arme, denn ich will sie nie wieder loslassen müssen. Meine Worte waren vielleicht nicht gerade einfallsreich, aber sie spiegelten genau meine Gefühle wider. Mit ihr schwebe ich auf den Wolken des Glücks.

Mit ihr werde ich eine neue Reise beginnen, die uns bestimmt auf viele Proben stellen wird. Aber genau das macht das Leben wohl aus.

4 Monate später

»Ich bin nervös, obwohl ich weiß, dass das Prozedere völlig harmlos ist.« Grace liegt auf dem Bett, während der Arzt neben uns alles vorbereitet.

»Ich bin die ganze Zeit bei dir«, verspreche ich ihr. Normalerweise erfährt man nicht sofort, wer die Stammzellenspende erhalten wird, aber weil mir Bob vom selben Termin erzählte, war ich davon überzeugt, dass Grace diejenige sein muss, die für Bobs Frau infrage gekommen ist. Weil wir beide nachfragten und die Ärzte unsere Einverständniserklärung hatten, wurden die Daten offengelegt. Grace wird Bobs Frau mit der Stammzellenspende neue Hoffnung schenken. Natürlich heißt es nicht zu hundert Prozent, dass es hilft, aber nun haben Bob und Stella wieder einen Lichtblick.

»Ich weiß«, sie drückt meine Hand und lächelt.

Nachdem wir wieder zueinandergefunden haben, erzählte ich Grace von Nora. Danach hat sie mein Handeln verstanden. Aber nun bin ich froh, dass wir diese dunkle Zeit überstanden haben. In ein paar Tagen werden wir Urlaub auf Hawaii machen. Die Idee kam von ihr und ich freue mich, dass sie endlich einen Weg zwischen Arbeit und Freizeit gefunden hat.

»Ich liebe dich«, sage ich und küsse sie. Ich brauche ihre Antwort nicht zu hören, denn sie zeigt es mir jeden Tag. Wenn wir uns lieben, wenn sie mich mit ihren warmherzigen Augen ansieht. Unser Leben hat sich von einem Tag zum anderen geändert. Wir sind zu einer Symbiose geworden, trotzdem hat jeder für sich seinen gewissen Freiraum.

»Wie geht es eigentlich Callum nach der Abfuhr von Christine?«

»Er ist gerade wieder in dem Modus, jede Frau, die ihm über den Weg läuft, abschleppen zu wollen. Er verfällt gerade in sein altes Muster. Eigentlich dachte ich, Christine empfindet für ihn auch etwas?«

»Das dachte ich auch. Aber sie meint, er wäre nicht der richtige Mann, mit dem sie alt werden möchte.«

»Das ist echt hart für Callum. Da verliebt er sich einmal in eine Frau und dann ist es einseitig.«

»Wenn sie wirklich füreinander bestimmt sind, finden die zwei auch noch zueinander. So wie wir beide.«

Ich antworte nicht, sondern bestätige meine Liebe zu ihr mit einem innigen Kuss.

27 GRACE

Eigentlich sollte ich bereits in der Wohnung von Vince sein, aber ich habe noch einen wichtigen Weg vor mir. Einer Person habe ich bis dato nicht gedankt. Meine Hände sind feucht und ich reibe sie an meinem Rock trocken. Dann klingle ich und kurz darauf vernehme ich Schritte.

Die Tür springt auf und ich blicke in ein Augenpaar voller Liebe. »Hallo, Lucy.«

»Grace, was für eine Überraschung. Aber wir haben heute keinen Termin, oder?«

»Nein, ich störe dich auch nur einen kurzen Moment. Darf ich reinkommen?«

»Natürlich.« Sie schiebt die Tür auf und ich gehe hinein.

»Ist etwas passiert?«

Ich schüttle den Kopf. »Ich wollte mich endlich bei dir bedanken. Dank dir hat sich mein ganzes Leben verändert. Ohne deine Meditation, deine schlauen Ratschläge wäre ich heute nicht da, wo ich jetzt bin.«

Lucy lächelt. »Ach, Grace, das ist ganz allein dein Verdienst. Welchen Weg du wählst, hast nur du selbst in der Hand. Du warst bereit, dich deinen Ängsten zu stellen. Du wolltest etwas verändern und deine Bitte wurde erhört. Nur wenn man selbst den Schritt nach vorne wagt, kommt Bewegung hinein. Das Umfeld kann sich nur ändern, wenn man sich selbst verändert.«

Nun runzle ich die Stirn. »Du meinst, meine Beziehung zu meinem Vater und Vincent war mein Verdienst, das glaube ich nicht.« Lucy streichelt meinen Arm. »Ich war lediglich dazu da, dir neue Blickwinkel aufzuzeigen, aber tun muss es jeder selbst. Niemand kann für dich deinen Weg meistern. Jede Entscheidung, jeder Wunsch ist so individuell wie wir Menschen. Jeder hat andere Träume und Ziele. Jeder Weg ist anders, keiner gleicht einem anderen. Wenn du weiterhin auf dein Herz vertraust, wird alles gut für dich sein.«

»Danke.« Ich ziehe Lucy in meine Arme und drücke sie fest. »Vielen, vielen Dank«, sage ich, ehe ich mich verabschiede und gehe.

»Endlich bist du da«, raunt Vince und drückt mich gegen die geschlossene Tür. Sein Kuss ist leidenschaftlich und wild. Er zieht meine Arme nach oben, während mein Atem stoßweise geht. In seiner Nähe verspüre ich die Lust, die Anziehungskraft und die unsagbare Liebe.

Mit jedem Tag, den wir gemeinsam zusammen verbringen, wächst meine Liebe zu ihm ins Unermessliche.

»Sollten wir uns nicht für den Flug fertig machen?«, wispere ich zwischen unseren Küssen.

»Das tun wir doch gerade«, erwidert er mit gedämpfter Stimme und knöpft meine Bluse auf. Ein schiefes Grinsen umspielt seine Lippen, während er mir die Bluse auszieht.

»Wie viel Zeit haben wir noch, bis wir am Flughafen sein müssen?«

»Genug, um dir noch einen Orgasmus zu besorgen«, sagt er und zieht mich in die Küche. Er hebt mich hoch und setzt mich auf der Küchenarbeitsplatte ab. Er drückt meine Beine auseinander und seine Hand wandert langsam meine Schenkel nach oben.

»Vince, wir sollten ...«

»Wir sollten unbedingt ficken«, unterbricht er mich und ich muss kichern. Er ist tatsächlich der Mann, der mich in jeder angespannten Situation erdet. Durch ihn werde ich ruhig oder besser gesagt in dem jetzigen Moment erregt. Er schafft es, meinen Kopf völlig leer zu machen wie bei einer Meditation. Seine Finger reiben über den Stoff an der empfindlichen Stelle zwischen meinen Beinen und ich lasse den Kopf in den Nacken fallen. Die Reibung erzeugt in mir dieses wohlige Kribbeln. Seine Finger verhaken sich in meinem Slip und ziehen ihn gekonnt herunter. Mein Rock ist mittlerweile ganz nach oben gerutscht, während Vince seine Küsse auf meinem Hals verteilt. Er weiß genau, was mein Körper braucht, so wie jetzt auch. Meine Hände vergrabe ich in seinem Haar, während er sich die Hose öffnet und sie zu seinen Knöcheln hinunterrutscht. Wie viele Quickies haben wir in den letzten Wochen schon gehabt und ich liebe sie jedes Mal aufs Neue. Ja, manchmal haben wir ausgiebigen und zärtlichen Sex, aber ich mag es auch wild und schnell wie jetzt.

Vor einem Monat haben wir uns beide auf diverse Geschlechtskrankheiten testen lassen und ich nehme wieder die Pille. Seither können wir ohne Kondom unseren Sex genießen. Wir befinden uns auf einer anderen Ebene. Ich dachte nie, dass man heißen Sex und die wahre Liebe zugleich haben kann, aber mit Vince erlebe ich es gerade.

Er setzt seine erregte Spitze an meinem Eingang an. Unsere Blicke verheddern sich und ein wohliger Schauer überzieht meinen Körper. Er dringt in mich ein dabei lassen wir uns nicht aus den Augen. Er stößt tief und hart in mich.

»Schneller«, keuche ich, während wir uns im Gleichklang bewegen. Wir haben unseren gemeinsamen Rhythmus gefunden. Ich spüre das sanfte Vibrieren an meinem ganzen Körper, doch ich weiß, das ist nur der kleine Vorbote von dem, was mich gleich erwartet. Die Reibung, die er in mir erzeugt, stimuliert mich. Meine Muskeln beginnen sich zusammenzuziehen. Unser Stöhnen erfüllt die Küche. Weil wir in unserer Ekstase versinken, fällt eine Glasflasche neben uns zu Boden. Doch wir beide ignorieren das Malheur.

Seine Finger krallen sich in meine Taille, während er immer fester in mich stößt. »O Süße«, knurrt er. Vince beißt sich auf die Lippe, denn das Feuer lodert in seinen Augen. Ich erkenne es an seinem Blick, wenn er seinem Orgasmus entgegenfiebert. Nun lasse ich mich fallen. Ich gebe mich dem wilden Orkan hin, der gerade über mich hinwegfegt. An jeder erdenklichen Stelle meines Körpers vibriert es. Ich schreie so laut, dass es wahrscheinlich sogar meine Nachbarn hören können. Meine Beine umklammern Vincent, der nach ein paar Stößen in mich einen kehligen Schrei rauslässt und auf mir niedersackt.

Sanft streichle ich über seinen Kopf, während sein Schwanz alles in mich hineinpumpt. Ich spüre dem feinen Vibrieren nach. Ein breites Grinsen gleitet über mein Gesicht. So fühlt sich wohl Glück auf allen Ebenen an. Ich habe alles, was ich mir erträumt habe. Glück in der Liebe, Erfolg im Beruf und ein super Verhältnis zu meinem Vater. Wenn ich mein persönliches Ende in einem Buch schreiben würde, würde es genauso aussehen.

»Ich denke, jetzt können wir los«, sagt Vince und grinst schelmisch. Sein Haar steht etwas verstrubbelt ab und er hat dieses befriedigende Glitzern in seinen Augen.

Who is the Boss

Wenn die Sehnsucht stärker ist als der Verstand

Joe Benedict ist wie die verbotene Frucht, von der Kate Harris besser die Finger lassen sollte. Und trotzdem sehnt sie sich nach seinen verführerischen Lippen, seinen starken Händen und seiner männlichen Stimme.

Er ist ausgesprochen klug und trotzdem zwingt ihn sein Dad dazu, als Praktikant in seinem Unternehmen zu beginnen. Niemand von den Kollegen darf erfahren, dass er der Sohn vom CEO ist. Sein Vater traut ihm nicht zu, das Imperium zu leiten, was Joe ihm mit ganzer Kraft beweisen will.

Doch eine Frau könnte seinem Vorhaben im Weg stehen. Kate Harris. Sein Plan ist es, ihr ein Angebot zu unterbreiten, welches sie nicht ausschlagen kann.

Who is the CEO

Wenn du dich zwischen Wahrheit und Verrat entscheiden musst.

Als die Anwältin Isabella Turner ihren Traumjob in einem renommierten Konzern antritt, steht für sie fest, dass sie es endlich geschafft hat. Wäre da nicht diese eine Nebensache, dass sich der heiße One-Night-Stand als ihr neuer Boss entpuppt. Zudem kennt ihr Kollege Damion Kinsley ihre dunkelsten Geheimnisse und könnte damit ihre ganze berufliche Laufbahn zerstören. Und plötzlich steckt sie in einem Lügenkonstrukt, das nicht nur ihre Träume, sondern auch ihr Herz vernichten könnte.

Die Stille hinter den Wolken

Eine geheimnisvolle Kleinstadt namens Cold Spring. Ein mysteriöser Brief, der unzählige Fragen aufwirft, und Schicksalsschläge, die alles verändern werden ...

CEO Cailan Jenkins reist mit der Absicht nach Cold Spring, die dortige Filiale zu schließen. Doch er hat den Plan ohne seinen verstorbenen Vater gemacht. Denn der hinterlässt ihm einen geheimnisvollen Brief mit mehreren Bedingungen, weshalb es fast unmöglich erscheint, dieses Geschäft abzustoßen. Außerdem ist da noch die hübsche Angestellte Alina Stone, die ihm mit ihrem frechen Mundwerk vom ersten Tag an auf die Nerven geht. Doch um sein Ziel zu erreichen, braucht er ihre Unterstützung.

Und plötzlich finden sich Alina und Cailan zwischen Gefühlschaos und Familiengeheimnissen wieder, die ihr ganzes Leben durcheinanderbringen.

Keiner der beiden ahnt, dass sie bald mehr verbindet als nur der Job ...

Der Donner hinter dem Sturm

Zurück in Cold Spring.

Nichts ist mehr, wie es einmal war.

Packend, berührend und emotional - der zweite Band der Cold Spring Reihe

Elea Stone flüchtet zu ihren Eltern nach Cold Spring. Ihr Leben steht kopf und das in allen Bereichen. Sie begegnet dem geheimnisvollen, zugleich düster wirkenden Brayden Bishop. Er bietet ihr nicht nur einen Job an, sondern entflieht mit ihr in eine Welt, die fernab von ihren und seinen Problemen ist.

Doch wie lange kann man all seine Sorgen und Schwierigkeiten ausblenden? Plötzlich überschattet die beiden ein tosender Sturm aus Geheimnissen, der alles zerstören könnte.

ÜBER DEN AUTOR

Eva Perkics schrieb ihre ersten Romane unter dem Pseudonym Eva Fay. Bis sie sich dazu entschied, zu ihren Wurzeln zurückzukehren und ihren Geburtsnamen wählte.

Sie liebt es, Geschichten, die genauso gut aus dem Leben gegriffen sein könnten, zu kreieren. Sie möchte die Leser im Herzen berühren und zum Nachdenken anregen.

Neben dem Schreiben nimmt ihre Familie einen wichtigen Teil ihres Lebens ein.

Man findet sie auf Facebook und Instagram. Sie freut sich auf den persönlichen Austausch mit den Lesern.

 facebook.com/EvaPerkics.autorin
instagram.com/evaperkics.autorin

TRIGGERWARNUNG

Diese Geschichte enthält folgende sensitiven Themen:

- Suizid in Rückblenden, nicht detailliert beschrieben
- Physische Gewalt in der Familie
- Leukämie
- Trauer
- Verlust
- Mobbing